중학생이 되기 전에 꼭 읽어야 할

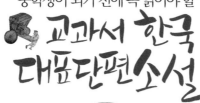

교과서 한국 대표단편소설

한국 문학
미리 보기

중학생이 되기 전에 꼭 읽어야 할

교과서 한국 대표단편소설

김동인 외 지음 | **신지원** 그림

한국 문학
미리 보기

국민출판

한국 문학사에 길이 빛나는
대표 단편 소설을 한 권으로 묶다!

소설 속에는 그 시대의 세상 모습과 다양한 삶, 그리고 철학이 그려져 있습니다. 그래서 소설을 읽으면 당시 사람들이 어떻게 살았고, 무엇을 갈망했는지를 알 수 있지요. 특히 소설 속 인물들의 다양한 삶을 통해 우리는 지금까지 어떻게 살아왔고 앞으로 어떻게 살아가야 좋을지 깊은 자기반성과 함께 근원적 성찰을 할 수 있습니다. 이는 우리 삶을 보다 풍성하고 기름지게 가꾸는 소중한 밑거름이 됩니다.

《중학생이 되기 전에 꼭 읽어야 할 교과서 한국 대표 단편 소설》은 한국 근대 문학사에서 단편 소설의 황금기라 할 수 있는 1910년대 후반(일제 강점기)에서 1950년대 후반(한국 전쟁 후)까지 발표된 주옥같은 작품 13편을 엄선하여 엮은 책입니다. 김동인, 현진건, 김유정, 이효석, 계용묵, 이상, 나도향 등 우리나라를 대표하는 소설가의 대표작을 한데 모아 한국 단편 소설의 정수(精髓)를 단 한 권으로 만나 볼 수 있게 꾸몄지요.

이 책에 실린 작품은 모두 원문에 충실하여 작가 고유의 문체와 당시 사용하던 용어 등을 최대한 살리되, 지금은 쓰지 않거나 의미가 통하지 않는 말을 현재 잘 쓰는 어휘로 바꾸고 일부를 한글 맞춤법에 따라 자연스럽게 고쳤습니다. 또한, 한자어와 방언 등 알기 어려운 말은 별도 뜻풀이를 달아서 이해를 도왔습니다. 그 밖에도 작가 소개와 작품 해설, 줄거리를 따로 실어서 심도 있는 작품 감상을 가능하게 했습니다.

《중학생이 되기 전에 꼭 읽어야 할 교과서 한국 대표 단편 소설》에 수록된 단편 소설 13편을 한 편, 한 편 꼭꼭 씹어 먹듯 음미하며 시대를 뛰어넘는 문학이 선사하는 품격 높은 감동을 가슴 깊이 느끼는 소중한 시간을 보내기를 진심으로 바랍니다.

차 례

김동인
1900~1951

평양에서 태어나 일본 메이지학원 중학부와 가와바디 미술 학교에서 공부했습니다. 1919년 문학 동인지인 《창조》를 발간하면서 처녀작 〈약한 자의 슬픔〉을 발표하였습니다. 김동인 문학의 의의는 한국 단편 소설의 토대를 쌓고 자연주의 문학을 확립한 한편, 문장의 혁신을 보여 주었다는 점입니다. 특히 김동인은 한국 소설의 구어체와 시제를 자리잡게 했다는 평가를 받습니다. 주요 작품으로는 〈배따라기〉, 〈감자〉, 〈광염 소나타〉, 〈젊은 그들〉, 〈붉은 산 – 어떤 의사의 수기〉, 〈운현궁의 봄〉, 〈왕부의 낙조〉, 〈좌평 성충〉, 〈광화사〉 등이 있습니다.

김동인

∙
∙
∙

붉은 산 – 어떤 의사의 수기
감자

붉은 산
- 어떤 의사의 수기
중·고등학교 국어 교과서

작품 소개

〈붉은 산〉은 1933년 4월 《삼천리》 제37호에 발표된 단편 소설로 조국을 잃은 시대적 상황에서 우리 민족이 느껴야 했던 뼈저린 비애와 분노가 담겨 있습니다. 주인공 '삵'은 무기력함을 박차고 만주인을 향해 복수를 꾀하지만 결국 죽음을 맞이합니다. 임종 시 그가 말한 '붉은 산'과 '흰 옷'은 각각 우리 국토와 겨레를 뜻하며 조국에 대한 애정과 향수를 나타냅니다.

줄거리

사면을 둘러보아도 산 하나 볼 수 없는 광막한 벌판에 조선인 소작인들만이 이십여 호 모여 사는 촌 사람들은 온량하고 정직하며 글깨나 읽은 사람들이다. 어느 날 이 마을에 삵이라는 별명을 가진 정익호가 찾아든다. 그는 출신이 불분명하고 몸이나 얼굴 생김으로 보아 남의 미움을 사기에 족한 모습이다. 삵에게 두려움을 느낀 마을 사람들은 몇 번이나 삵을 내어 쫓기로 결의했지만 선뜻 나서는 사람이 없어서 삵은 태연히 이 동네에 묵게 된다. 그러다 송첨지가 만주인 지주에게 그해 소출이 적다는 이유로 맞아 죽는 사건이 일어난다. 젊은이들은 발을 동동 구르고 분해했지만 누구 하나 앞장서려고 하지는 않는다. 이 소식을 들은 삵은 비장한 표정을 보인다. 이튿날 아침 허리가 뒤로 부러진 채 죽어 가는 삵이 발견된다. 그는 누구도 감히 하지 못한 항거를 만주인 지주에게 하다가 그렇게 된 것이었다. 삵은 죽어 가면서 붉은 산과 흰옷을 찾는다. 그리고 애국가를 불러 달라고 애원한다.

그것은 여*가 만주를 여행할 때 일이었다. 만주의 풍속도 좀 살필 겸, 아직껏 문명의 세례를 받지 못한 그들의 사이에 퍼져 있는 병을 좀 조사할 겸 해서 일 년의 기한을 예산하여 가지고 만주를 시시콜콜 다 돌아온 적이 있었다. 그때에 ××촌이라 하는 조그만 촌에서 본 일을 여기에 적고자 한다.

　××촌은 조선 사람 소작인*만 사는 한 이십여 호 되는 작은 촌이었다. 사면을 둘러보아도 한 개의 산도 볼 수가 없는 광막한* 만주의 벌판 가운데 놓여 있는 이름도 없는 작은 촌이었다.

　몽고 사람 종자*를 하나 데리고 노새를 타고 만주의 농촌을 돌아다니며 여가 그 ××촌에 이른 때는 가을도 다 가고 어느덧 광포한* 북극의 겨울이 만주를 찾아온 때였다.

　만주의 어느 곳이나 조선 사람이 없는 곳은 없지만, 이러한 오지에서

* 여(余) '나'라는 뜻을 가진 한자어
* 소작인 다른 사람의 땅을 빌려 농사를 짓고 그 대가로 사용료를 내는 사람
* 광막한 아득하게 넓은
* 종자(從者) 남에게 속하여 따라다니는 사람
* 광포한 미쳐 날뛰듯이 매우 거칠고 사나운

한 동네가 죄 조선 사람뿐으로 되어 있는 곳을 만나니 반가웠다. 더구나 그 동네는 비록 모두가 만주국인의 소작인이라 하나, 사람들이 비교적 온량하고* 정직하여, 장성한* 이들은 그래도 모두 천자문 한 권쯤은 읽은 사람들이었다.

살풍경한 만주, 그 가운데서 살풍경한 살림을 하는 만주국인이며 조선 사람의 동네를 근 일 년이나 돌아다니다가 비교적 평화스런 이런 동네를 만나면, 그것이 비록 외국인의 동네라 하여도 반갑겠거늘, 하물며 우리 같은 동족임에랴. 여는 그 동네에서 한 십여 일 이상을 일없이 매일 호별 방문을 하며 그들과 이야기로 날을 보내며, 오래간만에 맛보는 평화적 기분을 향락하고 있었다.

'삵*'이라는 별명을 가지고 있는 '정익호'라는 인물을 본 것이 여기서이다.

익호라는 인물의 고향이 어디인지는 ××촌에서 아무도 몰랐다. 사투리로 보아서 경기 사투리인 듯하지만, 빠른 말로 재재거리는 때에는 영남 사투리가 보일 때도 있고, 싸움이라도 할 때는 서북 사투리가 보일 때도 있었다. 그런지라 사투리로써 그의 고향을 짐작할 수가 없었다. 쉬운 일본 말도 알고, 한문 글자도 좀 알고, 중국 말은 물론 꽤 하고, 쉬운 러시아 말도 할 줄 아는 점 등등, 이곳저곳 숱하게 주워 먹은 것은 짐작이 가지만, 그의 경력을 똑똑히 아는 사람은 없었다.

그는 여가 ××촌에 가기 일 년 전쯤 빈손으로 이웃이라도 오듯 후더덕 ××촌에 나타났다 한다. 생김생김으로 보아서 얼굴이 쥐와 같고 날카로

* 온량하고 성품이 따뜻하고 순하며 부드럽고 무던하고
* 장성한 자라서 어른이 된
* 삵 살쾡이를 뜻함

운 이빨이 있으며 눈에는 교활함과 독한 기운이 늘 나타나 있으며, 발룩한* 코에는 코털이 밖으로까지 보이도록 길게 났고, 몸집은 작으나 민첩하게 되었고, 나이는 스물다섯에서 사십까지 임의로 볼 수 있으며, 그 몸이나 얼굴 생김이 어디로 보든 남에게 미움을 사고 근접지 못할 놈이라는 느낌을 갖게 한다.

그의 장기는 투전*이 일쑤며, 싸움 잘하고 트집 잘 잡고, 칼부림 잘하고, 색시에게 덤벼들기 잘하는 것이라 한다.

생김생김이 벌써 남에게 미움을 사게 되었고, 거기다 하는 행동조차 변변치 못한 일만이라, ××촌에서도 아무도 그를 대접하는 사람이 없었다. 사람들은 모두 그를 피하였다. 집이 없는 그였으나 뉘 집에 잠이라도 자러 가면 그 집 주인은 두말없이 다른 방으로 피하고 이부자리를 준비하여 주곤 하였다. 그러면 그는 이튿날 해가 낮이 되도록 실컷 잔 뒤에 마치 제 집에서 일어나듯 느직이 일어나서 조반*을 청하여 먹고는 한마디의 사례도 없이 나가 버린다.

그리고 만약 누구든 그의 이 청구에 응치 않으면 그는 그것을 트집으로 싸움을 시작하고, 싸움을 하면 반드시 칼부림을 하였다.

동네의 처녀들이며 젊은 여인들은 익호가 이 동네에 들어온 뒤부터는

* 발룩한 (북한어) 탄력 있는 작은 물체의 틈이나 구멍이 조금 크게 벌어져있는
* 투전 노름 도구의 하나
* 조반 아침밥

마음 놓고 나다니지를 못하였다. 철없이 나갔다가 봉변을 당한 사람도 몇이 있었다.

'삵'

이 별명은 누가 지었는지 모르지만 어느덧 ××촌에서는 익호를 익호라 부르지 않고 '삵'이라고 부르게 되었다.

"삵이 뉘 집에서 묵었나?"

"김 서방네 집에서."

"다른 봉변은 없었다나?"

"요행히 없었다네."

그들은 아침에 깨면 서로 인사 대신으로 '삵'의 거취를 알아보고 하였다.

'삵'은 이 동네에서는 커다란 암종*이었다. '삵' 때문에 아무리 농사에 사람이 부족한 때라도 젊고 튼튼한 몇 사람은 동네의 젊은 부녀를 지키기 위하여 동네 안에 머물러 있지 않을 수가 없었다. '삵' 때문에 부녀와 아이들은 아무리 더운 여름 저녁이라도 길에 나서서 마음 놓고 바람을 쏘여 보지를 못하였다. '삵' 때문에 동네에서는 닭의가리*며 돼지우리를 지키기 위하여 밤을 새우지 않을 수 없었다.

동네의 노인이며 젊은이들은 몇 번 모여서 '삵'을 이 동리에서 내어 쫓기를 의논하였다. 물론 합의는 되었다. 그러나 내어 쫓는 데 선착*할 사람이 없었다.

"첨지가 선착하면 뒤는 내 담당하마."

"뒤는 걱정 말고 형님 먼저 말해 보시오."

* 암종 조직을 파괴하고 각 부위로 전이를 일으키는 악성 종양
* 닭의가리 '닭의어리'의 북한 말로 나뭇가지나 싸리 따위로 엮어서 닭을 넣어 두는 것을 뜻함
* 선착 남보다 먼저 손을 댐

제각기 '삵'에게 먼저 달겨* 들기를 피하였다.

이리하여 동리에서는 합의는 되었으나 '삵'은 그냥 태연히 이 동네에 묵어 있게 되었다.

"며늘 년들이 조반이나 지었나?"

"손주 놈들이 잠자리나 준비했나?"

마치 그 동네의 모두가 자기의 집안인 것같이 '삵'은 마음대로 이 집 저 집을 드나들었다.

촌에서는 사람이라도 죽으면 반드시 조상* 대신으로,

"'삵'이나 죽지 않고."

하는 한마디의 말을 잊지 않고 하였다. 누가 병이라도 나면,

"에잇! 이놈의 병 '삵'한테로 가거라."

고 하였다.

암종. 누구나 '삵'을 동정하거나 사랑하는 사람이 없었다.

'삵'도 남의 동정이나 사랑은 벌써 단념한 사람이었다. 누가 자기에게 아무런 대접을 하든 탓하지 않았다. 보이는 데서 보이는 푸대접을 하면 그 트집으로 반드시 칼부림까지 하는 그였지만, 뒤에서 아무런 말을 할지라도 그리고 그것이 '삵'의 귀에까지 갈지라도 탓하지 않았다.

"흥……."

이 한마디는 그의 가장 큰 처세 철학이었다.

흔히 그는 곁 동네 만주국인들의 투전판에 가서 투전을 하였다. 때때로 두들겨 맞고 피투성이가 되어서 돌아오는 일도 있었다. 그러나 그는

그 하소연을 하는 일이 없었다. 한다 할지라도 들을 사람도 없거니와 아무리 무섭게 두들겨 맞은 뒤라도 하루만 샘물에 상처를 씻고 절룩절룩한 뒤에는 또 이튿날은 천연히* 나다녔다.

여가 ××촌을 떠나기 전날이었다.

송 첨지라는 노인이 그해 소출*을 나귀에 실어 가지고 만주국인 지주가 있는 촌으로 갔다. 그러나 돌아올 때는 송장이 되었다. 소출이 좋지 못하다고 두들겨 맞아서 부러져 꺾어진 송 첨지는 나귀 등에 몸이 결박되어서 ××촌으로 돌아왔다. 그리고 놀란 친척들이 나귀에서 몸을 내릴 때에 절명*하였다.

××촌에서는 왁자하였다.

"원수를 갚자!"

명 아닌 목숨을 끊은 송 첨지를 위하여 동네의 젊은이는 모두 흥분하였다. 제각기 이제라도 들고일어설 듯하였다.

그러나 그뿐이었다. 누구든 앞장을 서려는 사람이 없었다. 만약 이때에 누구든 앞장을 서는 사람만 있었다면, 그들은 곧 그 지주에게로 달려갔을지 모른다. 그러나 제가 앞장을 서겠노라고 나서는 사람은 없었다. 제각기 곁사람을 돌아보았다.

연해 발을 굴렀다. 부르짖었다. 학대받는 인종의 고통을 호소하며 울었다. 그러나 그뿐이었다. 남의 일로 지주에게 반항하여 제 밥자리*까지 떼이기를 꺼림인지, 용감히 앞서 나가는 사람은 없었다.

여는 의사라는 여의 직업상 송 첨지의 시체를 검시하였다. 돌아오는

* 천연히 시치미를 뚝 떼어서 겉으로는 아무렇지 아니한 듯이
* 소출 논밭에서 나는 곡식, 또는 그 곡식의 양
* 절명 목숨이 끊어짐
* 밥자리 일자리를 낮추어 이르는 말

길에 여는 '삵'을 만났다. 키가 작은 '삵'을 여는 내려다보았다. '삵'은 여를
쳐다보았다.

"가련한 인생아. 인종의 거머리야. 가치 없는 인생아. 밥버러지야. 기생
충아!"

여가 '삵'에게 말하였다.

"송 첨지가 죽은 줄 아나?"

여의 말에 아직껏 여를 쳐다보고 있던 '삵'의 얼굴이 아래로 떨어졌다.
그리고 여가 발을 떼려는 순간, 얼핏 '삵'의 얼굴에 나타난 비장한 표정을
여는 넘길 수가 없었다.

고향을 떠난 만 리 밖에서 학대받는 인종의 가엾음을 생각하고 그 밤
은 여도 잠을 못 이루었다.

그 억분함*을 호소할 곳도 못 가진 우리의 처지를 생각하고, 여도 눈
물을 금치 못하였다.

이튿날 아침이었다.

여를 깨우러 오는 사람의 소리에 여는 반사적으로 일어났다.

'삵'이 동구 밖에서 피투성이가 되어 죽어 있다는 것이었다. 여는 '삵'이
라는 말에 눈살을 찌푸렸다. 그러나 의사라는 직업상, 곧 가방을 수습하
여 가지고 '삵'이 넘어진 데까지 달려갔다. 송 첨지의 장례식 때문에 모였
던 사람 몇은 여의 뒤로 따라왔다.

여는 보았다. '삵'의 허리가 기역 자로 뒤로 부러져 밭고랑 위에 넘어져

* 억분함 억울하고 분
함

있는 것을, 여는 달려가 보았다. 아직 약간의 온기는 있었다.

"익호! 익호!"

그러나 그는 정신을 못 차렸다. 여는 응급수단을 하였다. 그의 사지는 무섭게 경련되었다.

이윽고 그가 눈을 번쩍 떴다.

"익호! 정신 드나?"

그는 여의 얼굴을 보았다. 끝이 없이 한참을 쳐다보았다. 그의 눈동자가 움직였다.

겨우 처지를 깨달은 모양이었다.

"선생님, 저는 갔었습니다."

"어디를?"

"그놈……. 지주 놈의 집에……."

"무얼?"

여는 눈물 나오려는 눈을 힘 있게 닫았다. 그리고 덥석 그의 벌써 식어 가는 손을 잡았다. 잠시의 침묵이 계속되었다. 그의 사지에서는 무서운 경련이 끊임없이 일었다. 그것은 죽음의 경련이었다. 듣기 힘든 작은 소리가 또 그의 입에서 나왔다.

"선생님."

"왜?"

"보고 싶어요. 전 보고 시……."

"뭐이?"

그는 입을 움직였다. 그러나 말이 안 나왔다. 기운이 부족한 모양이었다. 잠

시 뒤에 그는 또다시 입을 움직였다. 무슨 소리가 그의 입에서 나왔다.

"무얼?"

"보고 싶어요. 붉은 산이……. 그리고 흰옷이!"

아아, 죽음에 임하여 그는 고국과 동포가 생각난 것이었다. 여는 힘 있게 감았던 눈을 고즈넉이 떴다. 그때에 '삵'의 눈도 번쩍 뜨였다. 그는 손을 들려고 하였다. 그러나 이미 부러진 그의 손은 들리지 않았다. 그는 머리를 돌이키려 하였다. 그러나 그럴 힘이 없었다.

그는 마지막 힘을 혀끝에 모아 가지고 입을 열었다.

"선생님!"

"왜?"

"저것……. 저것……."

"무얼?"

"저기 붉은 산이……. 그리고 흰옷이……. 선생님, 저게 뭐예요!"

여는 돌아보았다. 그러나 거기는 황막한* 만주의 벌판이 전개되어 있을 뿐이었다.

"선생님, 노래를 불러 주세요. 마지막 소원……. 노래를 해 주세요. 동해물과 백두산이 마르고 닳도록……."

여는 머리를 끄덕이고 눈을 감았다. 그리고 입을 열었다. 여의 입에서도 창가*가 흘러나왔다.

여는 고즈넉이 불렀다.

"동해물과 백두산이……."

고즈넉이 부르는 여의 창가 소리에 뒤에 둘러섰던 다른 사람의 입에서

* 황막한 거칠고 아득하게 넓은
* 창가 갑오개혁(1894~1896년) 이후에 발생한 근대 음악 형식의 하나로 서양 악곡의 형식을 빌려 지은 간단한 노래이며 지금의 애국가는 1936년에 안익태 선생님이 곡을 붙여 만듦

도 숭엄한 코러스는 울려 나왔다.

　무궁화 삼천리

　화려 강산…….

　광막한 겨울의 만주벌 한편 구석에서는 밥버러지 익호의 죽음을 조상
하는 숭엄한 노래가 차차 크게 엄숙하게 울렸다. 그 가운데 익호의 몸은
점점 식어 갔다.

감자

고등학교 국어 교과서

작품 소개

〈감자〉는 1925년 ≪조선문단≫ 1월호에 발표된 단편 소설로, 복녀라는 여주인공을 통해 환경적 요인이 인간 내면의 도덕성을 타락시킨다는 주제를 나타냅니다. 냉철한 문체와 간결하고 직선적인 짜임, 장면 묘사 및 대화의 적절한 삽입 등 완벽한 구조를 보여 주는 단편이자 우리나라 근대 단편 소설의 한 전형을 이룩한 작품으로 높은 평가를 받습니다.

줄거리

가난하지만 정직한 농가에서 자라난 주인공 복녀는 막연하나마 도덕관념을 갖고 있던 여자였다. 그러다 15세 나이에 동네 홀아비에게 80원에 팔려 시집을 갔는데, 남편이 원체 무능하고 게을러서 이농민 신세가 되었고, 평양에서 행랑살이를 전전하다 결국 죄악의 소굴인 평양 칠성문 밖 빈민굴에 정착하게 되었다. 한번은 송충이 잡는 일을 하게 되었는데, 거기서 복녀는 감독에게 몸을 팔아 '일 안 하고 품삯 많이 받는 인부'가 되어 버리고 말았다. 그 뒤로 복녀는 계속해서 몸을 팔기 시작했다. 어느 날 중국인 감자밭에서 감자를 훔치다 주인 왕 서방에게 끌려 들어갔다. 거기서 복녀는 그에게 몸을 주고 돈을 받게 되었고, 그 연으로 왕 서방의 정부가 되었다. 이를 계기로 복녀는 빈민굴의 부자가 되었다. 그러던 차에 왕 서방이 처녀 마누라를 들이게 된다. 이에 복녀가 질투를 느끼고 낫을 들고 그들에게 뛰어들었으나 도리어 왕 서방이 휘두른 낫에 찔려 죽는다. 복녀의 시체를 두고 남편, 왕 서방, 한의사 간에 돈거래가 이루어진다. 돈 30원에 매수된 남편의 동조 아래 복녀가 뇌일혈로 사망했다는 진단이 나온다.

싸움, 간통, 살인, 도둑, 징역, 이 세상의 모든 비극과 활극*의 근원지인 칠성문 밖 빈민굴로 오기 전까지는 복녀의 부처*는(사농공상*의 제2위에 드는) 농민이었다.

　복녀는 원래 가난은 하나마 정직한 농가에서 규칙 있게 자라난 처녀였었다. 예전 선비의 엄한 규율은 농민으로 떨어지자부터 없어졌다 하나, 그러나 어딘지는 모르지만 딴 농민보다는 좀 똑똑하고 엄한 가율이 그의 집에 그냥 남아 있었다. 그 가운데서 자라난 복녀는 물론 다른 집 처녀들같이 여름에는 벌거벗고 개울에서 멱 감고, 바짓바람으로 동네를 돌아다니는 것을 예사로 알기는 알았지만, 그러나 그의 마음속에는 막연하나마 도덕이라는 것에 대한 저품*을 가지고 있었다.

　그는 열다섯 나던 해에 동네 홀아비에게 팔십 원에 팔려서 시집이라는 것을 갔다. 그의 새서방(영감이라는 편이 적당할까)이라는 사람은 그보다 이십 년이나 위로서, 원래 아버지의 시대에는 상당한 농민으로 밭도 몇 마지기 있었으나 그의 대로 내려오면서는 하나둘 줄기 시작하여, 마지막에 복녀를 산 팔십 원이 그의 마지막 재산이었다. 그는 극도로 게으른 사람이었다. 동네 노인의 주선으로 소작 밭깨나 얻어 주면 종자*만 뿌려 둔 뒤에는 후치질*도 안 하고 김도 안 매고 그냥 버려두었다가 가을에 와서는 되는 대로 거둬서 '금년엔 흉년입네.' 하고 전주*집에는 가져도 안 가고 혼자 먹어 버리곤 하였다. 그러니까 그는 한 밭을 이태*를 연하여 부쳐 본 일이 없었다. 이리하여 몇 해를 지내는 동안 그는 그 동네에서는 밭을 못 얻으리만큼 인심과 신용을 잃고 말았다.

복녀가 시집을 온 뒤, 한 삼사 년은 장인의 덕으로 이렁저렁 지나갔으나 이전 선비의 꼬리인 장인도 차차 사위를 밉게 보기 시작하였다. 그들은 처가에까지 신용을 잃게 되었다.

그들 부처는 여러 가지로 의논하다가 하릴없이 평양성 안으로 막벌이*로 들어왔다. 그러나 게으른 그에게는 막벌이나마 역시 되지 않았다. 하루 종일 지게를 지고 연광정*에 가서 대동강만 내려다보고 있으니, 어찌 막벌이인들 될까. 한 서너 달 막벌이를 하다가 그들은 요행 어떤 집 막간(행랑)살이로 들어가게 되었다.

그러나 그 집에서도 얼마 안 하여 쫓겨나왔다. 복녀는 부지런히 주인집 일을 보았지만, 남편의 게으름은 어찌할 수가 없었다. 매일 복녀는 눈에 칼을 세워 가지고 남편을 채근하였지만 그의 게으른 버릇은 개를 줄 수는 없었다.

"볏섬 좀 치워 달라우요."

"남 졸음 오는데, 님자 치우시관."

* 종자(種子) 식물에서 나온 씨
* 후치질 작물이 자라는 도중에 김을 매어 두둑 사이의 골이나 그 사이의 흙을 부드럽게 하는 일
* 전주 논밭의 임자
* 이태 두해
* 막벌이 닥치는 대로 아무 일이나 해서 돈을 버는 일
* 연광정 평양의 대동강을 내려다볼 수 있는 바위 위에 있는 누각

"내가 치우나요?"

"이십 년이나 밥을 처먹고 그걸 못 치워?"

"에이구 칵 죽구나 말디."

"이년 뭘!"

이러한 싸움이 그치지 않다가 마침내 그 집에서도 쫓겨 나왔다.

이젠 어디로 가나? 그들은 하릴없이 칠성문 밖 빈민굴로 밀리어 나오게 되었다.

칠성문 밖을 한 부락으로 삼고 그곳에 모여 있는 사람들의 정업*은 거지요, 부업으로는 도둑질과 (자기네들끼리의)매음*, 그 밖에 이 세상의 모든 무섭고 더러운 죄악이었다. 복녀도 그 정업으로 나섰다.

* 정업 정당한 직업이나 생업
* 매음 돈을 받고 몸을 파는 일

그러나 열아홉 살의 한창 좋은 나이의 여편네에게는 누가 밥인들 잘 줄까.

"젊은 거이 거랑질은 왜?"

그런 소리를 들을 때마다 그는 여러 가지 말로 남편이 병으로 죽어 가거니 어쩌느니 핑계는 대었지만, 그런 핑계에는 단련된 평양 시민의 동정은 역시 살 수가 없었다. 그들은 이 칠성문 밖에서도 가장 가난한 사람 가운데 드는 편이었다. 그 가운데서 잘 수입되는 사람은 하루에 오 리짜리 돈푼으로 일 원 칠팔십 전의 현금을 쥐고 돌아오는 사람까지 있었다. 극단으로 나가서는 밤에 돈벌이를 나갔던 사람은 그날 밤 사십 원을 벌어 가지고 그 근처에서 담배 장사를 하기 시작한 사람까지 있었다.

복녀는 열아홉 살이었다. 얼굴도 그만하면 빤빤하였다. 그 동네 여인들의 보통 하는 일을 본받아서, 그도 돈벌이 좀 잘하는 사람의 집에라도 간간이 찾아가면 매일 오륙십 전은 벌 수가 있었지만 선비의 집안에서 자라난 그는 그런 일은 할 수가 없었다.

그들 부처는 역시 가난하게 지냈다. 굶는 일도 흔히 있었다.

기자묘 솔밭에 송충이가 끓었다. 그때 평양부에서는 그 송충이를 잡는 데(은혜를 베푸는 뜻으로) 칠성문 밖 빈민굴의 여인들을 인부로 쓰게 되었다.

빈민굴 여인들은 모두가 지원을 하였다. 그러나 뽑힌 것은 겨우 오십 명쯤 되었다. 복녀도 그 뽑힌 사람 가운데 한 사람이었다.

복녀는 열심히 송충이를 잡았다. 소나무에 사다리를 놓고 올라가서는 송충이를 집게로 집어서 약물에 집어넣고 또 그렇게 하고, 그의 통은 잠깐 사이에 차고 하였다. 하루에 삼십이 전씩의 품삯이 그의 손에 들어왔다.

그러나 대엿새 하는 동안에 그는 이상한 현상을 하나 발견하였다. 그 것은 다른 것이 아니라 젊은 여인부 한 여남은* 사람은 언제든 송충이는 안 잡고 아래서 지절거리며* 웃고 날뛰기만 하고 있는 것이었다. 뿐만 아 니라 그 놀고 있는 인부의 품삯은 일하는 삯전*보다 팔 전이나 더 많이 내어 주는 것이었다.

감독은 한 사람뿐이었는데, 감독도 그들이 놀고 있는 것을 묵인*할 뿐 아니라 때때로는 자기까지 섞여서 놀고 있었다.

어떤 날 송충이를 잡다가 점심때가 되어서 나무에서 내려와서 점심을 먹고, 다시 올라가려 할 때에 감독이 그를 찾았다.

"복네! 애, 복네!"

"왜 그릅네까?"

그는 약통과 집게를 놓고 뒤로 돌이섰다.

"좀 오나라."

그는 말없이 감독 앞에 갔다.

"애, 너, 음……. 데 뒤 좀 가 보디 않갔니?"

"뭘 하레요?"

"글쎄 가야 ……."

"가디요……. 형님!"

그는 돌아서면서 인부들 모여 있는 데로 고함쳤다.

"형님두 갑세다가레!"

"싫다 애, 둘이서 재미나게 가는데 내가 무슨 맛에 가갔니?"

복녀는 얼굴이 새빨갛게 되면서 감독에게로 돌아섰다.

* 여남은 열이 조금 넘 는수
* 지절거리며 낮은 목 소리로 자꾸 지껄이며
* 삯전 일한 대가로 받 는돈
* 묵인 알고도 모르는 체 내버려 두고 슬며시 넘겨 버림

"가 보자."

감독은 저편으로 갔다. 복녀는 머리를 숙이고 따라갔다.

"복네 좋갔구나."

뒤에서 이런 소리가 들렸다. 복녀의 숙인 얼굴은 더욱 빨갛게 되었다.

그날부터 복녀도 '일 안 하고 품삯 많이 받는 인부'의 한 사람으로 되었다.

복녀의 도덕관 내지 인생관은 그때부터 변하였다.

그는 여태껏 딴 사내와 관계를 한다는 것은 생각하여 본 일도 없었다. 그것은 사람의 일이 아니요, 짐승의 하는 것쯤으로만 알고 있었다. 혹은 그런 일을 하면 탁 죽어지는지도 모를 일로 알았다.

그러나 이런 이상한 일이 어디 다시 있을까. 사람인 자기도 그런 일을 한 것을 보면 그것은 결코 사람으로 못 할 일이 아니었다. 게다가 일 안 하고도 돈 더받고, 긴장된 유쾌가 있고, 빌어먹는 것보다 점잖고, 일본 말로 하자면 '삼박자' 같은 좋은 일은 이것뿐이었다. 이거야말로 삶의 비결이 아닐까. 뿐만 아니라 이일이 있은 뒤부터 그는 처음으로 한 개 사람으로 된 것 같은 자신까지 얻었다.

그 뒤부터 그의 얼굴에는 조금씩 분도 발리게 되었다.

일 년이 지났다.

그의 처세의 비결은 더욱더 순탄히 진척되었다. 그의 부처는 인제는 그리 궁하게 지내지는 않게 되었다. 그의 남편은 이것이 결국 좋은 일이라는 듯이 아랫목에 누워서 벌신벌신 웃고 있었다.

복녀의 얼굴은 더욱 예뻐졌다.

"여보, 아즈바니. 오늘은 얼마나 벌었소?"

복녀는 돈 좀 많이 벌은 듯한 거지를 보면 이렇게 찾는다.

"오늘은 많이 못 벌었쉐다."

"얼마?"

"도무지 열서너 냥."

"많이 벌었쉐다가레. 한 댓 냥 꿰 주소고래."

"오늘은 내가……."

어쩌고저쩌고 하면 복녀는 곧 뛰어가서 그의 팔에 늘어진다.

"나한테 들킨 댐에는 뀌고야 말아요."

"난, 원. 이 아즈마니 만나믄 야단이더라. 자 꿰 주디, 그 대신 응? 알았디?"

"난 몰라요. 해해해해."

"모르믄 안 줄 테야."

"글쎄 알았대두 그른다."

그의 성격은 이만큼까지 진보되었다.

가을이 되었다.

칠성문 밖 빈민굴의 여인들은 가을이 되면 칠성문 밖에 있는 중국인의 채마*밭에 감자(고구마)며 배추를 도둑질하러 밤에 바구니를 가지고 간다. 복녀도 감자깨나 잘 도둑질하여 왔다.

어떤 날 밤, 그는 고구마를 한 바구니 잘 도둑질하여 가지고 이젠 돌아오려고 일어설 때, 그의 뒤에 시꺼먼 그림자가 서서 그를 꽉 붙들었다. 보니, 그것은 그 밭의 주인인 중국인 왕 서방이었다. 복녀는 말도 못하고 멀

* 채마 먹을거리나 입을 거리로 심어서 가꾸는 식물

찐멀찐* 발 아래만 내려다보고 있었다.

"우리 집에 가!"

왕 서방은 이렇게 말하였다.

"가재믄 가디. 원, 것두 못 갈까."

복녀는 엉덩이를 한 번 홱 두른 뒤에, 머리를 젖히고 바구니를 저으면서 왕 서방을 따라갔다.

한 시간쯤 뒤에 그는 왕 서방의 집에서 나왔다. 그가 밭고랑에서 길로 들어서려 할 때, 문득 뒤에서 누가 그를 찾았다.

"복네 아니야?"

복녀는 홱 돌아서 보았다. 거기는 곁집* 여편네가 바구니를 끼고 어두운 밭고랑을 더듬더듬 나오고 있었다.

"형님이댔쉐까? 형님도 들어갔댔쉐까?"

"님자도 들어갔댔나?"

"형님은 뉘 집에?"

"나? 눅 서방네. 님자는?"

"난 왕 서방네……. 형님 얼마 받았소?"

"눅 서방네 그 깍쟁이 놈, 배추 세 패기*……."

"난 삼 원 받디."

복녀는 자랑스러운 듯이 대답하였다.

십 분쯤 뒤에 그는 자기 남편과 그 앞에 돈 삼 원을 내어놓은 뒤에, 아까 그 왕 서방의 이야기를 하면서 웃고 있었다.

그 뒤부터 왕 서방은 무시로* 복녀를 찾아왔다.

* 멀찐멀찐 멀뚱멀뚱의 사투리
* 곁집 이웃하여 붙어 있는 집
* 패기 포기의 사투리
* 무시로 특별히 정한 때가 없이 아무 때나

한참 왕 서방이 눈만 멀찐멀찐 앉아 있으면 복녀의 남편은 눈치를 채고 밖으로 나간다. 왕 서방이 돌아간 뒤에는 그들 부처는, 일 원 혹은 이 원을 가운데 놓고 기뻐하고 하였다.

복녀는 차차 동네 거지들한테 애교를 파는 것을 중지하였다. 왕 서방이 분주하여 못 올 때가 있으면 복녀는 스스로 왕 서방의 집까지 찾아갈 때도 있었다.

복녀의 부처는 이젠 이 빈민굴의 한부자였다.

그 겨울도 가고 봄이 이르렀다.

그때 왕 서방은 돈 백 원으로 어떤 처녀를 하나 마누라로 사 오게 되었다.

"흥!"

복녀는 다만 코웃음만 쳤다.

"복네 강짜*하갔구만."

동네 여편네들이 이런 말을 하면 복녀는 '흥' 하고 코웃음을 웃고 하였다.

내가 강짜를 해? 그는 늘 힘 있게 부인하고 하였다. 그러나 그의 마음에 생기는 검은 그림자는 어찌할 수가 없었다.

"이놈 왕 서방, 네 두고 보자."

왕 서방이 색시를 데려오는 날이 가까워 왔다. 왕 서방은 여태껏 자랑하던 기다란 머리를 깎았다. 동시에 그것은 새색시의 의견이라는 소문이 퍼졌다.

* 강짜 질투를 뜻하는 '강샘을 속되게 이르는 말

"흥!"

복녀는 역시 코웃음만 쳤다.

마침내 새색시가 오는 날이 이르렀다. 칠보단장*에 사인교*를 탄 색시가 칠성문 밖 채마밭 가운데 있는 왕 서방의 집에 이르렀다.

밤이 깊도록 왕 서방의 집에는 중국인들이 모여서 별난 악기를 뜯으며 별난 곡조로 노래하며 야단하였다.

복녀는 집 모퉁이에 숨어 서서 눈에 살기를 띠고 방 안의 동정*을 듣고 있었다.

다른 중국인들은 새벽 두 시쯤 하여 돌아가는 것을 보면서 복녀는 왕 서방의 집 안에 들어갔다. 복녀의 얼굴에는 분이 하얗게 발리어 있었다.

신랑 신부는 놀라서 그를 쳐다보았다. 그것을 무서운 눈으로 흘겨보면서 그는 왕 서방에게 가서 팔을 잡고 늘어졌다. 그의 입에서는 이상한 웃

* 칠보단장 여러 가지 패물로 몸을 꾸밈
* 사인교 앞뒤 두 사람씩 네 사람이 메고 가는 가마
* 동정 일이나 현상이 벌어지고 있는 낌새

음이 흘렀다.

"자, 우리 집으로 가요."

왕 서방은 아무 말도 못하였다. 눈만 정처 없이 두룩두룩*하였다. 복녀는 다시 한번 왕 서방을 흔들었다.

"자, 어서."

"우리, 오늘 밤 일이 있어 못 가."

"일은 밤중에 무슨 일?"

"그래두, 우리 일이."

복녀의 입에 아직껏 떠돌던 이상한 웃음이 문득 없어졌다.

"이까짓 것!"

그는 발을 들어서 치장한 신부의 머리를 찼다.

"자, 가자우, 가자우."

왕 서방은 와들와들 떨었다. 왕 서방은 복녀의 손을 뿌리쳤다.

복녀는 쓰러졌다. 그러나 곧 일어섰다. 그가 다시 일어설 때는 그의 손에 얼른얼른하는* 낫이 한 자루 들리어 있었다.

"이 되놈*. 죽어라, 죽어라. 이놈, 나 때렸디! 이놈아, 아이구, 사람 죽이는구나."

그는 목을 놓고 처울면서 낫을 휘둘렀다. 칠성문 밖 외딴 밭 가운데 홀로 서 있는 왕 서방의 집에서는 일장 활극이 일어났다. 그러나 그 활극도 곧 잠잠하게 되었다. 복녀의 손에 들리어 있던 낫은 어느덧 왕 서방의 손으로 넘어가고, 복녀는 목으로 피를 쏟으면서 그 자리에 고꾸라져 있었다.

* 두룩두룩 크고 둥그런 눈알을 자꾸 조금 천천히 굴리는 모양을 나타내는 의태어
* 얼른얼른하는 무엇이 잇따라 보이다 말다 하는
* 되놈 중국 사람을 낮추어 이르는 말

복녀의 송장은 사흘이 지나도록 무덤으로 못 갔다. 왕 서방은 몇 번을 복녀의 남편을 찾아갔다. 복녀의 남편도 때때로 왕 서방을 찾아갔다. 그들의 사이에는 무슨 교섭*하는 일이 있었다. 사흘이 지났다.

밤중에 복녀의 시체는 왕 서방의 집에서 남편의 집으로 옮겨 갔다.

그리고 시체에는 세 사람이 둘러앉았다. 한 사람은 복녀의 남편, 한 사람은 왕 서방, 또 한 사람은 어떤 한방 의사. 왕 서방은 말없이 돈주머니를 꺼내어 십 원짜리 지폐 석 장을 복녀의 남편에게 주었다. 한방 의사의 손에도 십 원짜리 두 장이 갔다.

이튿날, 복녀는 뇌일혈로 죽었다는 한방 의사의 진단으로 공동묘지로 실려 갔다.

* 교섭 어떤 일을 이루기 위해 서로 의논하고 절충함

현진건
1900~1943

호는 빙허(憑虛)로 대구에서 태어났습니다. 일본의 세이조중
학(成城中學)를 졸업하고 중국 상하이 호강대학에서 공부했습
니다. 1920년 '개벽'에 단편 소설 〈희생화〉를 발표하면서 등단
했으며, 1921년 〈빈처〉를 발표하여 문단의 주목을 받았습니다.
1922년 《백조》 동인으로 활동하면서 〈타락자〉, 〈운수 좋은
날〉, 〈불〉 등을 발표했습니다. 1935년 《동아일보》의 사회부장으
로 일할 당시 일장기 말소 사건으로 1년 동안 투옥되기도 했습
니다. 대표작으로는 〈할머니의 죽음〉, 〈B 사감과 러브레터〉 같
은 단편 소설과 〈적도〉, 〈무영탑〉 같은 장편 소설이 있습니다.

현진건

．．．

빈처
술 권하는 사회
운수 좋은 날
B 사감과 러브레터

빈처

고등학교 국어 교과서

작품 소개

1921년 '개벽'에 발표된 이 작품은 작가의 삶이 반영된 자전적 소설로 1인칭 시점의 정확하고 사실적인 묘사가 돋보입니다. 현진건 작가의 대표작으로 가난한 소설가와 아내의 일상을 통해 '삶 속에서 대립되는 정신적 가치와 물질적 가치의 모습'을 섬세하게 보여 주었습니다.

줄거리

어느 비 내리는 밤, '나'는 전당 잡힐 모본단 저고리를 찾는 아내를 지켜보다 불현듯 오늘 있었던 일이 떠올랐다. 이날 낮에는 한성은행에서 일하는 친척 'T'가 찾아와 자신의 아내에게 줄 양산을 샀다고 구경을 시켰고, 그 일로 아내는 무명작가인 나에게 "당신도 살 도리를 좀 하라."고 말해 내 화를 돋웠다. 이튿날 장인의 생신이라는 전갈을 받고 나는 아내와 함께 처가를 방문했지만, 처가 사람들이 나를 비웃는 것 같고 또 초라한 아내를 보니 쓸쓸한 생각도 들어 술에 취한 채 돌아온다. 집으로 돌아와 아내와 함께 처형과 남편의 불화를 이야기하다가 돈이 없어도 화목하게 지내는 편이 더 행복하다고 생각한다. 하지만 처형이 두고 간 비단신을 보며 좋아하는 아내를 보니 다시금 마음이 착잡해지고, 나는 "출세를 해서 당신의 비단신 한 켤레쯤은 사 주고 싶다."고 아내에게 말한다. 그리고 나와 아내는 서로를 포옹하며 눈물을 흘린다.

1

"그것이 어째 없을까?"

아내가 장문을 열고 무엇을 찾더니 입안말로 중얼거린다.

"무엇이 없어?"

나는 우두커니 책상머리에 앉아서 책장만 뒤적뒤적하다가 물어보았다.

"모본단* 저고리 하나가 남았는데."

"……"

나는 그만 묵묵하였다.

아내가 그것을 찾아 무엇을 하려는 것을 앎이라. 오늘 밤에 옆집 할멈을 시켜 잡히려 하는 것이다.

이 이 년 동안에 돈 한 푼 나는 데 없고 그대로 주리면 시장할 줄 알아

기구와 의복을 전당국* 창고에 들여밀거나* 고물상 한구석에 세워 두고 얻어 오는 수밖에 없었다.

지금 아내가 하나 남은 모본단 저고리를 찾는 것도 아침거리를 장만하려 함이다.

나는 입맛을 쩍쩍 다시고 폈던 책을 덮으며 후우 한숨을 내쉬었다.

봄은 벌써 반이나 지났건만 이슬을 실은 듯한 밤기운이 방구석으로부터 슬금슬금 기어 나와 사람에게 안기고, 비가 오는 까닭인지 밤은 아직 깊지 않건만 인적조차 끊어지고 온 천지가 비인 듯이 고요한데 투닥투닥 떨어지는 빗소리가 한없는 구슬픈 생각을 자아낸다.

"빌어먹을 것, 되는 대로 되어라."

나는 점점 견딜 수 없어 두 손으로 흩어진 머리카락을 쓰다듬어 올리며 중얼거려 보았다.

이 말이 더욱 처량한 생각을 일으킨다. 나는 또 한번,

"후."

한숨을 내쉬며 왼팔을 베고 책상에 쓰러지며 눈을 감았다.

이 순간에 오늘 지낸 일이 불현듯 생각이 난다.

* 전당국 전당포를 말함. 물건을 잡고 돈을 빌려 주어 이익을 취하는 곳
* 들여밀다 '들이밀다'의 북한말로 마구 밀다라는뜻
* 궐련 담배

늦게야 점심을 마치고 내가 막 궐련* 한 개를 피워 물 적에 한성은행 다니는 T가 공일이라고 찾아왔다.

친척은 다 멀지 않게 살아도 가난한 꼴을 보이기도 싫고 찾아갈 적마다 무엇을 꾸어 내라고 조르지도 아니하였건만 행여나 무슨 구차한 소리를 할까 봐서 미리 방패막이를 하고 눈살을 찌푸리는 듯하여 나는 발을

끊고 따라서 찾아오는 이도 없었다.

다만 이 T는 촌수가 가까운 까닭인지 자주 우리를 방문하였다.

그는 성실하고 공순하여* 소소한 소사*에 슬퍼하고 기뻐하는 인물이었다.

동년배인 우리들은 늘 친척 간에 비교거리가 되었다.

그리고 나의 평판이 항상 좋지 못했다.

"T는 돈을 알고 위인이 진실해서 그에는 돈푼이나 모일 것이야! 그러나 K(내 이름)는 아무짝에도 못 쓸 놈이야. 그 잘난 언문* 섞어서 무어라고 끄적거려 놓고 제 주제에 무슨 조선에 유명한 문학가가 된다니! 시러베아들 놈!"

이것이 그네들의 평판이었다.

내가 문학인지 무엇인지 하는 소리가 까닭없이 그네들의 비위에 틀린 것이다.

더군다나 나는 그네들의 생일이나 혹은 대사* 때에는 돈 한 푼 이렇다는 일이 없고, T는 소위 착실히 돈벌이를 해 가지고 국수 밥소라*나 보조를 하는 까닭이다.

"얼마 아니 되어 T는 잘살 것이고 K는 거지가 될 것이니 두고 보아!"

오촌 당숙은 이런 말씀까지 하였다 한다.

입 밖에는 아니 내어도 친부모 친형제까지라도 심중으로는 다 이렇게 생각할 것이다.

그래도 부모는 달라서 화가 나시면,

"네가 그러 하다가는 말경에 비렁뱅이가 되고 말 것이야."

* 공순하여 공손하고 온순하여
* 소사 작은 일
* 언문 한글을 천하게 이르던 말
* 대사 큰 일
* 밥소라 밥, 떡국, 국수 등을 담는 큰 놋그릇

라고 꾸중을 하셔도

"사람이라 늦복 모르느니라."

"그런 사람은 또 그렇게 되느니라."

하시는 것이 스스로 위로하는 말씀이고 또 며느리를 위로하는 말씀이었다.

이것을 보아도 하는 수 없는 놈이라고 단념을 하시면서 그래도 잘되기를 바라시고 축원하시는 것을 알겠더라.

여하간 이만하면 T의 사람됨을 가히 알 수가 있다. 그리고 그가 우리 집에 올 것 같으면 지어서 쾌활하게 웃으며 힘써 재미스러운 이야기를 하였다.

단둘이 고적하게* 그날그날을 보내는 우리에게는 더할 수 없이 반가웠다.

오늘도 그가 활발하게 집에 쑥 들어오더니 신문지에 싼 기름한* 것을 '이것 봐라' 하는 듯이 마루 위에 올려놓고 분주히 구두끈을 끄른다.

"이것은 무엇인가?"

나는 물어보았다.

"저어, 제 처의 양산이야요. 쓰던 것이 벌써 낡았고 또 살이 부러졌다나요."

그는 구두를 벗고 마루에 올라서며 나오는 웃음을 참지 못하여 벙글벙글하면서 대답을 한다.

그는 나의 아내를 돌아보며 돌연히,

"아주머니, 좀 구경하시렵니까?"

하더니 싼 종이와 집을 벗기고 양산을 펴 보인다.

흰 비단 바탕에 두어 가지 매화를 수놓은 양산이었다.

"검정이는 좋은 것이 많아도 너무 칙칙해 보이고 회색이나 누렁이는 하나도 그것이야 싶은 것이 없어서 이것을 산걸요."

그는 '이것보다도 더 좋은 것을 살 수가 있다.' 하는 뜻을 보이려고 애를 쓰며 이런 발명*까지 한다.

"이것도 퍽 좋은데요."

이런 칭찬을 하면서 양산을 펴들고 이리저리 홀린 듯이 들여다보고 있는 아내의 눈에는,

'나도 이런 것 하나 가졌으면…….'

하는 생각이 역력히 보인다.

나는 갑자기 불쾌한 생각이 와락 일어나서 방으로 들어오며 아내의 양산 보는 양을 빙그레 웃고 바라보고 있는 T에게,

"여보게, 방에 들어오게그려. 우리 이야기나 하세."

T는 따라 들어와 물가 폭등에 대한 이야기며, 자기의 월급이 오른 이야기며, 주권을 몇 주 사 두었더니 꽤 이익이 남았다든가, 각 은행 사무원 경기회에서 자기가 우월한 성적을 얻었다든가, 이런 것 저런 것 한참 이야기하다가 돌아갔다.

T를 보내고 책상을 향하여 짓던 소설의 결미*를 생각하고 있을 즈음에,

"여보!"

아내의 떠는 목소리가 바로 내 귀 곁에서 들린다.

핏기 없는 얼굴에 살짝 붉은빛이 들며 어느 결에 내 곁에 바짝 다가앉았더라.

"당신도 살 도리를 좀 하세요."

"……."

나는 '또 시작하는구나.' 하는 생각이 번개같이 머리에 번쩍이며 불쾌한 생각이 벌컥 일어난다.

그러나 무어라고 대답할 말이 없어 묵묵히 있었다.

"우리도 남과 같이 살아 보아야지요."

아내가 T의 양산에 단단히 자극을 받은 것이다.

예술가의 처 노릇을 하려는 독특한 결심이 있는 그는 좀처럼 이런 소리를 입 밖에 내지 아니하였다.

그러나 무엇에 상당한 자극만 받으면 참고 참았던 이런 소리를 하게 되는 것이다.

나는 이런 소리를 들을 적마다 '그럴 만도 하다.'는 동정심이 없지 아니하나 심사가 어쩐지 좋지 못하였다.

이번에도 '그럴 만도 하다.'는 동정심이 없지 아니하되 또한 불쾌한 생각을 억제키 어려웠다.

잠깐 있다가 불쾌한 빛을 나타내며,

"급작스럽게 살 도리를 하라면 어찌 할 수가 있소, 차차 될 때가 있겠지!"

"아이구, 차차란 말씀 그만두구려, 어느 천년에."

아내의 얼굴에 붉은빛이 짙어지며 전에 없던 흥분한 어조로 이런 말까지 하였다.

자세히 보니 두 눈에 은은히 눈물이 괴었더라.

나는 잠시 멍멍하게 있었다.

성난 불길이 치받쳐 올라온다.

나는 참을 수 없었다.

"막벌이꾼한테 시집을 갈 것이지, 누가 내게 시집을 오랬소! 저따위가 예술가의 처가 다 뭐야!"

사나운 어조로 몰풍스럽게* 소리를 꽥 질렀다.

"에그!"

살짝 얼굴빛이 변해지며 어이없이 나를 보더니 고개가 점점 수그러지며 한 방울 두 방울 방울방울 눈물이 장판 위에 떨어진다.

나는 이런 일을 가슴에 그리며 그래도 내일 아침거리를 장만하려고 옷을 찾는 아내의 심중을 생각해 보니 말할 수 없는 슬픈 생각이 가을바람과 같이 설렁설렁 심골*을 문지르는 것 같다.

쓸쓸한 빗소리는 굵었다 가늘었다 의연히 적적한 밤공기에 더욱 처량히 들리고 그을음 앉은 등피* 속에서 비치는 불빛은 구름에 가린 달빛처럼 우는 듯 조는 듯, 구차히 얻어 산 몇 권 양책*의 표제* 금자*가 번쩍거린다.

* 몰풍스럽게 성격이나 태도가 냉랭하며 퉁명스럽게
* 심골 깊은 마음속
* 등피 등불이 꺼지지 않고, 불빛을 밝게 하기 위해 남포등에 씌우는 유리로 만든 물건
* 양책 서양책
* 표제 책 제목
* 금자 금빛이 나는 글자

2

장 앞에 초연히 서 있던 아내가 무엇이 생각났는지 고개를 끄덕끄덕하

며, 들릴 듯 말 듯 목 안의 소리로,

"오호……. 옳지 참 그날……."

"찾았소?"

"아니야요, 벌써……. 저 인천 사시는 형님이 오셨던 날……."

아내가 애써 찾던 그것도 벌써 전당포의 고운 먼지가 앉았구나! 종지*
하나라도 차근차근 아랑곳하는* 아내가 그것을 잡혔는지 안 잡혔는지
모르는 것을 보면 빈곤이 얼마나 그의 정신을 물어뜯었는지 가히 알겠
다.

"……."

"……."

한참 동안 서로 아무 말이 없었다.

가슴이 어째 답답해지며 누구하고 싸움이나 좀 해 보았으면, 소리껏
고함이나 질러 보았으면, 실컷 맞아 보았으면 하는 일종 이상한 감정이
부글부글 피어오르며, 전신에 이가 스멀스멀 기어 다니는 듯 옷이 어째
몸에 끼이며 견딜 수가 없다.

나는 이런 감정을 노골적으로 드러내며,

"점점 구차한 살림에 싫증이 나서 못 견디겠지?"

아내는 무엇을 생각하는지 모르게 정신을 잃고 섰다가 그 거슴츠레*
한 눈이 둥그레지며,

"네에? 어째서요?"

"무얼 그렇지."

"싫은 생각은 조금도 없어요."

* 종지 간장이나 고추
장 등을 담아 놓는 작은
그릇
* 아랑곳하는 일에 나
서서 참견하거나 관심을
두는
* 거슴츠레 눈이 정기
가 풀리고 흐리멍덩하며
거의 감길 듯한 모양

이렇게 말이 오락가락함에 따라 나는 흥분의 도가 점점 짙어 간다.

그래서 아내가 떨리는 소리로

"어째 그런 줄 아세요?"

하고 반문할 적에,

"나를 숙맥*으로 알우?"

라고 격렬하게 소리를 높였다.

아내는 살짝 분한 빛이 눈에 비치어 물끄러미 나를 들여다본다.

나는 괘씸하다는 듯이 흘겨보며,

"그러면 그것 모를까! 오늘까지 잘 참아 오더니 인제는 점점 기색이 달라지는걸 뭐! 물론 그럴 만도 하지마는!"

이런 말을 하는 내 가슴에는 지난 일이 활동사진 모양으로 얼른얼른 나타난다.

육 년 전에(그때 나는 십육 세이고 저는 십팔 세였다.) 우리가 결혼한 지 얼마 아니 되어 지식에 목마른 나는 지식의 바닷물을 얻어 마시려고 표연히* 집을 떠났었다.

광풍*에 나부끼는 버들잎 모양으로 오늘은 지나*, 내일은 일본으로 굴러다니다가 금전의 탓으로 지식의 바닷물도 흠씬 마셔 보지도 못하고 반거들충이*가 되어 집에 돌아오고 말았다.

그가 시집올 때에는 방글방글 피려는 꽃봉오리 같던 아내가 어느 겨를에 기울어 가는 꽃처럼 두 뺨에 선연한 빛이 스러지고 벌써 두어 금 가는 줄이 그리어졌다.

처가 덕으로 집칸*도 장만하고 세간*도 얻어 우리는 소위 살림을 하

* 숙맥 사리 분별을 못하고 세상 물정을 잘 모르는 사람
* 표연히 모든 것을 떨치고 가볍게
* 광풍 미친 듯이 사납게 휘몰아치는 거센 바람
* 지나 중국
* 반거들충이 무엇을 배우다가 중간에 그만두어 다 이루지 못한 사람
* 집칸 공간이 좁거나 변변하지 못한 집
* 세간 집안 살림에 쓰는 온갖 물건

게 되었다.

처음에는 그럭저럭 지냈었지마는 한 푼 나는 데 없는 살림이라 한 달 가고 두 달이 갈수록 점점 곤란해질 따름이었다.

나는 보수 없는 독서와 가치 없는 창작으로 해가 지며 날이 새며, 쌀이 있는지, 나무가 있는지, 망연케* 몰랐다.

그래도 때때로 맛있는 반찬이 상에 오르고 입은 옷이 과히 추하지 아니함은 전혀 아내의 힘이었다.

전들 무슨 벌이가 있으리요, 부끄럼을 무릅쓰고 친가에 가서 눈치를 보아 가며 구차한 소리를 하여 가지고 얻어 온 것이었다.

그것도 한두 번 말이지 장구한* 세월에 어찌 늘 그럴 수가 있으랴! 말 경에는 아내가 가져온 세간과 의복에 손을 대는 수밖에 없었다.

잡히고 파는 것도 나는 알은 체도 아니하였다.

그가 애를 쓰며 퉁명스러운 옆집 할멈에게 돈푼을 주고 시켰었다.

이런 고생을 하면서도 그는 나의 성공만 마음속으로 깊이깊이 믿고 빌었었다.

어느 때에는 내가 무엇을 짓다가 마음에 맞지 아니하여 쓰던 것을 집어던지고 화를 낼 적에,

"왜 마음을 조급하게 잡수세요! 저는 꼭 당신의 이름이 세상에 빛날 날이 있을 줄 믿어요. 우리가 이렇게 고생을 하는 것이 장차 잘될 근본이 야요."

하고, 그는 스스로 흥분되어 눈물을 흘리며 나를 위로하는 적도 있었다.

내가 외국으로 다닐 때에 소위 신풍조에 떠어 까닭 없이 구식 여자가

* 망연케 아무 생각이 없이 멍하게
* 장구한 매우 길고 오랜

싫어졌다.

그래서 나이 일찍이 장가든 것을 매우 후회하였다.

어떤 남학생과 어떤 여학생이 서로 연애를 주고받고 한다는 이야기를 들을 적마다 공연히 가슴이 뛰놀며 부럽기도 하고 비감스럽기도* 하였다.

그러나 낫살*이 들어 갈수록 그런 생각도 없어지고 집에 돌아와 아내를 겪어 보니 의외에 그에게 따뜻한 맛과 순결한 맛을 발견하였다.

그의 사랑이야말로 이기적 사랑이 아니고 헌신적 사랑이었다.

이런 줄을 점점 깨닫게 될 때에 내 마음이 얼마나 행복스러웠으랴! 밤이 깊도록 다듬이를 하다가 그만 옷 입은 채로 쓰러져 곤하게 자는 그의 파리한 얼굴을 들여다보며,

"아아, 나에게 위안을 주고 원조를 주는 천사여!"

하고 감격이 극하여 눈물을 흘린 적도 있었다.

내가 알다시피 내가 별로 천품*은 없으나 어쨌든 무슨 저작가*로 몸을 세워 보았으면 하여 나날이 창작과 독서에 전심력*을 바쳤다. 물론 아직 남에게 인정될 가치는 없는 것이다.

그 영향으로 자연 일상생활이 말유하게* 되었다.

이런 곤란에 그는 근 이 년 견디어 왔건만 나의 하는 일은 오히려 아무 보람이 없고 방 안에 놓였던 세간이 줄어지고 장롱에 찼던 옷이 거의 다 없어졌을 뿐이다.

그 결과 그다지 견딜성 있던 그도 요사이 와서는 때때로 쓸데없는 탄식을 하게 되었다.

* 비감스럽기도 슬픈 느낌이 있기도
* 낫살 나잇살의 준말로 지긋한 나이를 낮추어 이르는 말
* 천품 타고난 기품
* 저작가 예술 또는 학문에 관한 책이나 작품 등을 짓는 일을 직업으로 삼는 사람
* 전심력 온 마음과 온 힘을 한데 모아서 씀
* 말유하게 어찌할 도리가 없게

손잡이를 잡고 마루 끝에 우두커니 서서 하염없이 먼 산만 바라보기도 하며, 바느질을 하다 말고 실신한 사람 모양으로 멍청히 앉았기도 하였다.

창경*으로 비치는 어스름한* 햇빛에 나는 흔히 그의 눈물 머금은 근심 있는 눈을 발견하였다.

이런 때에는 말할 수 없는 쓸쓸한 생각이 들며 일없이,

"마누라!"

하고 부르면 그는 몸을 움찔하고 고개를 저리 돌리어 치맛자락으로 눈물을 씻으며,

"네에?"

하고 울음에 떨리는 가는 대답을 한다. 나는 등에 물을 끼얹는 듯 몸이 으쓱해지며 처량한 생각이 싸늘하게 가슴에 흘렀다.

그러지 않아도 자비*하기 쉬운 마음이 더욱 심해지며,

"내가 무자격한 탓이다."

하고 스스로 멸시*를 하고 나니 더욱 견딜 수 없다.

'그럴 만도 하다.'는 동정심이 없지 아니하되 그래도 그만 불쾌한 생각이 일어나며,

"계집이란 할 수 없어."

혼자 이런 불평을 중얼거리었다.

환등* 모양으로 하나씩 둘씩 이런 일이 가슴에 나타나니 무어라고 말할 용기조차 없어졌다.

나의 유일의 신앙자이고 위로자이던 처까지 인제는 나를 아니 믿게 되

었다.

그는 마음속으로,

'네가 육 년 동안 내 살을 깎고 저미었구나! 이 원수야.' 할 것이다.

이렇게 생각하매 그의 불같던 사랑까지 없어져 가는 것 같았다.

아니 흔적도 없이 사라지고 만 것 같았다. 나는 감상적으로 허둥허둥하며,

"낸들 마누라를 고생시키고 싶어서 시키겠소! 비단옷도 해 주고 싶고 좋은 양산도 사 주고 싶어요! 그러길래 온종일 쉬지 않고 공부를 아니하우. 남 보기에는 편편히* 노는 것 같아도 실상은 그렇지 않아! 본들 모른단 말이오."

나는 점점 강한 가면을 벗고 약한 진상*을 드러내며 이와 같은 가소로운 변명까지 하였다.

"온 세상 사람이 다 나를 비소하고* 모욕하여도 상관이 없지만 마누라까지 나를 아니 믿어 주면 어찌한단 말이오."

내 말에 스스로 자극이 되어 가지고 마침내,

"아아!"

길이 탄식을 하고 그만 쓰러졌다.

이 순간에 고개를 숙이고 아마 하염없이 입술만 물어뜯고 있던 아내가 홀연,*

"여보!"

울음소리를 떨면서 무너지는 듯이 내 얼굴에 쓰러진다.

"용서……."

* 편편히 아무 불편 없이 편안하게
* 진상 사물이나 현상의 거짓 없이 참된 모습, 내용
* 비소하고 비방하거나 비난하여 웃고
* 홀연 뜻하지 아니하게 갑자기

하고는 복받쳐* 나오는 울음에 말이 막히고 불덩이 같은 두 뺨이 내 얼굴을 누르며 흑흑 느끼어 운다.

그의 두 눈으로부터 샘솟 듯하는 눈물이 제 뺨과 내 뺨 사이를 따뜻하게 젖어 퍼진다.

내 눈에도 눈물이 흘러내린다.

뒤숭숭하던 생각이 다 이 뜨거운 눈물에 봄눈 슬듯 스러지고 말았다.

한참 있다가 우리는 눈물을 씻었다. 내 속이 얼만큼 시원한지 몰랐다.

"용서하여 주세요! 그렇게 생각하실 줄은 참 몰랐어요."

이런 말을 하는 아내는 눈물에 부어오른 눈꺼풀을 아픈 듯이 꿈적거린다.

"암만 구차하기로니 싫증이야 날까요! 나는 한번 먹은 맘이 있는데."

가만가만히 변명을 하는 아내의 눈물 흔적이 어룽어룽*한 얼굴을 물끄러미 바라보며 겨우 심신이 가뜬하였다*.

3

어제 일로 심신이 피곤하였는지 그 이튿날 늦게야 잠을 깨니 간밤에 오던 비는 어느 결에 그치었고 명랑한 햇발이 미닫이에 높았더라.

아내가 다시금 장문을 열고 잡힐 것을 찾을 즈음에 누가 중문을 열고 들어온다.

우리는 누군가 하고 귀를 기울일 적에 밖에서,

"아씨!"

하는 소리가 들렸다.

아내는 급히 방문을 열고 나갔다.

그는 처가에서 부리는 할멈이었다.

오늘이 장인 생신이라고 어서 오라는 말을 전한다.

"오늘이야? 참 옳지, 오늘이 이월 열엿샛 날이지, 나는 깜박 잊었어!"

"원 아씨는 딱도 하십니다. 어쩌면 아버님 생신을 잊는단 말씀이야요. 아무리 살림이 재미가 나시더래도!"

시큰둥한 할멈은 선웃음*을 쳐 가며 이런 소리를 한다.

가난한 살림에 골몰하느라고 자기 친부의 생신까지 잊었는가 하매 정지*가 더욱 측은하였다.

"오늘이 본가 아버님 생신이래요. 어서 오라시는데……."

"어서 가구려……."

"당신도 가셔야지요. 우리 같이 가세요."

하고 아내는 하염없이 얼굴을 붉힌다.

나는 처가에 가기가 매우 싫었었다. 그러나 아니 가는 것도 내 도리가 아닐 듯하여 하는 수 없이 두루마기*를 입었다.

아내는 머뭇머뭇하여 양미간*을 보일 듯 말 듯 찡그리다가 곁눈*으로 살짝 나를 엿보더니 돌아서서 급히 장문을 연다.

* 선웃음 우습지 않은데 억지로 꾸며서 웃는 웃음
* 정지 딱한 사정에 있는 처지
* 두루마기 옷자락이 무릎까지 내려오는 우리나라 고유의 옷으로 보통 외출할 때 입음
* 양미간 두 눈썹 사이
* 곁눈 얼굴은 돌리지 않고 눈알만 옆으로 굴려서 보는 눈

'흥, 입을 옷이 없어서 망설거리는구나.'

나도 슬쩍 돌아서며 생각하였다.

우리는 서로 등지고 섰건만 그래도 아내가 거의 다 빈 장 안을 들여다보며 입을 만한 옷이 없어서 눈살을 찌푸린 양이 눈앞에 선연함*을 어찌할 수가 없었다.

"자아, 가세요."

무엇을 생각하는지 모르게 정신을 잃고 섰다가 아내의 부르는 소리를 듣고 나는 기계적으로 고개를 돌리었다.

아내는 당목* 옷으로 갈아입고 내 마음을 알았던지 나를 위로하는 듯이 방그레 웃는다.

나는 더욱 쓸쓸하였다.

우리 집은 천변 배다리 곁이었고 처가는 안국동에 있어 그 거리가 꽤 멀었다.

나는 천천히 가노라 하고 아내는 속히 오느라고 오건마는 그는 늘 뒤떨어졌다.

내가 한참 가다가 뒤를 돌아다보면 그는 늘 멀리 떨어져 나를 따라오려고 애를 쓰며 주춤주춤 걸어온다.

길가에 다니는 어느 여자를 보아도 거의 다 비단옷을 입고 고운 신을 신었는데 당목 옷을 허술하게 차리고 청록당혜*로 타박타박 걸어오는 양이 나에게 얼마나 애연한* 생각을 일으켰는지! 한참 만에 나는 넓고 높은 처갓집 대문에 다다랐다.

내가 안으로 들어갈 적에 낯선 사람들이 나를 힐끔힐끔 본다.

* 선연함 실제로 보는 것 같은 생생함
* 당목 무명실로 나비가 넓고 발이 곱게 짠 옷감
* 청록당혜 백두산 사슴의 가죽으로 만든 당혜(남녀가 신던 가죽신)
* 애연한 슬픈

그들의 눈에,

"이 사람이 누구인가. 아마 이 집 하인인가 보다."

하는 경멸히 여기는 빛이 있는 것 같았다.

안대청* 가까이 들어오니 모두 내게 분분히 인사를 한다.

그 인사하는 소리가 내 귀에는 어째 비소하는 것 같기도 하고 모욕하는 것 같기도 하여 공연히 가슴이 두근거리고 얼굴이 후끈거린다.

그중에 제일 내게 친숙하게 인사하는 사람이 있다.

그는 아내보다 삼 년 맏인 처형이었다.

내가 어려서 장가를 들었으므로 그때 그는 나를 못 견디게 시달렸다.

그때는 그게 싫기도 하고 밉기도 하더니 지금 와서는 그때 그러한 것이 도리어 우리를 무관하게 정답게 만들었다.

그는 인천 사는데 자기 남편이 기미*를 하여 가지고 이번에 돈 십만 원이나 착실히 땄다 한다.

그는 자기의 잘사는 것을 자랑하고자 함인지 비단을 내리 감고 얼굴에 부유한 태가 질질 흐른다. 그러나 분으로 숨기려고 애쓴 보람도 없이 눈위에 퍼렇게 멍든 것이 내 눈에 띄었다.

"왜 마누라는 어쩌고 혼자 오세요?"

그는 웃으며 이런 말을 하다가 중문 편을 바라보더니,

"그러면 그렇지! 동부인* 아니하고 오실라구."

혼자 주고받고 한다.

나도 이 말을 듣고 슬쩍 돌아다보니 아내가 벌써 중문 앞에 들어섰다. 그 수척한 얼굴이 더욱 수척해 보이며 눈물 괸 듯한 눈이 하염없이 웃는

* 안대청 집의 안채에 있는 대청
* 기미 쌀을 팔고 사는 일을 말하며 실제 거래를 목적으로 하는 것이 아니고 쌀의 시세를 이용하여 약속으로만 거래하는 일종의 투기 행위
* 동부인 아내와 함께 동행함

다.

나는 유심히 그와 아내를 번갈아 보았다.

처음 보는 사람은 분간을 못하리만큼 그들의 얼굴은 혹사하다※.

그런데 얼굴빛은 어쩌면 저렇게 틀리는지!

하나는 이글이글 만발한 꽃 같고 하나는 시들시들 마른 낙엽 같다.

아내를 형이라고, 처형을 아우라 하였으면 아무라도 속을 것이다.

또 한번 아내를 보며 말할 수 없는 쓸쓸한 생각이 다시금 가슴을 누른
다.

딴 음식은 별로 먹지도 아니하고 못 먹는 술을 넉 잔이나 마시었다.

그래도 바늘방석에 앉은 것처럼 앉아 견딜 수가 없다.

집에 가려고 나는 몸을 일으켰다. 골치가 띵하며 내가 선 방바닥이 마
치 폭풍에 노도하는 파도같이 높았다 낮았다 어질어질해서 곧 쓰러질
것 같다.

이 거동을 보고 장모가 황망히 일어서며,

"술이 저렇게 취해 가지고 어데로 갈라구, 여기서 한잠 자고 가게."

나는 손을 내저으며,

"아니에요, 집에 가겠어요."

취한 소리로 중얼거리었다.

"저를 어쩌나!"

장모는 걱정을 하시더니,

"할멈, 어서 인력거※ 한 채 불러오게."

한다.

※ 혹사하다 아주 비슷
하다
※ 인력거 사람이 끄는,
바퀴가 두 개 달린 수레
로 주로 사람을 태울 때
에 씀

취중에도 인력거를 태우지 말고 삯을 나를 주었으면 책 한 권을 사 보련만 하는 생각이 있었다.

인력거를 타고 얼마 아니 가서 그만 잠이 들었다.

한참 자다가 잠을 깨어 보니 방 안에 벌써 남폿불*이 켜 있는데, 아내는 어느 결에 왔는지 외로이 앉아 바느질을 하고 화로에서는 무엇이 끓는 소리가 보글보글하였다.

아내가 나의 잠 깬 것을 보더니 급히 화로에 얹힌 것을 만져 보며,

"인제 그만 일어나 진지를 잡수세요."

하고 부리나케 일어나 아랫목에 파묻어 둔 밥그릇을 꺼내어 미리 차려 둔 상에 얹어서 내 앞에 갖다 놓고 일변* 화로를 당기어 더운 반찬을 집어 얹으며,

"자아, 어서 일어나세요."

한다.

나는 마지못하여 하는 듯이 부스스 일어났다.

머리가 오히려 아프며 목이 몹시 말라서 국과 물을 연해 들이켰다.

"물만 잡수셔서 어째요. 진지를 좀 잡수셔야지."

아내는 이런 근심을 하며, 밥상머리에 앉아서 고기도 뜯어 주고 생선 뼈도 추려* 주었다.

이것은 다 오늘 처가에서 가져온 것이다. 나는 맛나게 밥 한 그릇을 다 먹었다.

내 밥상이 나매 아내가 밥을 먹기 시작한다.

그러면 지금껏 내 잠 깨기를 기다리고 밥을 먹지 아니하였구나 하고

* 남폿불 남포등(석유를 넣은 그릇의 심지에 불을 붙이고 유리로 만든 등피를 끼운 등)에 켜 놓은 불
* 일변 한편
* 추려 섞여 있는 것에서 여럿을 뽑아내거나 골라내

오늘 처가에서 본 일을 생각하였다.

어제 일이 있은 후로 우리 사이에 무슨 벽이 생긴 듯하던 것이 그 벽이 점점 엷어져 가는 듯하며 가엾고 사랑스러운 생각이 일어났었다.

그래서 우리는 정답게 이런 이야기, 저런 이야기를 하게 되었다.

우리의 이야기는 오늘 장인 생신 잔치로부터 처형 눈 위에 멍든 것에 옮겨 갔다.

처형의 남편이 이번 그 돈을 딴 뒤로는 주야 요리점과 기생집에 돌아다니더니 일전에 어떤 기생을 얻어 가지고 미쳐 날뛰며 집에만 들면 집안 사람을 들볶고 걸핏하면 처형을 친다 한다.

이번에도 별로 대단치 않은 일에 처형에게 밥상으로 냅다 갈겨 바로 눈 위에 그렇게 멍이 들었다 한다.

"그것 보아, 돈푼이나 있으면 다 그런 것이야"

"정말 그래요. 없으면 없는 대로 살아도 의좋게 지내는 것이 행복이야요."

아내는 충심*으로 공명*해 주었다.

이 말을 들으매 그리고 마음속으로

'옳다, 그렇다. 이렇게 지내는 것이 행복이다.'

하였다.

* 충심 마음속에서 우러나는 참된 마음
* 공명 남의 감정 행동 따위에 공감하여 자기도 그와 같이 따르려 함

4

이틀 뒤 해 어스름에 처형은 우리 집에 놀러 왔었다.

마침 내가 정신없이 무엇을 생각하고 있을 즈음에 쓸쓸하게 닫혀 있는 중문이 찌그덩하며, 비단옷 소리가 사오락사오락 들리더니 아랫목은 내게 빼앗기고 윗목에서 바느질을 하고 있던 아내가 문을 열고 나간다.

"아이고, 형님 오셔요."

아내의 인사하는 소리가 들리더니 처형이 계집 하인에게 무엇을 들리고 들어온다.

나도 반갑게 인사를 하였다.

"그날 매우 욕을 보셨죠? 못 잡숫는 술을 무슨 짝에 그렇게 잡수세요."

인사를 하다가 급작스럽게 계집 하인이 든 것을 빼앗더니 신문지로 싼 것을 끄집어내어 아내를 주며,

"내 신 사는데 네 신도 한 켤레 샀다. 그날 청록당혜를……."

말을 하려다가 나를 곁눈으로 흘끗 보고 그만 입을 닫친다*.

"그것을 왜 또 사셨어요."

해쓱한 얼굴에 꽃물*을 들이며, 아내가 치사하는* 것도 들은 체 만 체하고 처형은 또 이야기를 시작한다.

"올 적에 사랑방 양반*을 졸라서 돈 백 원을 얻었겠지. 그래서 오늘 종로에 나와서 옷감도 바꾸고 신도 사고……."

그는 자랑과 기쁨의 빛이 얼굴에 퍼지며 싼 보를 끌러,

"이런 것이야!"

* 닫치다 입을 굳게 다물다
* 꽃물 불그스름한 혈색을 비유적으로 이르는 말
* 치사하는 다른 사람을 칭찬하는
* 사랑방 양반 남편을 이르는 말

하고 우리 앞에 펼쳐 놓는다.

자세히는 모르나 여하간 값 많은 품 좋은 비단인 듯하다.

무늬 없는 것, 무늬 있는 것, 회색, 초록색, 분홍색이 갖가지로 윤이 흐르며 색색이 빛이 나서 나는 한참 황홀하였다.

무슨 칭찬을 해야 되겠다 싶어서,

"참 좋은 것인데요."

이런 말을 하다가 나는 또 쓸쓸한 생각이 일어난다.

저것을 보는 아내의 심중이 어떠할까 하는 의문이 문득 일어남이라.

"모두 좋은 것만 골라 샀습니다그려."

아내는 인사를 차리느라고 이런 칭찬은 하나마 별로 부러워하는 기색이 없다. 나는 적이 의외의 감이 있었다.

처형은 자기 남편의 흉을 보기 시작하였다.

그 밉살스럽다는 둥, 그 추근추근하다는 둥, 말끝마다 자기 남편의 불미한 점을 들다가 문득 이야기를 끊고 일어선다.

"왜 벌써 가시려고 하셔요. 모처럼 오셨다가 반찬은 없어도 저녁이나 잡수세요."

하고 아내가 만류하니,

"아니 곧 가야지. 오늘 저녁차로 떠날 것이니까 가서 짐을 매어야지. 아직 차 시간이 멀었어? 아니 그래도 정거장에 일찍이 나가야지, 만일 기차를 놓치면 오죽 기다리실라구. 벌써 오늘 저녁차로 간다고 편지까지 했는데……."

재삼 만류함도 돌아보지 아니하고 그는 홀홀히* 나간다.

* 홀홀히 조심성이 없고 행동이 매우 가볍게

우리는 그를 보내고 방에 들어왔다.

"그까짓 것이 기다리는데 그다지 급급히 갈 것이 무엇이야."

아내는 하염없이 웃을 뿐이었다.

"그래도 옷감 바꿀 돈을 주었으니 기다리는 것이 애처롭기는 하겠지."

밉살스러우니, 추근추근하니 하여도 물질의 만족만 얻으면 그것으로 기뻐하고 위하는 그의 생활이 참 가련하다 하였다.

"참, 그런가 보아요."

아내도 웃으며 내 말을 받는다.

이때에 처형이 사 준 신이 그의 눈에 띄었는지(혹은 나를 꺼려, 보고 싶은 것을 참았는지 모르나) 그것을 집어 들고 조심조심 펴 보려다가 말고 머뭇머뭇한다.

그 속에 그를 해케 할 무슨 위험품이나 든 것같이.

"어서 펴 보구려."

아내는 이 말을 듣더니,

'작히* 좋으랴.'

하는 듯이 활발하게 싼 신문지를 헤친다.

"퍽 예쁜걸요."

그는 근일에 드문 기쁜 소리를 치며 방바닥 위에 사뿐 내려놓고 버선을 당기며 곱게 신어 본다.

"어쩌면 이렇게 맞아요!"

연해연방* 감사를 부르짖는 그의 얼굴에 흔연한* 희색*이 넘쳐흐른다.

"……"

묵묵히 아내의 기뻐하는 양을 보고 있는 나는 또다시,

'여자란 할 수 없어.'

하는 생각이 들며,

'조심하였을 따름이다.'

하매 밤빛 같은 검은 그림자가 가슴을 어둡게 하였다.

그러면 아까 처형의 옷감을 볼 적에도 물론 마음속으로는 부러워하였을 것이다. 다만 표면에 드러내지 않았을 따름이다. 겨우,

'어서 펴 보구려.' 하는 한마디에 가슴에 숨겼던 생각을 속임 없이 나타내는구나 하였다.

내가 무엇을 생각하고 있는지 저는 모르고 새 신 신은 발을 쳐들며,

"신 모양이 어때요?"

"매우 예뻐!"

겉으로는 좋은 듯이 대답을 하였으나 마음은 쓸쓸하였다.

내가 제게 신 한 켤레를 사 주지 못하여 남에게 얻은 것으로 만족하고 기뻐하는 거다.

웬일인지 이번에는 그만 불쾌한 생각이 일어나지 아니하였다.

처형이 동서를 밉다거니 무엇이니 하면서도 기차를 놓치면 남편이 기다릴까 염려하여 급히 가던 것이 생각난다.

그것을 미루어 아내의 심사도 알 수 있다.

부득이한 경우라 하릴없이 정신적 행복에만 만족하려고 애를 쓰지마는 기실 부족한 것이다.

다만 참을 따름이다.

그것은 내가 생각해야 한다.

이런 생각을 하니 그날 아내에게 그런 말을 한 것이 후회가 났다.

'어느 때라도 제 은공*을 갚아 줄 날이 있겠지!'

나는 마음을 좀 너그러이 먹고 이런 생각을 하며 아내를 보았다.

"나도 어서 출세를 하여 비단신 한 켤레쯤은 사 주게 되었으면 좋으련만……"

아내가 이런 말을 듣기는 처음이다.

"네에?"

아내는 제 귀를 못 미더워하는 듯이 의아한 눈으로 나를 보더니 얼굴에 살짝 열기가 오르며,

"얼마 안 되어 그렇게 될 것이야요!"

라고 힘 있게 말하였다.

"정말 그럴 것 같소?"

나는 약간 흥분하여 반문하였다.

"그러믄요, 그렇고 말고요."

아직 아무도 인정해 주지 않는 무명작가*인 나를 저 하나가 깊이깊이 인정해 준다.

그러길래 그 강한 물질에 대한 본능적 욕구도 참아 가며 오늘날까지 몹시 눈살을 찌푸리지 아니하고 나를 도와준 것이다.

'아아, 나에게 위안을 주고 원조를 주는 천사여!'

마음속으로 이렇게 부르짖으며, 두 팔로 덥석 아내의 허리를 잡아 내 가슴에 바싹 안았다.

* 은공 은혜와 공로
* 무명작가 세상에 이름이 알려지지 않은 작가

그다음 순간에는 뜨거운 두 입술이…….

그의 눈에도 나의 눈에도 그렁그렁한 눈물이 물 끓듯 넘쳐흐른다.

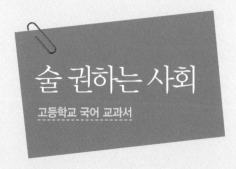

술 권하는 사회

고등학교 국어 교과서

작품 소개

1921년 '개벽'에 발표된 이 작품은 작가 현진건의 삶이 녹아든 3인칭 관찰자 시점의 글입니다. 소설 속 주인공은 서울에서 중학교를 마치고 일본 유학까지 다녀온 지식인이지만, 정작 조국에서는 꿈을 펼칠 수가 없습니다. 작가는 사실적이고 섬세한 묘사를 통해 '부조리한 사회를 사는 당시 지식인들의 고민과 방황'을 생생하게 드러내고 있습니다.

줄거리

'아내'는 새벽 1시까지 혼자 바느질을 하며 남편을 기다린다. '남편'은 일본 동경으로 유학까지 다녀온 지식인이지만 일본의 식민지로 사는 조선의 현실에 절망해 매일같이 술만 마신다. 새벽 2시경 행랑 할멈이 부르는 소리에 나가 보니 남편은 또 술에 잔뜩 취해 있다. 아내는 남편의 옷을 벗기다가 남편에게 술을 권한 사람들을 원망한다. 그러자 남편은 "옳지 못한 이 사회가 나에게 술을 권한다."고 말하지만, 아내는 그 말의 속뜻을 이해하지 못한다. 남편은 이런 아내가 말 상대가 되지 않는다며 집을 나가고, 아내는 "그 몹쓸 사회가 왜 술을 권하는고?"라며 한탄한다.

"아이그, 아야."

홀로 바느질을 하고 있던 아내는 얼굴을 살짝 찌푸리고 가늘고 날카로운 소리로 부르짖었다. 바늘 끝이 왼손 엄지손가락 손톱 밑을 찔렀음이다. 그 손가락은 가늘게 떨고 하얀 손톱 밑으로 앵두빛 같은 피가 비친다. 그것을 볼 사이도 없이 아내는 얼른 바늘을 빼고 다른 손 엄지손가락으로 그 상처를 누르고 있다. 그러면서 하던 일가지를 팔꿈치로 고이고 이 밀어 내려놓았다.

이윽고 눌렀던 손을 떼어 보았다. 그 언저리는 인제 다시 피가 아니 나려는 것처럼 혈색이 없다. 하더니, 그 희던 꺼풀 밑에 다시금 꽃물이 차츰차츰 밀려온다. 보일 듯 말 듯한 그 상처로부터 좁쌀 낟* 같은 핏방울이 송송 솟는다. 또 아니 누를 수 없다. 이만하면 그 구멍이 아물었으려니 하고 손을 떼면 또 얼마 아니 되어 피가 비치어 나온다.

인제 헝겊 오락지*로 처매는* 수밖에 없다. 그 상처를 누른 채 그는 바

* 낟 곡식의알
* 오락지 '오라기'의 방언으로 실 헝겊, 종이등의 길고 가느다란 조각을 뜻함
* 처매는 친친 감아서 매는

느질고리*에 눈을 주었다. 거기 쓸 만한 오락지는 실패 밑에 있다. 그 실패를 밀어내고 그 오락지를 두 새끼손가락 사이에 집어 올리려고 한동안 애를 썼다. 그 오락지는 마치 풀로 붙여 둔 것같이 고리 밑에 착 달라붙어 세상 잡혀지지 않는다. 그 두 손가락은 헛되이 그 오락지 위를 긁적거리고 있을 뿐이다.

"왜 집혀지지를 않아!"

그는 마침내 울 듯이 부르짖었다. 그리고 그것을 집어 줄 사람이 없나 하는 듯이 방 안을 둘러보았다. 방 안은 텅 비어 있다. 어느 뉘* 하나 없다. 호젓한 허영*만 그를 휩싸고 있다.

바깥도 죽은 듯이 고요하다. 시시로 퐁퐁 하고 떨어지는 수도의 물방울 소리가 쓸쓸하게 들릴 뿐, 문득 전등불이 광채를 더하는 듯하였다. 벽상*에 걸린 괘종*의 거울이 번들하며, 새로 한 점*을 가리키려는 시침이 위협하는 듯이 그의 눈을 쏜다. 그의 남편은 그때껏 돌아오지 않았었다.

아내가 되고 남편이 된 지는 벌써 오랜 일이다. 어느덧 7, 8년이 지났으리라. 하건만 같이 있어 본 날을 헤아리면 단 일 년이 될락말락한다. 막 그의 남편이 서울서 중학을 마쳤을 제* 그와 결혼하였고, 그러자마자 고만 동경에 부급*한 까닭이다. 거기서 대학까지 졸업을 하였다.

이 길고 긴 세월에 아내는 얼마나 괴로웠으며 외로웠으랴! 봄이면 봄, 겨울이면 겨울, 웃는 꽃을 한숨으로 맞았고 얼음 같은 베개를 뜨거운 눈물로 데웠다. 몸이 아플 때, 마음이 쓸쓸할 제, 얼마나 그가 그리웠으랴! 하건만 아내는 이 모든 고생을 이를 악물고 참았었다. 참을 뿐이 아니라

* 바느질고리 바늘, 실 골무 등 바느질 도구를 넣어 두는 그릇으로 '반짇고리'라고도 함
* 뉘 누구
* 허영 빈 그림자
* 벽상 벽면의 위쪽 부분
* 괘종 시간마다 종이 울리는 시계로 '괘종시계'라고도 함
* 점 예전에, 괘종시계의 종 치는 횟수로 시각을 세던 단위
* 제 '적에'가 줄어든 말로 지나간 어떤 때, 또는 그 동작이 진행되거나 그 상태가 나타나 있는 때를 가리킴
* 부급 타향으로 공부하러 감

달게 받았었다. 그것은 '남편이 돌아오기만 하면!' 하는 생각이 그에게 위로를 주고 용기를 준 까닭이었다.

남편이 동경에서 무엇을 하고 있나? 공부를 하고 있다. 공부가 무엇인가? 자세히 모른다. 또 알려고 애쓸 필요도 없다. 어찌하였든지 이 세상에 제일 좋고 제일 귀한 무엇이라 한다. 마치 옛날이야기에 있는 도깨비의 부자 방망이 같은 것이려니 한다. 옷 나오라면 옷 나오고, 밥 나오라면 밥 나오고, 돈 나오라면 돈 나오고……. 저 하고 싶은 무엇이든지 청해서 아니 되는 것이 없는 무엇을, 동경에서 얻어 가지고 나오려니 하였었다. 가끔 놀러 오는 친척들이 비단옷 입은 것과 금지환* 낀 것을 볼 때에 그 당장엔 마음 그윽이 부러워도 하였지만 나중엔 '남편만 돌아오면……' 하고 그것에 경멸하는 시선을 던지었다.

남편이 돌아왔다. 한 달이 지나가고 두 달이 지나간다. 남편의 하는 행동이 자기의 기대하던 바와 조금 배치되는* 듯하였다. 공부 아니한 사람보다 조금도 다른 것이 없었다. 아니다, 다르다면 다른 점도 있다. 남은 돈벌이를 하는데 그의 남편은 도리어 집안 돈을 쓴다. 그러면서도 어딘지 분주히 돌아다닌다. 집에 들면 정신없이 무슨 책을 보기도 하고 또는 밤새도록 무엇을 쓰기도 하였다.

'저러는 것이 참말 부자 방망이를 맨드는 것인가 보다.'

아내는 스스로 이렇게 해석한다.

또 두어 달이 지나갔다. 남편의 하는 일은 늘 한 모양이었다. 한 가지 더한 것은 때때로 깊은 한숨을 쉬는 것뿐이었다. 그리고 무슨 근심이 있는 듯이 얼굴을 펴지 않았다. 몸은 나날이 축*이 나간다.

* 금지환 금으로 만든 가락지(손가락에 끼는 한 쌍의 고리)
* 배치되는 반대되는
* 축 근심이나 병으로 몸이야윈것

'무슨 걱정이 있는고?'

아내는 따라서 근심을 하게 되었다. 하고는 그 여윈 것을 보충하려고 갖가지로 애를 썼다. 곧 될 수 있는 대로 그의 밥상에 맛난 반찬 가지를 붙게* 하며 또 고음* 같은 것도 만들었다. 그런 보람도 없이 남편은 입맛이 없다 하며 그것을 잘 먹지도 않았다.

또 몇 달이 지나갔다. 인제 출입을 뚝 끊고 늘 집에 붙어 있다. 걸핏하면 성을 낸다. 입버릇 모양으로 화난다, 화난다 하였다.

어느 날 새벽, 아내가 어렴풋이 잠을 깨어, 남편의 누웠던 자리를 더듬어 보았다. 쥐이는 것은 이불자락뿐이다. 잠결에도 조금 실망을 아니 느낄 수 없었다. 잃은 것을 찾으려는 것처럼, 눈을 부스스 떴다.

책상 위에 머리를 쓰러뜨리고 두 손으로 그것을 움켜쥐고 있는 남편을 보았다. 흐릿한 의식이 돌아옴에 따라, 남편의 어깨가 들썩들썩 움직임도 깨달았다. 흑흑 느끼는 소리가 귀를 울린다. 아내는 정신을 바짝 차리었다. 불현듯이 몸을 일으켰다. 이윽고 아내의 손은 가볍게 남편의 등을 흔들며 목에 걸리고 나오지 않은 소리로,

"왜 이러고 계셔요."

라고 물어보았다.

"……"

남편은 아무 대답이 없다. 아내는 손으로 남편의 얼굴을 괴어 들려고 할 즈음에, 그것이 뜨뜻하게 눈물에 젖는 것을 깨달았다.

또 한 두어 달 지나갔다. 처음처럼 다시 출입이 잦아졌다. 구역이 날 듯한 술 냄새가 밤늦게 돌아오는 남편의 입에서 나게 되었다. 그것은 요사

* 붙게 분량이나 수효
가많아지게
* 고음 고기나 생선을
진한 국물이 나오도록
푹 삶은 국

이 일이다. 오늘 밤에도 지금까지 돌아오지 않았다. 초저녁부터 아내는 별별 생각을 다 하면서 남편을 고대 고대하고 있었다. 지리한 시간을 속히 보내려고 치웠던 일 가지를 또 꺼내었다. 그것조차 뜻같이 아니 되었다. 때때로 바늘이 헛되이 움직이었다. 마침내 그것에 찔리고 말았다.

"어데를 가서 이때껏 오시지 않아!"

아내는 이제 아픈 것도 잊어버리고 짜증을 내었다. 잠깐 그를 떠났던 공상과 환영이 다시금 그의 머리에 떠돌기 시작하였다.

이상한 꽃을 수놓은, 흰 보 위에 맛난 요리를 담은 접시가 번쩍인다. 여러 친구와 술을 권커니 잣거니 하는 광경이 보인다. 그의 남편은 미친 듯이 껄껄 웃는다. 나중에는 검은 휘장*이 스르르 하는 듯이 그 모든 것이 사라져 버리더니 낭자한* 요리상만이 보이기도 하고, 술병만 희게 빛나기도 하고, 아까 그 기생이 한 팔로 땅을 짚고 진저리를 쳐 가며 웃는 꼴이 보이기도 하였다. 또한 남편이 길바닥에 쓰러져 우는 것도 보이었다.

"문 열어라!"

문득 대문이 덜컥 하고 혀가 꼬부라진 소리로 부르는 듯하였다.

"네."

저도 모르게 대답을 하고 급히 마루로 나왔다. 잘못 신은, 발에 아니 맞는 신을 질질 끌면서 대문으로 달렸다. 중문은 아직 잠그지도 않고 행랑방*에 사람이 없지 않지마는 으레 깊은 잠에 떨어졌을 줄 알고 자기가 뛰어나감이었다. 가느다란 손이 어둠 속에서 희게 빗장을 잡고 한참 실랑이를 한다. 대문은 열렸다.

* 휘장 천을 여러 폭으로 이어서 빙 둘러치는 장막
* 낭자한 여기저기 흩어져 어지러운
* 행랑방 대문간에 붙어있는 방

밤바람이 선득하게* 얼굴에 안친다. 문밖에는 아무도 없다! 온 골목에 사람의 그림자도 볼 수 없다. 검푸른 밤빛이 허연 길 위에 그물그물* 깃들었을 뿐이었다.

아내는 무엇에 놀란 사람 모양으로 한참 멀거니 서 있었다. 문득 급거히 대문을 닫친다. 마치 그 열린 사이로 악마나 들어올 것처럼.

"그러면 바람 소리였구먼."

하고 싸늘한 뺨을 쓰다듬으며 해쭉* 웃고 발길을 돌리었다.

'아니 내가 분명히 들었는데⋯⋯. 혹 내가 잘못 보지를 않았나?⋯⋯. 길바닥에나 쓰러져 있었으면 보이지도 않을 터야⋯⋯.'

중간문까지 다다르자 별안간 이런 생각이 그의 걸음을 멈추게 하였다.

'대문을 또 좀 열어 볼까?⋯⋯. 아니야, 내가 헛들었지. 그래도 혹⋯⋯. 아니야, 내가 헛들었지.'

망설거리면서도 꿈꾸는 사람 모양으로 저도 모를 사이에 마루까지 올라왔다. 매우 기묘한 생각이 번개같이 그의 머리에 번쩍인다.

'내가 대문을 열었을 제 나 몰래 들어오지나 않았나⋯⋯.'

과연 방 안에 무슨 소리가 나는 것 같았다. 확실히 사람의 기척이 있다. 어른에게 꾸중 모시러 가는 어린애처럼 조심조심 방문 앞에 왔다. 그리고 문간 아래로 손을 대며 하염없이 웃는다. 그것은 제 잘못을 용서해 주십사 하는 어린애 같은 웃음이었다. 조심조심 방문을 열었다. 이불이 어째 움직움직하는 듯하였다.

'나를 속이려고 이불을 쓰고 누웠구먼.'

하고 마음속으로 소곤거렸다. 가만히 내려앉는다. 그 모양이 이것을

* 선득하게 갑자기 서늘한 느낌이 있게
* 그물그물 불빛 따위가 밝게 비치지 않고 몹시 침침한 모양을 나타내는 의태어
* 해쭉 만족스러운 듯 귀엽게 한 번 쌜짝 웃는 모양

건드려서는 큰일이 나지요 하는 듯하였다. 이불을 펄쩍 쳐들었다. 빈 요가 하얗게 드러난다. 그제야 확실히 아니 온 줄 안 것처럼,

"아니 왔구면, 안 왔어!"

라고 울 듯이 부르짖었다.

남편이 돌아오기는 새로 두 점이 훨씬 지난 뒤였다. 무엇이 털썩 하는 소리가 들리고 잇달아,

"아씨, 아씨!"

라고 부르는 소리가 귀를 때릴 때에야 아내는 비로소 아직도 앉았을 자기가 이불 위에 쓰러져 있음을 깨달았다. 기실, 잠귀 어두운 할멈이 대문을 열었으리만큼 아내는 깜박 잠이 깊이 들었었다. 하건만 그는 몽경*에서 방황하는 정신을 당장에 수습하였다. 두어 번 얼굴을 쓰다듬자 불현듯 밖으로 나왔다.

남편은 한 다리를 마루 끝에 걸치고 한 팔을 베고 옆으로 누워 있다. 숨소리가 씨근씨근한다.

막 구두를 벗기고 일어난 할멈은 검붉은 상을 찡그려 붙이며,

"어서 일어나 방으로 들어가세요."

라고 한다.

"응, 일어나지."

나리는 혀를 억지로 돌리어 코와 입으로 대답을 하였다. 그래도 몸은 꿈적도 않는다. 도리어 그 개개풀린* 눈을 자려는 것처럼 스르르 감는다. 아내는 눈만 비비고 서 있다.

"어서 일어나세요. 방으로 들어가시라니까."

*몽경 꿈속
*개개풀린 졸리거나 술에 취해서 눈에 정기 가흐려진

이번에는 대답조차 아니한다. 그 대신 무엇을 잡으려는 것처럼 손을 내어 젓더니,

"물, 물, 냉수를 좀 주어."

라고 중얼거렸다.

할멈은 얼른 물을 따라 이취자※의 코밑에 놓았건만, 그사이에 벌써 아까 청을 잊은 것같이 취한 이는 물을 먹으려고도 않는다.

"왜 물을 아니 잡수세요."

곁에서 할멈이 깨우쳤다.

"응, 먹지 먹어."

하고, 그제야 주인은 한 팔을 짚고 고개를 든다. 한꺼번에 물 한 대접을 다 들이켜 버렸다. 그리고는 또 쓰러진다.

"에그, 또 눕네."

하고, 할멈은 우물로 기어드는 어린애를 안으려는 모양으로 두 손을 내어 민다.

"할멈은 고만 가 자게."

주인은 귀치않다는 듯이 말을 한다.

이를 어찌해 하는 듯이 멀거니 서 있는 아내도, 할멈이 고만 갔으면 하였다. 남편을 붙들어 일으킬 생각이야 간절하였지마는, 할멈이 보는데 어찌 그럴 수 없을 것 같았다. 혼인한 지가 7, 8년이 되었으니 그런 파수※야 되었으련만 같이 있어 본 날을 꼽아 보며, 그는 아직 갓 시집 온 색시였다.

'할멈은 가 자게.'

※ 이취자 술이 곤드레만드레 취한사람
※ 파수 기간

란 말이 목까지 올라왔지만 입술에서 사라지고 말았다. 마음 그윽이 할멈이 돌아가기만 기다릴 뿐이었다.

"좀 일으켜 드려야지."

가기는커녕 이런 말을 하고 할멈은 선웃음을 치면서 마루로 부득부득 올라온다. 그 모양은 마치 '주인 나리가 약주가 취하시거든, 방에까지 모셔다 드려야 제 도리에 옳지요.' 하는 듯하였다.

"자아, 자아."

할멈은 아씨를 보고 히히 웃어 가며, 나리의 등 밑으로 손을 넣는다.

"왜 이래, 왜 이래. 내가 일어날 테야."

하고, 몸을 움직이더니, 정말 주인이 부스스 일어난다. 마루를 쾅쾅 눌러 디디며, 비틀비틀, 곧 쓰러질 듯한 보조로 방문을 향하여 걸어간다. 와지끈하며 문을 열어젖히고는 방 안으로 들어간다. 아내도 뒤따라 들어왔다. 할멈은 중간 턱을 넘어설 제, 몇 번 혀를 차고는, 저 갈 데로 가 버렸다.

벽에 엇비슷하게 기대어 있는 남편은 무엇을 생각하는 듯이 고개를 숙이고 있다. 그의 말라붙은 관자놀이에 펄떡거리는 푸른 맥을 아내는 걱정스럽게 바라보면서 남편 곁으로 다가온다.

아내의 한 손은 양복 깃을, 또 한 손은 그 소매를 잡으며 화한* 목성으로,

"자아, 벗으세요."

하였다.

남편은 문득 미끄러지는 듯이 벽을 타고 내려앉는다. 그의 쭉 뻗친 발

* 화한 부드러운

끝에 이불자락이 저리로 밀려간다.

"에그, 왜 이리 하세요. 벗자는 옷은 아니 벗으시고."

그 서슬에 넘어질 뻔한 아내는 애닯게 부르짖었다. 그러면서도 같이 따라 앉는다. 그의 손은 또 옷을 잡았다.

"옷이 구겨집니다. 제발 좀 벗으세요."

라고 아내는 애원을 하며, 옷을 벗기려고 애를 쓴다. 하나, 취한 이의 등이 천근같이 벽에 척 들러붙었으니 벗겨질 리가 없다. 애를 쓰다쓰다 옷을 놓고 물러앉으며,

"원 참, 누가 술을 이처럼 권하였노."

라고 짜증을 낸다.

"누가 권하였노? 누가 권하였노? 흥흥."

남편은 그 말이 몹시 귀에 거슬리는 것처럼 곱씹는다.

"그래, 누가 권했는지 마누라가 좀 알아내겠소?"

하고 껄껄 웃는다. 그것은 절망의 가락을 띤 쓸쓸한 웃음이었다. 아내도 따라 방긋 웃고는 또 옷을 잡으며,

"자아, 옷이나 먼저 벗으세요. 이야기는 나중에 하지요. 오늘 밤에 잘 주무시면 내일 아침에 알으켜 드리지요."

"무슨 말이야, 무슨 말이야. 왜 오늘 일을 내일로 미루어. 할 말이 있거든 지금 해!"

"지금은 약주가 취하셨으니, 내일 약주가 깨시거든 하지요."

"무엇? 약주가 취해서?"

하고 고개를 쩔레쩔레 흔들며,

"천만에, 누가 술이 취했단 말이오. 내가 공연히 이러지, 정신은 말똥말똥하오. 꼭 이야기하기 좋을 만해. 무슨 말이든지…… 자아."

"글쎄, 왜 못 잡수시는 약주를 잡수세요. 그러면 몸이 축이 나지 않아요?"

하고 아내는 남편의 이마에 흐르는 진땀을 씻는다.

이취자는 머리를 흔들며,

"아니야, 아니야, 그런 말을 듣자는 것이 아니야."

하고 아까 일을 추상하는* 것처럼, 말을 끊었다가 다시금 말을 이어,

"옳지, 누가 나에게 술을 권했단 말이오? 내가 술이 먹고 싶어서 먹었단 말이오?"

"자시고 싶어 잡수신 건 아니지요. 누가 당신께 약주를 권하는지 내가 알아낼까요? 저……. 첫째는 화증*이 술을 권하고, 둘째는 하이칼라*가 약주를 권하지요."

아내는 살짝 웃는다. 내가 어지간히 알아맞혔지요 하는 모양이었다.

남편은 고소한다*.

"틀렸소, 잘못 알았소. 화증이 술을 권하는 것도 아니고, 하이칼라가 술을 권하는 것도 아니오. 나에게 술을 권하는 것은 따로 있어. 마누라가, 내가 어떤 하이칼라한테나 홀려 다니거나, 그 하이칼라가 늘 내게 술을 권하거니 하고 근심을 했으면 그것은 헛걱정이지. 나에게 하이칼라는 아무 소용도 없소. 나의 소용은 술뿐이오. 술이 창자를 휘돌아, 이것저것을 잊게 만드는 것에 나는 취할 뿐이오."

하더니, 홀연 어조를 고쳐 감개무량하게,

* 추상하는 지나간 일을 돌이켜 생각하는
* 화증 걸핏하면 화를 왈칵 내는 증세
* 하이칼라 예전에, 서양식 유행을 따르던 멋쟁이를 이르던 말
* 고소한다 쓴웃음을 짓는다

"아아, 유위 유망*한 머리를 알코올로 마비 아니 시킬 수 없게 하는 그 것이 무엇이란 말이오."

하고, 긴 한숨을 내어 쉰다. 물큰물큰한* 술 냄새가 방 안에 흩어진다.

아내에게는 그 말이 너무 어려웠다. 고만 묵묵히 입을 다물었다. 눈에 보이지 않는 무슨 벽이 자기와 남편 사이에 갈리는 듯하였다. 남편의 말이 길어질 때마다 아내는 이런 쓰디쓴 경험을 맛보았다. 이런 일은 한두 번이 아니었다. 이윽고 남편은 기막힌 듯이 웃는다.

"흥, 또 못 알아듣는군. 묻는 내가 그르지, 마누라야 그런 말을 알 수 있겠소. 내가 설명해 드리지. 자세히 들어요. 내게 술을 권하는 것은 화증도 아니고 하이칼라도 아니오, 이 사회란 것이 내게 술을 권한다오. 이 조선 사회란 것이 내게 술을 권한다오. 알았소? 팔자가 좋아서 조선에 태어났지, 딴 나라에 났더라면 술이나 얻어먹을 수 있나……"

사회란 무엇인가? 아내는 또 알 수 없었다. 어찌하였든 딴 나라에는 없고 조선에만 있는 요리집 이름이려니 한다.

"조선에 있어도 아니 다니면 그만이지요."

남편은 또 아까 웃음을 재우친다. 술이 정말 아니 취한 것같이 또렷또렷한 어조로,

"허허, 기막혀. 그 한 분자*된 이상에야 다니고 아니 다니는 게 무슨 상관이야. 집에 있으면 아니 권하고, 밖에 나가야 권하는 줄 아는가 보아. 그런 게 아니야. 무슨 사회란 사람이 있어서 밖에만 나가면 나를 꼭 붙들고 술을 권하는 게 아니야……. 무어라 할까……. 저 우리 조선 사람

으로 성립된 이 사회란 것이, 내게 술을 아니 못 먹게 한단 말이오⋯⋯. 어째 그렇소?⋯⋯. 또 내가 설명을 해 드리지. 여기 회*를 하나 꾸민다 합시다. 거기 모이는 사람 놈 치고 처음은 민족을 위하느니, 사회를 위하느니 그러는데, 제 목숨을 바쳐도 아깝지 않으니 아니하는 놈이 하나도 없어. 하다가 단 이틀이 못 되어 단 이틀이 못 되어⋯⋯."

한층 소리를 높이며 손가락을 하나씩 둘씩 꼽으며,

"되지 못한 명예 싸움, 쓸데없는 지위 다툼질, 내가 옳으니 네가 그르니, 내 권리가 많으니 네 권리가 적으니⋯⋯. 밤낮으로 서로 찢고 뜯고 하지, 그러니 무슨 일이 되겠소. 회뿐이 아니라, 회사이고 조합이고⋯⋯. 우리 조선 놈들이 조직한 사회는 다 그 조각이지. 이런 사회에서 무슨 일을 한단 말이오. 하려는 놈이 어리석은 놈이야. 적이* 정신이 바로 박힌 놈은 피를 토하고 죽을 수밖에 없지. 그렇지 않으면 술밖에 먹을 게 도무지 없지. 나도 전자에는 무엇을 좀 해 보겠다고 애도 써 보았어. 그것이 모두 수포야. 내가 어리석은 놈이었지. 내가 술을 먹고 싶어 먹는 게 아니야. 요사이는 좀 낫지마는 처음 배울 때에는 마누라도 알다시피 죽을 애를 썼지. 그 먹고 난 뒤에 괴로운 것이야 겪어 본 사람이 아니면 알 수 없지. 머리가 지끈지끈 아프고 먹은 것이 다 돌아 올라오고⋯⋯. 그래도 아니 먹은 것보담 나았어. 몸은 괴로워도 마음은 괴롭지 않았으니까. 그저 이 사회에서 할 것은 주정꾼 노릇밖에 없어⋯⋯."

"공연히 그런 말 말아요. 무슨 노릇을 못 해서 주정꾼 노릇을 해요! 남이라서⋯⋯."

아내는 부지불식간*에 흥분이 되어 열기 있는 눈으로 남편을 바라보

* 회모임
* 적이 꽤 어지간한 정도로
* 부지불식간 생각하지도 못하고 알지도 못하는 사이

고 불쑥 이런 말을 하였다. 그는 제 남편이 이 세상에 가장 거룩한 사람이어니 한다. 따라서 어느 뉘보다 제일 잘될 줄 믿는다. 몽롱하나마 그의 목적이 원대하고 고상한 것도 알았다.

얌전하던 그가 술을 먹게 된 것은 무슨 일이 맘대로 아니 되어 화풀이로 그러는 줄도 어렴풋이 깨달았다. 그러나 술은 노상 먹을 것이 아니다. 그러면 패가망신*하고 만다. 그러므로 하루바삐 그 화가 풀리었으면, 또다시 얌전하게 되었으면 하는 생각이 그의 머리를 떠날 때가 없었다. 그리고 그날이 꼭 올 줄 믿었다. 오늘부터는, 내일부터는…… 하건만, 남편은 어제도 술이 취하였다. 오늘도 한 모양이다. 자기의 기대는 나날이 틀려 간다. 좇아서 기대에 대한 자신도 엷어 간다. 애닲고 원한* 생각이 가끔 그의 가슴을 누른다. 더구나 수척해 가는 남편의 얼굴을 볼 때에 그런 감정을 걷잡을 수 없었다. 지금 저도 모르게 흥분한 것이 또한 무리가 아니었다.

"그래도 못 알아듣네그려. 참, 사람 기막혀. 본정신 가지고는 피를 토하고 죽든지, 물에 빠져 죽든지 하지, 하루라도 살 수가 없단 말이야. 흉장*이 막혀서 못 산단 말이야. 에엣, 가슴 답답해."

라고 남편은 소리를 지르고 괴로워서 못 견디는 것처럼 얼굴을 찌푸리며 미친 듯이 제 가슴을 쥐어뜯는다.

"술 아니 먹는다고 흉장이 막혀요?"

남편의 하는 짓은 본체만체하고 아내는 얼굴을 더욱 붉히며 부르짖었다.

그 말에 몹시 놀란 것처럼 남편은 어이없이 아내의 얼굴을 바라보더니

* 패가망신 집안의 재산을 다 써 없애고 몸을 망침
* 원한 원통한
* 흉장 가슴

그다음 순간에는 말할 수 없는 고뇌의 그림자가 그의 눈을 거쳐 간다.

"그르지, 내가 그르지. 너 같은 숙맥더러 그런 말을 하는 내가 그르지. 너한테 조금이라도 위로를 얻으려는 내가 그르지. 후후."

스스로 탄식한다.

"아아 답답해!"

문득 기막힌 듯이 외마디소리를 치고는 벌떡 몸을 일으킨다. 방문을 열고 나가려 한다.

왜 내가 그런 말을 하였던고? 아내는 불시에 후회하였다. 남편의 저고리 뒷자락을 잡으며 안타까운 소리로,

"왜 어디로 가셔요? 이 밤중에 어디를 나가셔요? 내가 잘못하였습니다. 인제는 다시 그런 말을 아니하겠습니다……. 그러게 내일 아침에 말을 하자니까."

"듣기 싫어, 놓아, 놓아요."

하고 남편은 아내를 떠다 밀치고 밖으로 나간다. 비틀비틀 마루 끝까지 가서는 털썩 주저앉아 구두를 신기 시작한다.

"에그, 왜 이리 하셔요. 인제 다시 그런 말을 아니한대도……."

아내는 뒤에서 구두 신으려는 남편의 팔을 잡으며 말을 하였다. 그의 손은 떨고 있었다.

그의 눈에는 단박에 눈물이 쏟아질 듯하였다.

"이건 왜 이래, 저리로 가!"

뱉듯이 말을 하고 휙 뿌리친다. 남편의 발길이 뚜벅뚜벅 중문에 다다랐다. 어느덧 그 밖으로 사라졌다. 대문 빗장 소리가 덜컥 하고 난다. 마루 끝에 떨어진 아내는 헛되이 몇 번,

"할멈! 할멈!"

하고 불렀다. 고요한 밤공기를 울리는 구두 소리는 점점 멀어 간다. 발자취는 어느덧 골목 끝으로 사라져 버렸다. 다시금 밤은 적적히 깊어 간다.

"가 버렸구먼, 가 버렸어!"

그 구두 소리를 영구히 아니 잃으려는 것처럼 귀를 기울이고 있는 아내는 모든 것을 잃었다 하는 듯이 부르짖었다. 그 소리가 사라짐과 함께 자기의 마음도 사라지고, 정신도 사라진 듯하였다. 심신이 텅 비어진 듯하였다. 그의 눈은 하염없이 검은 밤안개를 물끄러미 바라보고 있다. 그 사회란 독한 꼴을 그려 보는 것같이.

쓸쓸한 새벽바람이 싸늘하게 가슴에 부딪친다. 그 부딪치는 서슬에 잠 못 자고 피곤한 몸이 부서질 듯이 지긋하였다.

죽은 사람에게서나 볼 수 있는 해쓱한 얼굴이 경련적으로 떨며 절망한 어조로 소곤거렸다.

"그 몹쓸 사회가, 왜 술을 권하는고!"

운수 좋은 날

중학교 국어 교과서

작품 소개

〈운수 좋은 날〉은 1924년 6월 《개벽》에 발표된 작품으로 가난한 하층민의 비참한 현실을 고발한 단편 소설입니다. 이 작품은 며칠간 허탕만 치다가 모처럼 연달아 큰 벌이를 하는 전반부와 아내가 그토록 먹고 싶어 하던 설렁탕을 사 들고 왔으나 아내는 이미 죽어 있는 후반부가 강렬한 대비를 이루며 강한 사회적 문제의식을 분명하게 드러냅니다.

줄거리

인력거꾼 김 첨지는 열흘 동안 돈 구경도 못했는데 이날 따라 운수 좋게 손님이 줄을 이었다. 그의 아내는 기침을 한 지 달포가 넘었고, 열흘 전 조밥을 해 먹고 체하여 병이 더 심해졌다. 김 첨지가 한잔할 생각과 아내에게 설렁탕을 사 줄 마음에 기뻐할 찰나 또 손님이 들었다. 이상할 정도로 다리가 가뿐하다가, 집 가까이 오자 다리가 무거워지며 오늘은 집에 있으라던 아내의 말이 귀에 울렸다. 집에서 멀어질수록 발이 가벼워졌다. 운 좋게 또 한 손님을 태우고 인사동에 내려 주었다. 황혼이 가까울 때쯤 김 첨지는 기적에 가까운 벌이에 놀라는 한편 점점 불행을 향해 다가가고 있는 것 같아 집에 가기가 두려웠다. 그럴 즈음 친구 치삼이를 만나 같이 술을 하게 되었다. 돈을 많이 벌었다는 주정과 함께 돈에 대한 원망을 풀다가 자신의 아내가 죽었다는 말을 치삼에게 한다. 치삼이 놀라며 그를 집에 보내려 하자 거짓말이라고 하고는, 한잔 더 걸친 뒤 설렁탕을 사 들고 집으로 간다. 집에 들어서자 너무도 적막하여 아내를 향해 소리를 지르며 불길함을 이기려 한다. 방문을 열자 아내는 죽어 있고 아들은 울다 목이 잠겨 있다. 김 첨지는 눈물을 흘리며 죽은 아내에게 제 얼굴을 비빈다.

새침하게 흐린 품이 눈이 올 듯하더니 눈은 아니 오고 얼다가 만 비가 추적추적* 내리었다.

이날이야말로 동소문* 안에서 인력거꾼 노릇을 하는 김 첨지에게는 오래간만에도 닥친 운수 좋은 날이었다. 문안*에(거기도 문 밖은 아니지만) 들어간답시는 앞집 마나님*을 전찻길까지 모셔다 드린 것을 비롯하여 행여나 손님이 있을까 하고 정류장에서 어정어정하며 내리는 사람 하나하나에게 거의 비는 듯한 눈길을 보내고 있다가, 마침내 교원*인 듯한 양복쟁이를 동광학교까지 태워다 주기로 되었다.

첫 번에 삼십 전, 둘째 번에 오십 전 ― 아침 댓바람*에 그리 흉하지 않은 일이었다. 그야말로 재수가 옴 붙어서 근 열흘 동안 돈 구경도 못한 김 첨지는 십 전짜리 백통화* 서 푼, 또는 다섯 푼이 찰깍 하고 손바닥에 떨어질 제 거의 눈물을 흘릴 만큼 기뻤다. 더구나 이날 이때에 이 팔십 전이라는 돈이 그에게 얼마나 유용한지 몰랐다. 컬컬한 목에 모주* 한

* 추적추적 비나 진눈깨비가 자꾸 축축하게 내리는 모양을 나타내는 의태어
* 동소문 조선 시대 때 서울에 4대문과 4소문이 있었는데, 동소문은 4소문 가운데 동쪽 문
* 문안 동쪽은 흥인지문, 서쪽은 돈의문, 남쪽은 숭례문, 북쪽은 숙정문으로 이루어진 서울 4대문의 안쪽
* 마나님 나이가 많은 부인을 높여 이르는 말
* 교원 학교에서 학생을 가르치는 사람을 통틀어 이르는 말
* 댓바람 아주 이른 시간
* 백통화 구리, 아연, 니켈의 합금인 백통으로 만든 돈
* 모주 술을 거르고 남은 찌꺼기에 물을 타서 걸러낸 막걸리

잔도 적실 수 있거니와 그보다도 앓는 아내에게 설렁탕 한 그릇도 사다 줄 수 있음이다.

그의 아내가 기침으로 쿨룩거리기는 벌써 달포*가 넘었다. 조밥*도 굶기를 먹다시피 하는 형편이니 물론 약 한 첩 써 본 일이 없다. 구태여 쓰려면 못 쓸 바도 아니로되 그는 병이란 놈에게 약을 주어 보내면 재미를 붙여서 자꾸 온다는 자기의 신조에 어디까지 충실하였다. 따라서 의사에게 보인 적이 없으니 무슨 병인지는 알 수 없으나 반듯이 누워 가지고 일어나기는커녕 모로도 못 눕는 걸 보면 중증은 중증인 듯. 병이 이다지 심해지기는 열흘 전에 조밥을 먹고 체함 때문이다. 그때도 김 첨지가 오래간만에 돈을 얻어서 좁쌀 한 되와 십 전짜리 나물 한 단을 사다 주었더니 김 첨지의 말에 의하면 그 오라질 년이 천방지축으로 냄비에 대고 끓였다. 마음은 급하고 불길은 달지 않아 채 익지도 않은 것을 그 오라질 년이 숟가락은 고만두고 손으로 움켜서 두 뺨에 주먹 덩이 같은 혹이 불거지도록 누가 빼앗을 듯이 처박질하더니만 그날 저녁부터 가슴이 땅긴다, 배가 켕긴다고 눈을 흡뜨고* 지랄병을 하였다. 그때 김 첨지는 열화와 같이 성을 내며,

"에이, 오라질 년, 조롱복*은 할 수가 없어. 못 먹어 병, 먹어서 병, 어쩌란 말이야! 왜 눈을 바루 뜨지 못해!"

하고 앓는 이의 뺨을 한 번 후려갈겼다. 흡뜬 눈은 조금 바루어졌건만 이슬이 맺히었다. 김 첨지의 눈시울도 뜨끈뜨끈하였다.

이 환자가 그러고도 먹는 데는 물리지 않았다. 사흘 전부터 설렁탕 국물이 마시고 싶다고 남편을 졸랐다.

"이런 오라질 년! 조밥도 못 먹는 년이 설렁탕은, 또 처먹고 지랄병을 하게."

라고 야단을 쳐 보았건만, 못 사 주는 마음이 시원치는 않았다.

인제 설렁탕을 사 줄 수도 있다. 앓는 어미 곁에서 배고파 보채는 개똥이(세 살 먹이)에게 죽을 사 줄 수도 있다……. 팔십 전을 손에 쥔 김 첨지의 마음은 풍풍하였다*.

그러나 그의 행운은 그걸로 그치지 않았다. 땀과 빗물이 섞여 흐르는 목덜미를 기름 주머니가 다 된 광목* 수건으로 닦으며, 그 학교 문을 돌아나올 때였다. 뒤에서 "인력거" 하고 부르는 소리가 난다. 자기를 불러 멈춘 사람이 그 학교 학생인 줄 김 첨지는 한 번 보고 짐작할 수 있었다. 그 학생은 다짜고짜로,

"남대문 정거장까지 얼마요?"

하고 물었다. 아마도 그 학교 기숙사에 있는 이로 동기 방학*을 이용하여 귀향하려 함이리라. 오늘 가기로 작정은 하였건만 비는 오고, 짐은 있고 해서 어찌할 줄 모르다가 마침 김 첨지를 보고 뛰어나왔음이리라. 그렇지 않으면 왜 구두를 채 신지 못해서 질질 끌고 비록 고구라* 양복일망정 노박이로* 비를 맞으며 김 첨지를 뒤쫓아 나왔으랴.

"남대문 정거장까지 말씀입니까?"

하고 김 첨지는 잠깐 주저하였다. 그는 이 우중*에 우장*도 없이 그 먼 곳을 철벅거리고 가기가 싫었음일까? 처음 것, 둘째 것으로 그만 만족하였음일까? 아니다. 결코 아니다. 이상하게도 꼬리를 맞물고 덤비는 이 행운 앞에 조금 겁이 났음이다. 그리고 집을 나올 제 아내의 부탁이 마

* 풍풍하였다 넉넉하였다
* 광목 무명실로 너비를 넓게 짠 베
* 동기 방학 겨울 방학
* 고구라 두껍게 짠 면직물
* 노박이로 줄곧 한 가지에만 붙박이로, 줄곧 계속해서
* 우중 비가 올 때
* 우장 비를 맞지 않으려고 차려입은 옷차림

음에 켕기었다.

앞집 마나님한테서 부르러 왔을 제 병인은 그 뼈만 남은 얼굴에 유일의 생물 같은 유달리 크고 움푹한 눈에 애걸하는 빛을 띠며,

"오늘은 제발 나가지 말아요. 제발 덕분에* 집에 붙어 있어요. 내가 이렇게 아픈데……"

라고, 모기 소리같이 중얼거리고 숨을 걸그렁걸그렁*하였다. 그때에 김 첨지는 대수롭지 않은 듯이,

"압다, 젠장맞을 년, 별 빌어먹을 소리를 다 하네. 맞붙들고 앉았으면 누가 먹여 살릴 줄 알아."

하고, 훌쩍 뛰어나오려니까 환자는 붙잡을 듯이 팔을 내저으며,

"나가지 말라도그래, 그러면 일찍 들어와요."

하고, 목 메인 소리가 뒤를 따랐다.

정거장까지 가잔 말을 들은 순간에 경련적으로 떠는 손, 유달리 큼직한 눈, 울 듯한 아내의 얼굴이 김 첨지의 눈앞에 어른어른하였다.

"그래, 남대문 정거장까지 얼마란 말이오?"

하고 학생은 초조한 듯이 인력거꾼의 얼굴을 바라보며 혼잣말같이,

"인천 차가 열한 점에 있고, 그다음에는 새로 두 점이던가."

하고 중얼거린다.

"일 원 오십 전만 줍시오."

이 말이 저도 모를 사이에 불쑥 김 첨지의 입에서 떨어졌다. 제 입으로 부르고도 스스로 그 엄청난 돈 액수에 놀랐다. 한꺼번에 이런 금액을 불러라도 본 지가 그 얼마만인가! 그러자 그 돈 벌 용기가 병자에 대한 염

* 제발 덕분에 관용적인 표현으로 '간절히 은혜나 도움을 바라건대'라는 뜻
* 걸그렁걸그렁 가래 따위가 목구멍에 걸려 숨쉴 때마다 자꾸 꽤 거칠게 나는 소리나 모양을 뜻하는 북한어

려를 사르고* 말았다. 설마 오늘 내로 어떠랴 싶었다. 무슨 일이 있더라도 제일, 제이의 행운을 곱친 것보다도 오히려 갑절이 많은 이 행운을 놓칠 수 없다 하였다.

"일 원 오십 전은 너무 과한데."

이런 말을 하며 학생은 고개를 기웃하였다.

"아니올시다. 리 수로 치면 여기서 거기가 시오 리*가 넘는답니다. 또 이런 진날에 좀 더 주서야지요."

하고 빙글빙글 웃는 차부*의 얼굴에는 숨길 수 없는 기쁨이 넘쳐흘렀다.

"그러면 달라는 대로 줄 터이니 빨리 가요."

관대한 어린 손님은 그런 말을 남기고 총총히 옷도 입고 짐도 챙기러 갈 데로 갔다.

그 학생을 태우고 나선 김 첨지의 다리는 이상하게 가뿐하였다. 달음질을 한다느니보다 거의 나는 듯하였다. 바퀴도 어떻게 속히 도는지 구른다느니보다 마치 얼음을 지쳐 나가는 '스케이트' 모양으로 미끄러져 가는 듯하였다. 언 땅에 비가 내려 미끄럽기도 하였다.

이윽고 끄는 이의 다리는 무거워졌다. 자기 집 가까이 다다른 까닭이다. 새삼스런 염려가 그의 가슴을 눌렀다.

'오늘은 나가지 말아요. 내가 이렇게 아픈데!'

이런 말이 잉잉 그의 귀에 울렸다. 그리고 병자의 움쑥 들어간 눈이 원망하는 듯이 자기를 노리는 듯하였다. 그러자 엉엉 하고 우는 개똥이의 곡성을 들은 듯싶다. 딸꾹딸꾹 하고 숨 모으는 소리도 나는 듯싶다.

* 사르고 어떤 것을 남김없이 없애 버리고
* 시오 리 10리에 5리를 더한 거리
* 차부 마차나 우차 따위를 부리는 사람

"왜 이러우, 기차 놓치겠구먼."

하고 탄 이의 초조한 부르짖음이 간신히 그의 귀에 들어왔다. 언뜻 깨달으니 김 첨지는 인력거를 쥔 채 길 한복판에 엉거주춤 멈춰 있지 않은가.

"예, 예."

하고 김 첨지는 또다시 달음질하였다. 집이 차차 멀어갈수록 김 첨지의 걸음에는 다시금 신이 나기 시작하였다. 다리를 재게 놀려야만 쉴 새 없이 자기의 머리에 떠오르는 모든 근심과 걱정을 잊을 듯이.

정거장까지 끌어다 주고 그 깜짝 놀란 일 원 오십 전을 정말 제 손에 쥠에, 제 말마따나 십 리나 되는 길을 비를 맞아 가며 질퍽거리고 온 생각은 아니하고, 거저나 얻은 듯이 고마웠다. 졸부*나 된 듯이 기뻤다. 제 자식뻘밖에 안 되는 어린 손님에게 몇 번 허리를 굽히며,

"안녕히 다녀옵시오."

라고 깍듯이 재우쳤다*.

그러나 빈 인력거를 털털거리며 이 우중에 돌아갈 일이 꿈밖이었다. 노동으로 하여 흐른 땀이 식어지자 굶주린 창자에서, 물 흐르는 옷에서 어슬어슬 한기가 솟아나기 비롯하매 일 원 오십 전이란 돈이 얼마나 괜찮고 괴로운 것인 줄 절절히 느끼었다. 정거장을 떠나는 그의 발길은 힘 하나 없었다. 온몸이 옹송그려지며* 당장 그 자리에 엎어져 못 일어날 것 같았다.

"젠장맞을 것! 이 비를 맞으며 빈 인력거를 털털거리고 돌아를 간담. 이런 빌어먹을, 제 할미를 붙을 비가 왜 남의 상판*을 딱딱 때려!"

* 졸부 벼락부자
* 재우쳤다 빨리 몰아치거나 재촉하다
* 옹송그려지며 춥거나 두려워 몸이 궁상맞게 몹시 옴츠러들며
* 상판 얼굴을 매우 속되게 이르는 말

그는 몹시 화증을 내며 누구에게 반항이나 하는 듯이 게걸거렸다*. 그 럴 즈음에 그의 머리엔 또 새로운 광명이 비쳤나니 그것은 '이러구 갈 게 아니라 이 근처를 빙빙 돌며 차 오기를 기다리면 또 손님을 태우게 되는 지도 몰라.'란 생각이었다. 오늘 운수가 괴상하게도 좋으니까 그런 요행이 또 한 번 없으리라고 누가 보증하랴. 꼬리를 굴리는 행운이 꼭 자기를 기 다리고 있다고 내기를 해도 좋을 만한 믿음을 얻게 되었다. 그렇다고 해 도 정거장 인력거꾼의 등쌀이 무서우니 정거장 앞에 섰을 수는 없었다. 그래 그는 이전에도 여러 번 해 본 일이라 바로 정거장 앞 전차 정류장에 서 조금 떨어지게 사람 다니는 길과 전찻길 틈에 인력거를 세워 놓고, 자 기는 그 근처를 빙빙 돌며 형세를 관망하기로 하였다. 얼마 만에 기차는 왔고 수십 명이나 되는 손이 정류장으로 쏟아져 나왔다. 그중에서 손님 을 물색하는 김 첨지의 눈엔 양머리에 뒤축 높은 구두를 신고 망토까지 두른 기생 퇴물*인 듯, 난봉* 여학생인 듯한 여편네의 모양이 눈에 띄었 다. 그는 슬근슬근 그 여자의 곁으로 다가들었다.

"아씨, 인력거 아니 타실랍시오?"

그 여학생인지 뭔지가 한참은 매우 태깔*을 빼며 입술을 꼭 다문 채 김 첨지를 거들떠보지도 않았다. 김 첨지는 구걸하는 거지나 무엇같이 연해연방 그의 기색을 살피며,

"아씨, 정거장 애들보담 아주 싸게 모셔다 드리겠습니다. 댁이 어디신 가요?"

하고, 추근추근하게도 그 여자의 들고 있는 일본식 버들고리짝*에 제 손을 대었다.

* 게걸거렸다 상스럽게 소리 지르며 자꾸 불평을 떠들었다
* 퇴물 어떤 직업에서 물러난 사람을 낮잡아 이르는 말
* 난봉 '난봉꾼'과 같은 뜻으로 허랑방탕한 짓을 일삼는 사람을 뜻함
* 태깔 모습과 빛깔, 교만한 태도를 뜻하며 여기서는 교만한 태도를 말함
* 버들고리짝 고리버들의 가지로 만든 상자를 가리키며 주로 옷을 넣어 두는 데 쓰임

"왜 이래? 남 귀치않게."

소리를 벽력같이 지르고는 돌아선다. 김 첨지는 어랍시오 하고 물러섰다.

전차가 왔다. 김 첨지는 원망스럽게 전차 타는 이를 노리고 있었다. 그러나 그의 예감은 틀리지 않았다. 전차가 빡빡하게 사람을 싣고 움직이기 시작하였을 제 타고 남은 손이 하나 있었다. 굉장하게 큰 가방을 들고 있는 걸 보면 아마 붐비는 차 안에 짐이 크다 하여 차장에게 밀려 내려온 눈치였다. 김 첨지는 대어 섰다.

"인력거를 타실랍시오."

한동안 값으로 승강이를 하다가 육십 전에 인사동까지 태워다 주기로 하였다. 인력거가 무거워지매 그의 몸은 이상하게도 가벼워졌고, 그리고 또 인력거가 가벼워지니 몸은 다시금 무거워졌건만, 이번에는 마음조차 초조해 온다. 집의 광경이 자꾸 눈앞에 어른거리어 인제 요행을 바랄 여유도 없었다. 나무등걸*이나 무엇만 같고 제 것 같지도 않은 다리를 연해 꾸짖으며 갈팡질팡 뛰는 수밖에 없었다. 저놈의 인력거꾼이 저렇게 술이 취해 가지고 이 진 땅에 어찌 가노, 라고 길 가는 사람이 걱정을 하리만큼 그의 걸음은 황급하였다.

흐리고 비 오는 하늘은 어두침침한 게 벌써 황혼에 가까운 듯하다. 한 걸음 두 걸음 집이 가까워 올수록 그의 마음조차 괴상하게 누그러웠다*. 그런데 이 누그러움은 안심에서 오는 게 아니요, 자기를 덮친 무서운 불행을 빈틈없이 알게 될 때가 박두한* 것을 두려워하는 마음에서 오는 것이다.

* 나무등걸 나무를 베고 남은 밑동을 뜻하는 나뭇등걸의 북한말
* 누그러웠다 마음씨가 따뜻하고 부드러우며 융통성이 있었다
* 박두한 기일이나 시기가 가까이 닥쳐온

그는 불행에 다닥치기* 전 시간을 얼마쯤이라도 늘리려고 버르적거렸다. 기적에 가까운 벌이를 하였다는 기쁨을 할 수 있으면 오래 지니고 싶었다. 그는 두리번두리번 사면을 살피었다. 그 모양은 마치 자기 집—곧 불행을 향하여 달려가는 제 다리를 제 힘으로는 도저히 어찌할 수 없으니 누구든지 나를 좀 잡아 다고, 구해 다고 하는 듯하였다.

그럴 즈음에 마침 길가 선술집에서 그의 친구 치삼이가 나온다. 그의 우글우글 살찐 얼굴이 주홍이 돋는 듯, 온 턱과 뺨을 시커멓게 구레나룻*이 덮었거늘, 노르탱탱한 얼굴이 바짝 말라서 여기저기 고랑이 파이고, 수염도 있대야 턱 밑에만 마치 솔잎 송이를 거꾸로 붙여 놓은 듯한 김 첨지의 풍채하고는 기이한 대상을 짓고 있었다.

"여보게 김 첨지, 자네 문안에 들어갔다 오는 모양일세그려. 돈 많이 벌었을 테니 한잔 빨리게."

뚱뚱보는 말라깽이를 보던 맡*에 부르짖었다. 그 목소리는 몸짓과 딴판으로 연하고 싹싹하였다. 김 첨지는 이 친구를 만난 게 어떻게 반가운지 몰랐다. 자기를 살려 준 은인이나 무엇같이 고맙기도 하였다.

"자네는 벌써 한잔한 모양일세그려. 자네도 오늘 재미가 좋아 보이."

하고, 김 첨지는 얼굴을 펴서 웃었다.

"압다, 재미 안 좋다고 술 못 먹을 낸가. 그런데 여보게, 자네 온몸이 어째 물독에 빠진 생쥐 같은가? 어서 이리 들어와 말리게."

선술집은 훈훈하고 뜨뜻하였다. 추어탕을 끓이는 솥뚜껑을 열 때마다 뭉게뭉게 떠오르는 흰 김, 석쇠에서 뼈지짓뼈지짓 구워지는 너비아니 구이며, 제육이며, 간이며, 콩팥이며, 북어며, 빈대떡…… 이 너저분하게

* 다닥치기 일이나 사건 따위가 가까이 이르기
* 구레나룻 귀밑에서 턱까지잇따라난수염
* 맡 그 길로 바로

늘어놓은 안주 탁자에 김 첨지는 갑자기 속이 쓰려서 견딜 수 없었다. 마음대로 할 양이면 거기 있는 모든 먹음먹이※를 모조리 깡그리 집어삼켜도 시원치 않았다 하되 배고픈 이는 우선 분량 많은 빈대떡 두 개를 쪼이기로 하고 추어탕을 한 그릇 청하였다. 주린 창자는 음식 맛을 보더니 더욱더욱 비어지며 자꾸자꾸 들이라 들이라 하였다. 순식간에 두부와 미꾸리 든 국 한 그릇을 그냥 물같이 들이켜고 말았다. 셋째 그릇을 받아들었을 제 데우던 막걸리 곱빼기 두 잔이 더 왔다. 치삼이와 같이 마시자 원원이※ 비었던 속이라 찌르르하고 창자에 퍼지며 얼굴이 화끈하였다. 눌러 곱빼기 한 잔을 또 마셨다.

김 첨지의 눈은 벌써 개개풀리기 시작하였다. 석쇠에 얹힌 떡 두 개를 숭덩숭덩 썰어서 볼을 불룩거리며 또 곱빼기 두 잔을 부어라 하였다. 치삼은 의아한 듯이 김 첨지를 보며,

"여보게 또 붓다니, 벌써 우리가 넉 잔씩 먹었다네. 돈이 사십 전일세."

라고 주의시켰다.

"아따 이놈아, 사십 전이 그리 끔찍하냐? 오늘 내가 돈을 막 벌었어. 참 오늘 운수가 좋았느니."

"그래 얼마를 벌었단 말인가?"

"삼십 원을 벌었어. 삼십 원을! 이런 젠장맞을, 술을 왜 안 부어…… 괜찮다, 괜찮아. 막 먹어도 상관이 없어. 오늘 돈 산더미같이 벌었는데."

"어, 이 사람 취했군, 그만두세."

"이놈아, 이걸 먹고 취할 내냐, 어서 더 먹어."

하고는 치삼의 귀를 잡아채며 취한 이는 부르짖었다. 그리고 술을 붓

※ 먹음먹이 먹음직한 음식들
※ 원원이 처음부터, 본디부터

는 열다섯 살 됨직한 중대가리*에게 달려들며,

"이놈, 오라질 놈, 왜 술을 붓지 않어."

라고 야단을 쳤다. 중대가리는 히히 웃고 치삼을 보며 문의하는 듯이 눈짓을 하였다. 주정꾼이 이 눈치를 알아보고 화를 버럭 내며,

"에미를 붙을 이 오라질 놈들 같으니, 이놈 내가 돈이 없을 줄 알고?"

하자마자 허리춤을 훔칫훔칫하더니 일 원짜리 한 장을 꺼내어 중대가리 앞에 펄쩍 집어 던졌다. 그 사품*에 몇 푼 은전이 잘그랑하며 떨어진다.

"여보게, 돈 떨어졌네. 왜 돈을 막 끼얹나."

이런 말을 하며 일변 돈을 줍는다. 김 첨지는 취한 중에도 돈의 거처를 살피는 듯이 눈을 크게 떠서 땅을 내려다보다가 불시에 제 하는 짓이 너무 더럽다는 듯이 고개를 소스라치자 더욱 성을 내며,

"봐라 봐! 이 더러운 놈들아, 내가 돈이 없나! 다리 뼉다구를 꺾어 놓을 놈들 같으니."

하고 치삼이 주워 주는 돈을 받아,

"이 원수엣 돈! 이 육시*를 할 돈!"

하면서 팔매질*을 친다. 벽에 맞아 떨어진 돈은 다시 술 끓이는 양푼에 떨어지며 정당한 매를 맞는다는 듯이 쨍하고 울었다.

곱빼기 두 잔은 또 부어질 겨를도 없이 말려 가고 말았다. 김 첨지는 입술과 수염에 붙은 술을 빨아들이고 나서 매우 만족한 듯이 그 솔잎 송이 수염을 쓰다듬으며,

"또 부어, 또 부어!"

* 중대가리 중처럼 빡빡 깎은 머리 또는 그렇게 머리를 깎은 사람을 놀리는 말
* 사품 어떤 동작이나 일이 진행되는 바람이나 겨를을 뜻하며 '그 바람에'라고 바꿔쓸수있음
* 육시 이미 죽은 사람의 시체에 다시 목을 베는 형벌
* 팔매질 작고 단단한 돌 따위를 손에 쥐고, 팔을 힘껏 흔들어서 멀리 내던지는짓

라고 외쳤다.

또 한 잔 먹고 나서 김 첨지는 치삼의 어깨를 치며 문득 껄껄 웃는다. 그 웃음소리가 어떻게 컸던지 술집에 있는 이의 눈은 모두 김 첨지에게로 몰리었다. 웃는 이는 더욱 웃으며,

"여보게 치삼이, 내 우스운 이야기 하나 할까. 오늘 손을 태우고 정거장에까지 가지 않았겠나."

"그래서?"

"갔다가 그냥 오기가 안됐네그려. 그래 전차 정류장에서 어름어름하며 손님 하나를 태울 궁리를 하지 않았나. 거기 마침 마나님이신지 여학생이신지—요새야 어디 논다니*와 아가씨를 구별할 수가 있던가—망토를 두르시고 비를 맞고 서 있겠지. 슬근슬근 가까이 가서 인력거 타실랍시오 하고 손가방을 받으려니까 내 손을 탁 뿌리치고 홱 돌아서더니만 '왜 남을 이렇게 귀찮게 굴어!' 그 소리야말로 꾀꼬리 소리지, 허허."

김 첨지는 교묘하게도 정말 꾀꼬리 같은 소리를 내었다. 모든 사람은 일시에 웃었다.

"빌어먹을, 깍쟁이 같은 년, 누가 저를 어쩌나, '왜 남을 귀찮게 굴어!' 어이구 소리가 체신*도 없지, 허허."

웃음소리들은 높아졌다. 그러나 그 웃음소리들이 사라지기 전에 김 첨지는 훌쩍훌쩍 울기 시작하였다.

치삼은 어이없이 주정뱅이를 바라보며,

"금방 웃고 지랄을 하더니 우는 건 또 무슨 일인가."

김 첨지는 연해 코를 들이마시며,

* 논다니 웃음과 몸을 파는 여자를 속되게 이르는 말
* 체신 채신(세상을 살아가는 데 가져야 할 몸가짐이나 행동)을 낮추어 이르는 '채신'의 북한말

"우리 마누라가 죽었다네."

"뭣, 마누라가 죽다니, 언제?"

"이놈아 언제는. 오늘이지."

"에끼 미친놈, 거짓말 마라."

"거짓말은 왜, 참말로 죽었어, 참말로…… 마누라 시체를 집에 뻐들쳐 놓고 내가 술을 먹다니, 내가 죽일 놈이야, 죽일 놈이야."

하고 김 첨지는 엉엉 소리를 내어 운다.

치삼은 흥이 조금 깨어지는 얼굴로,

"원, 이 사람이 참말을 하나, 거짓말을 하나. 그러면 집으로 가세, 가."

하고 우는 이의 팔을 잡아당기었다.

치삼의 끄는 손을 뿌리치더니 김 첨지는 눈물이 글썽글썽한 눈으로 싱그레 웃는다.

"죽기는 누가 죽어."

하고 득의가 양양.

"죽기는 왜 죽어, 생때같이* 살아만 있단다. 그 오라질 년이 밥을 죽이지. 인제 나한테 속았다."

하고, 어린애 모양으로 손뼉을 치며 웃는다.

"이 사람이 정말 미쳤단 말인가. 나도 아주먼네가 앓는단 말을 들었는데."

하고, 치삼이도 어느 불안을 느끼는 듯이 김 첨지에게 또 돌아가라고 권하였다.

"안 죽었어, 안 죽었대도 그래."

* 생때같이 몸이 튼튼하고 병이없이

김 첨지는 화증을 내며 확신 있게 소리를 질렀으되 그 소리엔 안 죽은 것을 믿으려고 애쓰는 가락이 있었다. 기어이 일 원어치를 채워서 곱빼기 한 잔씩 더 먹고 나왔다. 궂은비*는 의연히 추적추적 내린다.

김 첨지는 취중에도 설렁탕을 사 가지고 집에 다다랐다. 집이라 해도 물론 셋집이요, 또 집 전체를 세든 게 아니라 안과 뚝 떨어진 행랑방 한 칸을 빌려 든 것인데 물을 길어 대고 한 달에 일 원씩 내는 터이다. 만일 김 첨지가 주기*를 띠지 않았던들 한 발을 대문에 들여놓았을 제 그곳을 지배하는 무시무시한 정적, 폭풍우가 지나간 뒤의 바다 같은 정적에 다리가 떨렸으리라. 쿨룩거리는 기침 소리도 들을 수 없다. 그르렁거리는 숨소리조차 들을 수 없다. 다만 이 무덤 같은 침묵을 깨뜨리는—깨뜨린 다느니보다 한층 더 침묵을 깊게 하고 불길하게 하는, 빡빡 하는 그윽한 소리, 어린애의 젖 빠는 소리가 날 뿐이다. 만일 청각이 예민한 이 같으면 그 빡빡 소리는 빨 따름이요, 꿀떡꿀떡하고 젖 넘어가는 소리가 없으니 빈 젖을 빤다는 것도 짐작할는지 모르리라.

혹은 김 첨지도 이 불길한 침묵을 짐작했는지도 모른다. 그렇지 않으면 대문에 들어서자마자 전에 없이,

"이 난장맞을* 년, 남편이 들어오는데 나와 보지도 않아, 이 오라질 년."

이라고 고함을 친 게 수상하다. 이 고함이야말로 제 몸을 엄습해 오는 무시무시한 증을 쫓아 버리려는 허장성세*인 까닭이다.

하여간 김 첨지는 방문을 왈칵 열었다. 구역을 나게 하는 추기* 떨어진 삿자리* 밑에서 나온 먼짓내, 빨지 않은 기저귀에서 나는 똥내와 오

줌내, 가지각색 때가 켜켜이 앉은 옷내, 병인의 땀 썩은 내가 섞인 추기가 무딘 김 첨지의 코를 찔렀다.

방 안에 들어서며 설렁탕을 한구석에 놓을 사이도 없이 주정꾼은 목청을 있는 대로 다 내어 호통을 쳤다.

"이런 오라질 년, 주야장천* 누워만 있으면 제일이야! 남편이 와도 일어나지를 못해."

라는 소리와 함께 누운 이의 다리를 몹시 찼다. 그러나 빌길에 채이는 건 사람의 살이 아니고, 나무등걸과 같은 느낌이 있었다. 이때에 빽빽 소리가 응아 소리로 변하였다. 개똥이가 물었던 젖을 빼놓고 운다. 운대도 온 얼굴을 찡그려 붙여서, 운다는 표정을 할 뿐이다. 응아 소리도 입에서 나는 게 아니고, 마치 배 속에서 나는 듯하였다. 울다가 울다가 목도 잠겼고 또 울 기운조차 시진한* 것 같다.

* 주야장천 밤낮으로 쉬지않고 연달아
* 시진한 기운이 빠져 없어진

발로 차도 그 보람이 없는 걸 보자 남편은 아내의 머리맡으로 달려들어 그야말로 까치집 같은 환자의 머리를 꺼들어* 흔들며,

"이년아, 말을 해, 말을! 입이 붙었어, 이 오라질 년!"

"……."

"으응, 이것 봐, 아무 말이 없네."

"……."

"이년아, 죽었단 말이냐, 왜 말이 없어."

"……."

"으응, 또 대답이 없네, 정말 죽었나 보이."

이러다가 누운 이의 흰창을 덮은, 위로 치뜬 눈을 알아보자마자,

"이 눈깔! 이 눈깔! 왜 나를 바루 보지 못하고 천장만 보느냐, 응?"

하는 말 끝엔 목이 메었다. 그러자 산 사람의 눈에서 떨어진 닭의 똥 같은 눈물이 죽은 이의 뻣뻣한 얼굴을 어룽어룽 적시었다. 문득 김 첨지는 미칠 듯이 제 얼굴을 죽은 이의 얼굴에 한데 비비대며 중얼거렸다.

"설렁탕을 사다 놓았는데 왜 먹지를 못하니, 왜 먹지를 못하니……. 괴상하게도 오늘은 운수가 좋더니만……."

* 꺼들어 잡아 쥐고 당겨서 추켜들어

B 사감과 러브레터

고등학교 국어 교과서

작품 소개

〈B 사감과 러브레터〉는 1925년 2월 《조선문단》에 발표된 단편 소설로, 내면의 심리 변화와 외부적인 행동 방식을 완벽하게 대조시키는 방식으로 인물의 성격 묘사를 극적으로 표현해 냅니다. 아울러 풍자적이고 유머러스한 문체가 이러한 극적 효과를 배가시킵니다.

줄거리

C 학교의 교원 겸 사감인 B 여사는 사십에 가까운 노처녀로 주근깨 투성이인데다 곰팡 슨 굴비를 연상케 하는 외모를 지녔다. B 여사가 제일 싫어하는 것은 여학생들에게 오는 '러브레터'이다. 남학생에게 편지를 받은 학생은 사감실로 불려 가서는 아무 까닭 없이 추궁당한다. B 여사가 두 번째로 싫어하는 것은 남자들이 면회를 오는 것이다. 가족을 포함하여 남자들의 면회를 허용하지 않자 학생들은 동맹 휴학을 했고, 교장이 나서서 B 여사를 타일렀으나 그 버릇을 고치려 하지 않는다. 그런데 금년 가을 들어서 이상한 일이 발생한다. 밤이 깊어 학생들이 곤히 잠든 새벽 한 시경, 난데없이 깔깔대는 웃음소리와 속삭이는 듯한 말소리가 새어 흐른다. 세 학생이 소리를 따라갔다가 뜻밖의 광경을 보고 놀란다. B 여사가 학생에게 온 러브레터를 품에 안고 남녀가 사랑을 고백하는 장면을 연출하고 있었기 때문이다. 혼자 두 팔을 벌리고 애원하며, 키스를 기다리듯 입술을 쫑긋이 내밀기도 한다. 첫째 학생은 미쳤다고 생각하고 둘째 학생은 불쌍하게 생각했으며 셋째 학생은 손으로 고인 눈물을 닦는다.

C 여학교에서 교원 겸 기숙사 사감* 노릇을 하는 B 여사라면 딱장대*요, 독신주의자요, 찰진 야소꾼*으로 유명하다. 사십에 가까운 노처녀인 그는 주근깨투성이 얼굴이 처녀다운 맛이란 약에 쓰려도 찾을 수 없을 뿐인가, 시들고 거칠고 누렇게 뜬 품이 곰팡 슬은 굴비를 생각나게 한다.

    여러 겹 주름이 잡힌 훌렁 벗겨진 이마라든지, 숱이 적어서 법대로 쪽지거나 틀어올리지를 못하고 엉성하게 그냥 빗어 넘긴 머리꼬리가 뒤통수에 염소똥만 하게 붙은 것이라든지, 벌써 늙어 가는 자취를 감출 길이 없었다. 뾰족한 입을 앙다물고 돋보기 너머로 쌀쌀한 눈이 노릴 때엔 기숙생들이 오싹하고 몸서리를 칠 만큼 그는 엄격하고 매서웠다.

    이 B 여사가 질겁*을 하다시피 싫어하고 미워하는 것은 소위 '러브레터'였다. 여학교 기숙사라면 으레 그런 편지가 많이 오는 것이지만, 학교로도 유명하고 또 아름다운 여학생이 많은 탓인지 모르되 하루에도 몇 장씩 죽느니 사느니 하는 사랑 타령이 날아들어 왔었다. 기숙생에게 오

* 사감 기숙사에서 기
숙생들의 생활을 지도하
고 감독하는 사람
* 딱장대 온순한 맛이
없고 성질이 딱딱하고
사나운 사람
* 야소꾼 예수를 소리
나는 대로 한자어로 적으
면 '야소'이다. 즉 기독교
인을 말함
* 질겁 뜻밖의 일에 자
지러질 정도로 깜짝 놀
람

는 서신*을 일일이 검토하는 터이니까 그따위 편지도 물론 B 여사의 손에 떨어진다. 달짝지근한 사연을 보는 족족 그는 더할 수 없이 흥분되어서 얼굴이 붉으락푸르락, 편지 든 손이 발발 떨리도록 성을 낸다.

아무 까닭 없이 그런 편지를 받은 학생이야말로 큰 재변*이었다. 하학*하기가 무섭게 그 여학생은 사감실로 불려 간다. 분해서 못 견디겠다는 사람 모양으로 쌔근쌔근하며 방 안을 왔다 갔다 하던 그는, 들어오는 학생을 잡아먹을 듯이 노리면서 한 걸음 두 걸음 코가 맞닿을 만큼 바싹 다가들어 서서 딱 마주 선다. 웬 영문인지 알지 못하면서도 선생의 기색을 살피고 겁부터 집어먹은 학생은 한동안 어쩔 줄 모르다가 간신히 모기만한 소리로,

"저를 부르셨어요?"

하고 묻는다.

"그래, 불렀다. 왜!"

팍 무는 듯이 한마디 하고 나서 매우 못마땅한 것처럼 교의*를 우당퉁탕 당겨서 철썩 주저앉았다가 학생이 그저 서 있는 걸 보면,

"장승이냐? 왜 앉지를 못해!"

하고 또 소리를 빽 지르는 법이었다.

스승과 제자는 조그마한 책상 하나를 사이에 두고 마주 앉는다. 앉은 뒤에도, '네 죄상*을 네가 알지!' 하는 것처럼 아무 말 없이 눈살로 쏘기만 하다가 한참 만에야 그 편지를 끄집어내어 학생의 코앞에 동댕이를 치며,

"이거 누구한테 오는 거냐?"

* 서신 편지
* 재변 재앙으로 인하여 생긴 사고
* 하학 학교에서 그날의 수업을 마침
* 교의 의자
* 죄상 범죄의 구체적인 사실

110 · 현진건

하고 문초*를 시작한다. 앞장에 제 이름이 씌었는지라,

"저한테 온 것이야요."

하고 대답을 않을 수 없다. 그러면 발신인이 누구인 것을 재차 묻는다. 그런 편지는 항상 발신인의 성명이 똑똑지 않기 때문에 주저주저하다가 자세히 알 수 없다고 내대일 양이면,

"너한테 오는 것을 모른단 말이냐?"

라고 불호령을 내린 뒤에 또 사연을 읽어 보라 하여 무심한 학생이 나직나직하나마 꿀 같은 구절을 입술에 올리면, B 여사의 역정*은 더욱 심해져서 어느 놈의 소행인 것을 기어이 알려 한다. 기실 보도 듣도 못한 남성이 한 노릇이요, 자기에게는 아무 죄도 없는 것을 변명하여도 곧이듣지를 않는다. 바른대로 아뢰어야 망정이지 그렇지 않으면 퇴학을 시킨다는 둥, 제 이름도 모르는 여자에게 편지할 리가 만무하다는 둥, 필연 행실이 부정한 일이 있으리라는 둥…….

하다못해 어디서 한 번 만나기라도 하였을 테니 어찌해서 남자와 접촉을 하게 되었느냐는 둥, 자칫 잘못하여 학교에서 주최한 음악회나 바자*에서 혹 보았는지 모른다고 졸리다 못해 주워댈* 것 같으면 사내의 보는 눈이 어떻더냐, 표정이 어떻더냐, 무슨 말을 건네더냐, 미주알고주알* 캐고 파며 어르고 볶아서 넉넉히 십년감수는 시킨다.

두 시간이 넘도록 문초를 한 끝에는 사내란 믿지 못할 것, 우리 여성을 잡아먹으려는 마귀인 것, 연애 자유니 신성이니 하는 것도 악마가 지어낸 소리인 것을 입에 침이 없이 열에 떠서 한참 설법을 하다가 닦지도 않은 방바닥(침대를 쓰기 때문에 방이라 해도 마룻바닥이다.)에 그대로 무

* 문초 죄나 잘못을 따 져묻거나 심문함
* 역정 몹시 언짢거나 못마땅하여서 내는 성
* 바자 공공 또는 사회 사업의 자금을 모으기 위하여 벌이는 시장
* 주워대다 생각이나 논리가 없이 제멋대로 이말저말을 함
* 미주알고주알 아주 사소한 일까지 속속들이

릎을 꿇고 기도를 올린다. 눈에 눈물까지 글썽거리면서 말끝마다 하느님 아버지를 찾아서 악마의 유혹에 떨어지려는 어린 양을 구해 달라고 뒤삶고* 곱삶는* 법이었다.

그리고 둘째로 그가 싫어하는 것은 기숙생을 남자가 면회하러 오는 일이었다. 무슨 핑계를 하든지 기어이 못 보게 하고 만다. 친부모, 친동기간*이라도 규칙이 어떠니, 상학* 중이니 무슨 핑계를 하든지 따돌려 보내기가 일쑤이다.

이로 말미암아 학생이 동맹 휴학을 하였고 교장의 설유*까지 들었건만 그래도 그 버릇은 고치려 들지 않았다.

이 B 사감이 감독하는 그 기숙사에 금년 가을 들어서 괴상한 일이 '생겼다'느니보다 '발각되었다'는 것이 마땅할는지 모르리라. 왜 그런고 하면 그 괴상한 일이 언제 '시작된' 것은 귀신밖에 모르니까.

그것은 다른 일이 아니라 밤이 깊어서 새로 한 점이 되어 모든 기숙생들이 달고 곤한 잠에 떨어졌을 때 난데없는 깔깔대는 웃음과 속살속살하는 낱말이 새어 흐르는 일이었다. 하룻밤이 아니고 이틀 밤이 아닌 다음에야 그런 소리가 잠귀 밝은 기숙생의 귀에 들리기도 하였지만 잠결이라 뒷동산에 구르는 마른 잎의 노래로나, 달빛에 날개를 번뜩이며 울고 가는 기러기의 소리로나 흘려들었다. 그렇지 않으면 도깨비의 장난이나 아닌가 하여 무시무시한 증이 들어서 동무를 깨웠다가 좀처럼 동무는 깨지 않고 제 생각이 너무나 어림없고 어이없음을 깨달으며, 밤소리 멀리 들린다고 학교 이웃집에서 이야기를 하거나 또 딴 방에 자는 제 동무들의 잠꼬대로만 여겨서 스스로 안심하고 그대로 자 버리기도 하였다. 그러

* 뒤삶고 다시 삶거나 몹시 삶고
* 곱삶는 두 번 삶는
* 친동기간 친형제자매 사이
* 상학 학교에서 그날의 공부를 시작함
* 설유 말로 타이름

나 이 수수께끼가 풀릴 때는 왔다. 이때 공교롭게 한방에 자던 학생 셋이 한꺼번에 잠을 깨었다. 첫째 처녀가 소변을 보러 일어났다가 그 소리를 듣고 둘째 처녀와 셋째 처녀를 깨우고 만 것이다.

"저 소리를 들어 보아요. 아닌 밤중에 저게 무슨 소리야."

하고 첫째 처녀는 휘둥그레진 눈에 무서워하는 빛을 띤다.

"어젯밤에 나도 저 소리에 놀랐었어. 도깨비가 났단 말인가?"

하고 둘째 처녀도 잠 오는 눈을 비비며 수상해한다. 그중에 제일 나이 많을 뿐더러(많아 보았자 열여덟밖에 아니 되지만) 장난 잘 치고 짓궂은 짓 잘하기로 유명한 셋째 처녀는 동무 말을 못 믿겠다는 듯이 이윽히* 귀를 기울이다가,

"딴은 수상한걸. 나도 언젠가 한번 들어 본 법도 하구먼. 무얼 잠 아니 오는 애들이 이야기를 하는 게지."

이때 그 괴상한 소리가 땍떼굴 웃었다. 세 처녀는 귀를 소스라쳤다. 적적한 밤 가운데 다른 파동 없는 공기는 그 수상한 말마디를 곁에서 나는 듯이 또렷또렷이 전해 주었다.

"오! 태훈 씨! 그러면 작히 좋을까요."

간드러진 여자의 목소리다.

"경숙 씨가 좋으시다면 내야 얼마나 기쁘겠습니까? 아아, 오직 경숙 씨에게 바친 나의 타는 듯한 가슴을 이제야 아셨습니까?"

정열에 뜬 사내의 목청이 분명하다.

한동안 침묵…….

"인제 고만 놓아요. 키스가 너무 길지 않아요? 행여 남이 보면 어떡해

요?"

아양 떠는 여자 말씨.

"길수록 더욱 좋지 않아요? 나는 내 목숨이 끊어질 때까지 키스를 하여도 길다고는 못 하겠습니다. 그래도 짧은 것을 한하겠습니다."

사내의 피를 뿜는 듯한 이 말끝은 계집의 자지러진 웃음으로 묻혀 버렸다.

그것은 묻지 않아도 사랑에 겨운 남녀의 허물어진 수작이다. 감금이 지독한 이 기숙사에 이런 일이 생길 줄이야! 세 처녀는 얼굴을 마주 보았다. 그들의 얼굴은 놀랍고 무서운 빛이 없지 않았으되 점점 호기심에 번쩍이기 시작하였다. 그들의 머릿속에는 한결같이 로맨틱한 생각이 떠올랐다. 이 안에 있는 여자 애인을 보려고 학교 근처를 뒤돌고* 곱돌던* 사내 애인이, 타는 듯한 가슴을 걷

잡다 못하여 밤이 이슥하기를 기다려 담을 뛰어넘었는지 모르리라.

모든 불이 다 꺼지고 오직 밝은 달빛이 은가루처럼 서린 창문이 소리 없이 열리며 여자 애인이 흰 수건을 흔들어 사내 애인을 부른지도 모르리라. 활동사진에 보는 것처럼 기나긴 피륙*을 내리워서 하나는 위에서 당기고 하나는 밑에서 매달려 디룽디룽*하면서 올라가는 정경이 있었는지도 모르리라.

그래서 두 애인은 만나 가지고 저와 같이 사랑의 속삭거림이 잦아졌는지 모르리라……. 꿈결 같은 감정이 안개 모양으로 눈부시게 세 처녀의 몸과 마음을 휩싸 돌았다.

그들의 뺨은 후끈후끈 달았다.

괴상한 소리는 또 일어났다.

"난 싫어요. 당신 같은 사내는 난 싫어요."

이번에는 매몰스럽게 내어 대는 모양.

"나의 천사, 나의 하늘, 나의 여왕, 나의 목숨, 나의 사랑, 나를 살려 주시오. 나를 구해 주어요."

사내의 애를 졸이는 간청…….

"우리 구경 가 볼까?"

짓궂은 셋째 처녀는 몸을 일으키며 이런 제의를 하였다. 다른 처녀들도 그 말에 찬성한다는 듯이 따라 일어섰으되 의아와 공구*와 호기심이 뒤섞인 얼굴을 서로 교환하면서 얼마쯤 망설이다가 마침내 가만히 문을 열고 나왔다. 쌀벌레 같은 그들의 발가락은 가장 조심성 많게 소리 나는 곳을 향해서 곰실곰실* 기어간다. 컴컴한 복도에 자다 일어난 세 처녀

* 피륙 아직 끊지 아니한 베, 무명, 비단 따위의 천을 통틀어 이르는 말
* 디룽디룽 큼직한 물건이 매달려 가볍게 잇따라 흔들리는 모양을 나타내는 의태어
* 공구 몹시 두려움
* 곰실곰실 작은 벌레 따위가 한데 어우러져 조금씩 자꾸 굼뜨게 움직이는 모양을 나타내는 의태어

의 흰 모양은 그림자처럼 소리 없이 움직였다.

소리 나는 방은 어렵지 않게 찾을 수 있었다. 찾고는 나무로 깎아 세운 듯이 주춤 걸음을 멈출 만큼 그들은 놀래었다. 그런 소리의 출처야말로 자기네 방에서 몇 걸음 안 되는 사감실일 줄이야! 그렇듯이 사내라면 못 먹어 하고 침이라도 배앝을 듯하던 B 여사의 방일 줄이야! 그 방에 여전히 사내의 비대발괄*하는 푸념이 되풀이되고 있다……

나의 천사, 나의 하늘, 나의 여왕, 나의 목숨, 나의 사랑, 나의 애를 말려 죽이실 테요. 나의 가슴을 뜯어 죽이실 테요. 내 생명을 맡으신 당신의 입술로…….

셋째 처녀는 대담스럽게 그 방문을 빠끔히* 열었다. 그 틈으로 여섯 눈이 방 안을 향해 쏘았다. 이 어쩐 기괴한 광경이냐! 전등불은 아직 끄지 않았는데 침대 위에는 기숙생들에게 온 소위 러브레터의 봉투가 너저분하게 흩어졌고, 그 알맹이도 여기저기 두서없이 펼쳐진 가운데 B 여사 혼자―아무도 없이 저 혼자 일어나 앉았다. 누구를 끌어당길 듯이 두 팔을 벌리고 안경을 벗은 근시안*으로 잔뜩 한곳을 노리며 그 굴비쪽 같은 얼굴에 말할 수 없이 애원하는 표정을 짓고는 키스를 기다리는 것같이 입을 쫑긋이 내어민 채 사내의 목청을 내어 가면서 아까 말을 중얼거린다. 그러다가 그 넋두리가 끝날 겨를도 없이 급작스레 앵돌아지는* 시늉을 내며 누구를 뿌리치는 듯이 연해 손짓을 하며 이번에는 톡톡 쏘는 계집의 음성을 지어,

"난 싫어요. 당신 같은 사내는 난 싫어요."

하다가 제물*에 자지러지게 웃는다. 그러더니 문득 편지 한 장(물론 기

* 비대발괄 억울한 사정을 하소연하면서 간절히 청하여 빎
* 빠끔히 문 따위를 살며시 조심스레 여는 모양
* 근시안 시력이 약해서 가까운 곳을 잘 보고 먼 곳을 잘 보지 못하는 눈
* 앵돌아지는 노여워서 토라지는
* 제물 저 혼자 스스로의 바람에

숙생에게 온 러브레터의 하나)을 집어 들어 얼굴에 문지르며,

"정* 말씀이야요? 나를 그렇게 사랑하셔요? 당신의 목숨같이 나를 사랑하셔요? 나를, 이 나를."

하고 몸을 추스르는데 그 음성은 분명히 울음의 가락을 띠었다.

"에그머니, 저게 웬일이야!"

첫째 처녀가 소곤거렸다.

"아마 미쳤나 보아, 밤중에 혼자 일어나서 왜 저러구 있을꾸."

둘째 처녀가 맞방망이를 친다……

"에그 불쌍해!"

하고 셋째 처녀는 손으로 고인, 때 모르는 눈물을 씻었다.

* 정 참말로, 정말로

최서해
1901~1932

본명은 학송, 호는 서해로 함경북도 성진에서 태어났습니다. 가난한 집안 형편 때문에 어릴 적 공부를 거의 하지 못하고 나무 장수나 두부 장수 등을 하며 힘겹게 살았습니다. 1917년에 간도로 건너갔지만, 형편은 더 어려워졌습니다. 그러다 1924년에 〈고국〉이라는 단편 소설이 《조선문단》에 추천되면서 등단을 하게 됩니다. 그 후 〈탈출기〉, 〈홍염〉 등의 작품을 발표하면서 사실적이고 호소력 있는 글을 쓰는 작가로 인정을 받습니다. 특히 〈탈출기〉는 작가의 힘겨웠던 삶을 토대로 쓴 대표작입니다.

최
서
해

. . .

탈출기

탈출기

고등학교 국어 교과서

작품 소개

1925년 《조선문단》에 발표됐으며, 궁핍한 삶을 살았던 작가의 실제 삶을 반영해 호소력 있게 그려 낸 작품입니다. 편지글 형식과 1인칭 주인공 시점을 사용해 '일제 강점기를 살아가는 만주 이주민의 궁핍한 생활과 저항 의식'을 효과적으로 그려 냈습니다.

줄거리

주인공 '나'는 '이제 그만 집으로 돌아오라.'는 김 군의 편지를 받은 후 답장을 보내 돌아갈 수 없는 이유를 밝힌다. '나'는 5년 전 지독한 가난에서 벗어나기 위해 어머니와 아내를 데리고 간도로 건너간다. '나'는 농사를 지어 배불리 먹고, 깨끗한 초가집에서 글을 읽으며 농민들을 가르치려는 소박한 꿈을 갖고 있었다. 하지만 간도의 H라는 시골에서 셋방살이를 시작한 후 농사지을 밭을 구할 수 없었고, 삯김이나 삯심부름 등 닥치는 대로 일을 하지만 끼니를 거르기 일쑤였다. 어느 날 집으로 돌아온 나는 임신한 아내가 부엌 앞에서 무엇인가를 먹고 있는 장면을 목격하고 배신감을 느끼지만, 그것이 귤껍질이라는 사실을 알고 눈물을 흘린다. 겨울은 깊어 가고 일자리가 없자 삶에 지친 '나'는 가족과 함께 자살하려고 하지만, 사회 제도를 바꾸지 않고는 어떤 것도 나아질 수 없다고 생각해 집을 나와 xx단에 가입한다. 그렇게 집을 나간 '나'에게 친구 '김 군'이 편지를 보내 돌아오라고 말하지만, '나'는 그럴 수 없다는 내용의 답신을 보낸다.

1

　김 군! 수삼* 차 편지는 반갑게 받았다. 그러나 한 번도 회답*치 못하였다. 물론 군의 충정에는 나도 감사를 드리지만 그 충정을 나는 받을 수 없다.

　박 군! 나는 군의 탈가*를 찬성할 수 없다. 음험한* 이역*에 늙은 어머니와 어린 처자를 버리고 나선 군의 행동을 나는 찬성할 수 없다. 박 군! 돌아가라. 어서 집으로 돌아가라. 군의 부모와 처자가 이역 노두*에서 방황하는 것을 나는 눈앞에 보는 듯싶다. 그네들의 의지할 곳은 오직 군의 품밖에 없다. 군은 그네들을 구하여야 할 것이다.

　군은 군의 가정에서 동량*이다. 동량이 없는 집이 어디 있으랴? 조그마한 고통으로 집을 버리고 나선다는 것이 의지가 굳다는 박 군으로서는

* 수삼 그 수량이 두서너 개임을 나타내는 말
* 회답 물음이나 편지 따위에 반응함. 또는 그런 반응
* 탈가 자기 집에서 나감
* 음험한 음산하고 험악한
* 이역 다른 나라의 땅
* 노두 길거리
* 동량 기둥

너무도 박약한 소위이다. 군은 ××단에 몸을 던져 ×선에 섰다는 말을 일전* 황 군에게서 듣기는 하였으나, 그렇다 하여도 나는 그것을 시인* 할 수 없다. 가족을 못 살리는 힘으로 어찌 사회를 건지랴.

박 군! 나는 군이 돌아가기를 충정으로 바란다. 군의 가족이 사람들 발 아래서 짓밟히는 것을 생각할 때! 군의 가슴인들 어찌 편하랴……

김 군! 군은 이러한 말을 편지마다 썼지? 나는 군의 뜻을 잘 알았다. 사랑하는 나의 가족을 위하여 동정하여 주는 군에게 어찌 감사치 않으랴? 정다운 벗의 충고에 나는 늘 울었다. 그러나 그 충고를 들을 수 없다. 듣지 않는 것이 군에게는 고통이 될는지? 분노가 될는지? 나에게 있어서는 행복일는지도 알 수 없는 까닭이다.

김 군! 나도 사람이다. 정애*가 있는 사람이다. 나의 목숨 같은 내 가족이 유린*받는 것을 내 어찌 생각지 않으랴? 나의 고통을 제삼자*로서는 만분의 일이라도 느낄 수 없는 것이다. 나는 이제 나의 탈가한 이유를 군에게 말하고자 한다. 여기에 대하여 동정과 비난은 군의 자유이다. 나는 다만 이러하다는 것을 군에게 알릴 뿐이다. 나는 이것을 군이 아니면 다른 사람에게라도 알리지 않고는 견딜 수 없는 충동을 받는 까닭이다.

그러나 나는 단언*한다. 군도 사람이어니 나의 말하는 것을 부인치는 못하리라.

* 일전 며칠 전
* 시인 어떤 내용이나 사실이 옳거나 그러하다고 인정함
* 정애 따뜻한 사랑
* 유린 폭력으로 남의 권리를 침해함
* 제삼자 일정한 일에 직접 관계가 없는 사람
* 단언 주저하지 아니하고 딱 잘라 말함

2

김 군! 내가 고향을 떠난 것은 오 년 전이다. 이것은 군도 아는 사실이다. 나는 그때에 어머니와 아내를 데리고 떠났다. 내가 고향을 떠나 간도*로 간 것은 너무도 절박한 생활에 시들은 몸이 새 힘을 얻을까 하여 새 희망을 품고 새 세계를 동경하여 떠난 것도 군이 아는 사실이다. 간도는 천부 금탕*이다. 기름진 땅이 흔하여 어디를 가든지 농사를 지을 수 있고 농사를 지으면 쌀도 흔할 것이다. 삼림이 많으니 나무 걱정도 될 것이 없다. 농사를 지어서 배불리 먹고 뜨뜻이 지내자. 그리고 깨끗한 초가나 지어 놓고 글도 읽고 무지한 농민들을 가르쳐서 이상촌을 건설하리라. 이렇게 하면, 간도의 황무지를 개척할 수 있다.

이것이 간도 갈 때의 내 머릿속에 그리었던 이상이었다. 이때에 나는 얼마나 기뻤으랴! 두만강을 건너고 오랑캐령을 넘어서 망망한* 평야와 산천을 바라볼 때 청춘의 내 가슴은 이상의 불길에 탔다. 구수한 내 소리와 헌헌한* 내 행동에 어머니와 아내도 기뻐하였다. 오랑캐령을 올라서니 서북으로 쏠려 오는 봄 세찬 바람이 어떻게 뺨을 갈기는지.

"에그 춥구나! 여기는 아직도 겨울이군."

하고 어머니는 수레 위에서 이불을 뒤집어썼다.

"무얼요, 이 바람을 많이 마셔야 성공이 올 것입니다."

나는 가장 씩씩하게 말하였다. 이처럼 나는 기쁘고 활기로웠다.

* 간도 백두산 북쪽의 옛 만주 일대로 일제 강점기에 우리 동포들이 많이 산곳
* 천부 금탕 하늘이 내려 준 좋은 땅이라는 뜻으로 말할 수 없이 기름진 땅을 말함
* 망망한 넓고 먼
* 헌헌한 쾌활한

김 군! 그러나 나의 이상은 물거품으로 돌아갔다. 간도에 들어서서 한 달이 못 되어서부터 거칠은 물결은 우리 세 생명의 앞에 기탄없이* 몰려왔다.

나는 농사를 지으려고 밭을 구하였다. 빈 땅은 없었다. 돈을 주고 사기 전에는 한 평의 땅이나마 손에 넣을 수 없었다. 그렇지 않으면 지나인*의 밭을 도조*나 타조*로 얻어야 한다. 일 년 내 중국 사람에게서 양식을 꾸어 먹고 도조나 타조를 얻는 대야 일 년 양식 빚도 못될 것이고 또 나 같은 '시로도(아마추어)'에게는 밭을 주지 않았다.

생소한 산천이요, 생소한 사람들이니, 어디 가 어쩌면 좋을는지? 의논할 사람도 없었다. H라는 촌거리에 셋방을 얻어 가지고 어름어름하는 새에 보름이 지나고 한 달이 넘었다. 그새에 몇 푼 남았던 돈은 다 불려 먹고 밭은 고사하고 일자리도 못 얻었다. 나는 팔을 걷고 나섰다. 이리저리 돌아다니면서 구들도 고쳐 주고 가마도 붙여 주었다. 이리하여 호구*하게 되었다. 이때 H장에서는 나를 '온돌장이(구들 고치는 사람)'라고 불렀다. 갈아입을 의복이 없는 나는 늘 숯검정*이 꺼멓게 묻은 의복을 벗을 새가 없었다.

H장은 좁은 곳이다. 구들 고치는 일도 늘 있지 않았다. 그것으로 밥 먹기가 어려웠다. 나는 여름 불볕에 삯김*도 매고 꼴*도 베어 팔았다. 그리고 어머니와 아내는 삯방아 찧고 강가에 나가서 부스러진 나뭇개비를 주워서 겨우 연명*하였다.

* 기탄없이 어려움이나 거리낌이 없이
* 지나인 중국 사람
* 도조 남의 논밭을 빌려서 농사를 짓고 그 대가로 해마다 내는 벼
* 타조 수확량의 비율을 정하여 놓고 소작료를 거두어들이던 소작 제도
* 호구 입에 풀칠을 한다는 뜻으로 겨우 끼니를 이어감
* 숯검정 숯에서 묻은 그을음
* 삯김 삯을 받고 남의 논밭의 잡풀을 매어 주는 일
* 꼴 말이나 소에게 먹이는 풀
* 연명 목숨을 겨우 이어 살아감

김 군! 나는 이때부터 비로소 무서운 인간고*를 느꼈다. 아아, 인생이란 과연 이렇게도 괴로운 것인가 하는 것을 나는 생각하게 되었다. 나는 나에게 닥치는 풍파* 때문에 눈물 흘린 일은 이때까지 없었다. 그러나 어머니가 나무를 줍고 젊은 아내가 삯방아를 찧을 때 나의 피는 끓었으며 나의 눈은 눈물에 흐려졌다.

　"에구, 차라리 내가 드러누워 앓고 있지, 네 괴로워하는 꼴은 차마 못 보겠다."

　이것은 언제 내가 병들어 신음할 때에 어머니가 울면서 하신 말씀이다. 이것을 무심히 들었던 나는 이때에야 이 말의 참뜻을 느꼈다.

　"아아, 차라리 나의 고기가 찢어지고 뼈가 부서지는 것은 참을 수 있으나, 내 눈앞에서 사랑하는 늙은 어머니와 아내가 배를 주리고 남의 멸시를 받는 것은 참으로 견디기 어렵구나."

　나는 이렇게 여러 번 가슴을 쳤다. 나는 밤이나 낮이나, 비 오나 바람이 치나 헤아리지 않고 삯김, 삯심부름, 삯나무, 무엇이든지 가리지 않았다.

　"오늘도 배고프겠구나, 아침도 변변히 못 먹고……. 나는 너 배 주리지 않는 것을 보았으면 죽어도 눈을 감겠다."

　내가 삯일을 하다가 늦게 돌아오면 어머니는 우실 듯이 말씀하셨다. 그러나 나는 흔연하게*,

　"배가 무슨 배가 고파요."

　하고 대답하였다.

　내 아내는 늘 별말이 없었다. 무슨 일이든지 시키는 대로 다소곳하고

* 인간고 사람이 세상살이에서 받는 고통
* 풍파 세상살이의 어려움이나 고통
* 흔연하게 기쁘거나 즐거워 기분이 좋게

아무 소리 없이 순종하였다. 나는 그것이 더욱 불쌍하게 생각된다. 나는 어머니보다도 아내 보기가 퍽 부끄러웠다.

"경제의 자립도 못 되는 내가 왜 장가를 들었누?"

이것이 부모의 한 일이었지만 나는 이렇게도 탄식하였다. 그럴수록 아내에게 대하여 황공하였고 존경하였다.

'어떻게 하면 살 수 있을까?'

이러한 생각은 이때 내 머리를 몹시 때렸다. 이때 나에게 부지런한 자에게 복이 온다, 하는 말이 거짓말로 생각되었다. 그 말을 지상의 격언으로 굳게 믿어 온 나는 그 말에 도리어 일종의 의심을 품게 되었고 나중은 부인*까지 하게 되었다.

부지런하다면 이때 우리처럼 부지런함이 어디 있으며 정직하다면 이때 우리 식구같이 정직함이 어디 있으랴? 그러나 빈곤은 날로 심하였다. 이틀 사흘 굶은 적도 한두 번이 아니었다. 한번은 이틀이나 굶고 일자리를 찾다가 집으로 들어가 보니 부엌 앞에서 아내가(아내는 이때에 아이를 배어서 배가 남산만하였다.) 무엇을 먹다가 깜짝 놀란다. 그리고 손에 쥐었던 것을 얼른 아궁이에 집어넣는다. 이때 불쾌한 감정이 내 가슴에 떠올랐다.

'무얼 먹을까? 어디서 무엇을 얻었을까? 무엇이길래 어머니와 나 몰래 먹누? 아! 여편네란 그런 것이로구나! 아니, 그러나 설마……. 그래도 무엇을 먹던데…….'

나는 이렇게 아내를 의심도 하고 원망도 하고 밉게도 생각하였다. 아내는 아무런 말 없이 어색하게 머리를 숙이고 앉아 씩씩하다가 밖으로

* 부인 어떤 내용이나 사실을 옳거나 그러하다고 인정하지 아니함

나간다. 그 얼굴은 좀 붉었다.

아내가 나간 뒤에 나는 아내가 먹다 던진 것을 찾으려고 아궁이를 뒤 지었다. 싸늘하게 식은 재를 막대기에 뒤져내니 벌건 것이 눈에 띄었다. 나는 그것을 집었다. 그것은 굴껍질이다. 거기는 베어 먹은 잇자국이 있 다. 굴껍질을 쥔 나의 손은 떨리고 잇자국을 보는 내 눈에는 눈물이 괴었 다.

김 군! 이때 나의 감정을 어떻게 표현하면 적당할까?

'오죽 먹고 싶었으면 길바닥에 내던진 굴껍질을 주워 먹을까, 더욱 몸 비잖은* 그가! 아아, 나는 사람이 아니다. 그러한 아내를 나는 의심하였 구나! 이놈이 어찌하여 그러한 아내에게 불평을 품었는가. 나 같은 잔악 한* 놈이 어디 있으랴. 내가 양심이 부끄러워서 무슨 면목으로 아내를 볼까?'

이렇게 생각하면서 나는 느껴 가며 눈물을 흘렸다. 굴껍질을 쥔 채로 이를 악물고 울었다.

"야, 어째서 우느냐? 일어나라. 우리도 살 때 있겠지, 늘 이러겠느냐."

하면서 누가 어깨를 친다. 나는 그것이 어머니인 것을 알았다.

'아이구 어머니, 나는 불효자외다.'

하면서 어머니의 팔을 안고 자꾸자꾸 울고 싶었다. 그러나 나는 아무 소리 없이 가슴을 부둥켜안고 밖으로 나갔다.

'내가 왜 우노? 울기만 하면 무엇하나? 살자! 살자! 어떻게든지 살아 보자! 내 어머니와 내 아내도 살아야 하겠다. 이 목숨이 있는 때까지는 벌어 보자!'

나는 이를 갈고 주먹을 쥐었다. 그러나 눈물은 여전히 흘렀다. 아내는 말없이 울고 섰는 내 곁에 와서 손으로 치마끈*을 만지작거리며 눈물을 떨어뜨린다. 농삿집에서 자라난 아내는 지금도 어찌 수줍은지 내가 울면 같이 울기는 하여도 어떻게 말로 위로할 줄은 모른다.

4

김 군! 세월은 우리를 위하여 여름을 항시 주지는 않았다.

서풍*이 불고 서리가 내리기 시작하였다. 찬 기운은 벗은 우리를 위협하였다. 가을부터 나는 대구어 장사를 하였다. 삼 원을 주고 대구 열 마

※ 치마끈 치마허리에
달린, 가슴에 둘러매는
끈
※ 서풍 서쪽에서 불어
오는바람

리를 사서 등에 지고 산골로 다니면서 콩과 바꾸었다. 난 대구 열 마리는 등에 질 수 있었으나 대구 열 마리를 주고 받은 콩 열 말은 질 수 없었다. 나는 하는 수 없이 삼사십 리나 되는 곳에서 두 말씩 두 말씩 사흘 동안이나 져 왔다. 우리는 열 말 되는 콩을 자본* 삼아 두부 장사를 시작하였다.

아내와 나는 진종일 맷돌*질을 하였다. 무거운 맷돌을 돌리고 나면 팔이 뚝 떨어지는 듯하였다.

내가 이렇게 괴로울 적에 해산*한 지 며칠 안 되는 아내의 괴로움이야 어떠하였으랴? 그는 늘 낯이 부석부석*하였다. 그래도 나는 무슨 불평이 있는 때면 아내를 욕하였다. 그러나 욕한 뒤에는 곧 후회하였다. 콩구멍만 한 부엌방에 가마를 걸고 맷돌을 놓고 나무를 들이고 의복가지를 걸고 하면 사람은 겨우 비비고 들어앉게 된다. 뜬 김에 문창은 떨어지고 벽은 눅눅하다. 모든 것이 후줄근하여 의복을 입은 채 미지근한 물속에 들어앉은 듯하였다. 어떤 때는 애써 갈아 놓은 비지가 이 뜬 김 속에서 쉬어 버렸다. 두붓물이 가마에서 몹시 끓어 번질 때에 우윳빛 같은 두붓물 위에 버터빛 같은 노란 기름이 엉기면(그것은 두부가 잘 될 징조다.) 우리는 안심한다.

그러나 두붓물이 희멀끔해지고 기름기가 돌지 않으면 거기

* 자본 장사나 사업 따위의 기본이 되는 돈
* 맷돌 둥글넓적한 돌 두 짝을 포개고 윗돌 아가리에 갈 곡식을 넣으면서 손잡이를 돌려서 가는 기구
* 해산 아이를 낳음
* 부석부석 살이 핏기가 없이 부어오른 모습을 나타내는 의태어

만 시선을 쏘고 있는 아내의 낯빛부터 글러 가기 시작한다. 초를 쳐 보아서 두붓발*이 서지 않게 매캐지근하게 풀려질 때에는 우리의 가슴은 덜컥 한다.

"또 쉰 게로구나! 저를 어쩌누?"

젖을 달라구 빽빽 우는 어린아이를 안고 서서 두붓물만 들여다보시는 어머니는 목메인 말씀을 하시면서 우신다. 이렇게 되면 온 집안은 신산* 하여 말할 수 없는 울음, 비통, 처참, 소조한* 분위기에 싸인다.

"너 고생한 게 애닯구나! 팔이 부러지게 갈아서……. 그거(두부)를 팔아서 장을 보려고 태산같이 바랐더니……."

어머니는 그저 가슴을 뜯으면서 우신다. 아내도 울 듯 울 듯 머리를 숙인다. 그 두부를 판대야 큰돈은 못 된다. 기껏 남는 대야 이십 전이나 삼십 전이다. 그것으로 우리는 호구를 한다. 이십 전이나 삼십 전에 어머니는 운다. 아내도 기운이 준다. 나까지 가슴이 바짝바짝 조인다.

그날은 하는 수 없이 쉰 두붓물로 때*를 메우고 지낸다. 아이는 젖을 달라고 밤새껏 빽빽거린다. 우리의 살림에 어린애도 귀치는* 않았다.

5

울면서 겨자 먹기로 괴로운 대로 또 두부를 하지 않으면 안 된다. 그러나 이번에는 땔나무가 없다. 나는 낫을 들고 떠난다. 내가 낫을 들고 떠나면 산후 여독*으로 신음하는 아내도 낫을 들고 말없이 나를 따라나선

* **두붓발** 두붓물이 엉겨서 순두부가 되는 상태
* **신산** 맛이 맵고 시다는 뜻으로 힘들고 고생스러운 세상살이를 이르는 말
* **소조한** 쓸쓸한
* **때** 끼니 또는 식사 시간
* **귀치는** 귀하지는
* **여독** 채 가시지 않고 남아 있는 독기

다. 어머니와 나는 굳이 만류하나 아내는 듣지 않는다. 내 손으로 하는 나무이언만 마음 놓고는 못 한다. 산 임자에게 들키면 여간한* 경*을 치지 않는다. 그러므로 우리는 황혼이면 산에 가서 나무를 하여 지고 밤이 깊어서 돌아온다. 아내는 이고 나는 지고 캄캄한 밤에 산비탈로 내려오다가 발이 미끄러지거나 돌에 채이면 곤두박질을 하여 나뭇짐 속에 든다. 아내는 소리 없이 이었던 나무를 내려놓고 나뭇짐에 눌려서 버둥거리는 나를 겨우 끄집어 일으킨다. 그러나 내가 나뭇짐을 지고 일어나면 아내는 혼자 나뭇짐을 이지 못한다. 또 내가 나뭇짐을 벗고 아내에게 이어 주면 나는 추어* 주는 이 없이는 나뭇짐을 질 수가 없었다. 하는 수 없이 나는 어떤 높은 바위에 벗어 놓고 아내에게 이어 준다. 이리하여 산비탈을 내려오면 언제 왔는지 어머니는 애를 업고 우둘우둘 떨면서 산 아래서 기다리다가도,

"인제 오니? 나는 너 또 붙들리지나 않은가 하여 혼이 났다."

하신다. 이때마다 내 가슴은 저렸다. 나는 이렇게 나무를 하다가 중국 경찰서까지 잡혀가서 여러 번 맞았다.

이때 이웃에서는 우리를 조소하고 경찰에서는 우리를 의심하였다.

"흥, 신수*가 멀쩡한 연놈*들이 그 꼴이야, 어디 가 일자리도 구하지 않고 그 눈이 누래서 두부 장사 하는 꼬락서니는 참 더러워서 못 보겠네. ×알을 달고 나서 그렇게야 살리?"

이것은 이웃 남녀가 비웃는 소리였다. 그리고 어떤 산 임자가 나무 잃고 고발을 하면 경찰서에서는 불문곡직*하고 우리 집부터 수색*하고 질문하면서 나를 때린다. 그러나 나는 호소할 곳이 없다.

6

김 군! 이러구러 겨울은 점점 깊어 가고 기한은 점점 박두하였다. 일자리는 없고……. 그렇다고 손을 털고 앉았을 수도 없었다. 모든 식구가 퍼러퍼레서 굶고 앉은 꼴을 나는 그저 볼 수 없었다. 시퍼런 칼이라도 들고 하루라도 괴로운 생을 모면*하도록 쿡쿡 찔러 없애고 나까지 없어지든지, 나가서 강도질이라도 하여서 기한을 면하든지 하는 수밖에는 더 도리가 없게 절박하였다.

나는 일이 없으면 없느니만큼, 고통이 닥치면 닥치느니만큼 내 번민*은 크다. 나는 어떤 날은 거의 얼빠진 사람처럼 눈을 감고 깊은 생각에 잠긴 일도 있었다. 이때 머릿속에서는 머리를 움실움실 드는 사상이 있었다.(오늘날에 생각하면 그것은 나의 전 운명을 결정할 사상이었다.)

그 생각은 누구의 가르침에 의해 일어난 것도 아니려니와 일부러 일으키려고 애써서 일어난 것도 아니다. 봄 풀싹같이 내 머릿속에서 점점 머리를 들었다.

나는 여태까지 세상에 대하여 충실하였다. 어디까지든지 충실하려고 하였다. 내 어머니, 내 아내까지도……. 뼈가 부서지고 고기가 찢기더라도 충실한 노력으로써 살려고 하였다. 그러나 세상은 우리를 속였다. 우리의 충실을 받지 않았다. 도리어 충실한 우리를 모욕하고 멸시하고 학대*하였다.

우리는 여태까지 속아 살았다. 포악*하고 허위스럽고 요사한* 무리를 용납하고 옹호하는 세상인 것을 참으로 몰랐다. 우리뿐 아니라 세상의

* 모면 어떤 일이나 책임을 꾀를 써서 벗어남
* 번민 마음이 번거롭고 답답하여 괴로워함
* 학대 몹시 괴롭히거나 가혹하게 대우함
* 포악 사납고 악함
* 요사한 요망하고 간사한

모든 사람들도 그것을 의식치 못하였을 것이다. 그네들은 그러한 세상의 분위기에 취하였었다. 나도 이때까지 취하였었다. 우리는 우리로서 살아온 것이 아니라 어떤 험악한 제도의 희생자로서 살아왔었다……

김 군! 나는 사람들을 원망치 않는다. 그러나 마주*에 취하여 자기의 피를 짜 바치면서도 깨지 못하는 사람을 그저 볼 수 없다. 허위와 요사와 표독*과 게으른 자를 옹호하고 용납하는 이 제도는 더욱 그저 둘 수 없다.

이 분위기 속에서는 아무리 노력하여도 우리의 생의 만족을 느낄 날이 없을 것이다. 어찌하여 겨우 연명을 한다 하더라도 죽지 못하는 삶이 될 것이요, 그 영향은 자식에게까지 미칠 것이다. 나는 어미 품속에서 빽빽하는 어린것의 장래를 생각할 때면 애잡짤한* 감정과 분함을 금할 수 없다. 내가 늘 이 상태면(그것은 거의 정한 이치다.) 그에게는 상당한 교양은 고사하고, 다리 밑이나 남의 집 문간에 버리게 될 터이니, 아! 삶을 받을 만한 생명을 죄없이 찌그러지게 하는 것이 어찌 애닯지 않으며 분치 않으랴? 그렇다면 그것을 나의 죄라 할까?

김 군! 나는 더 참을 수 없었다. 나는 나부터 살려고 한다. 이때까지는 최면술에 걸린 송장이었다. 제가 죽은 송장으로 남(식구들)을 어찌 살리랴. 그러려면 나는 나에게 최면술을 걸려는 무리를, 험악한 이 공기의 원류*를 쳐부수어야 하는 것이다.

나는 이것을 인간의 생의 충동이며 확충*이라고 본다. 나는 여기서 무상의 법열*을 느끼려고 한다. 아니 벌써부터 느껴진다. 이 사상이 나로 하여금 집을 탈출케 하였으며, ××단에 가입케 하였으며, 비바람 밤낮을

* 마주 정신을 흐리게
하는술
* 표독 사납고 독살스
러움
* 애잡짤한 '가슴이 미
어지듯 안타까운'이라는
뜻의북한말
* 원류 사물이나 현상
의본래 바탕
* 확충 늘리고 넓혀 충
실하게함
* 법열 참된 이치를 깨
달았을 때 느끼는 황홀
한기쁨

헤아리지 않고 벼랑 끝보다 더 험한 선에 서게 한 것이다.

김 군! 거듭 말한다. 나도 사람이다. 양심을 가진 사람이다. 내가 떠나는 날부터 식구들은 더욱 곤경에 들 줄로 나는 안다. 자칫하면 눈 속이나 어느 구렁*에서 죽는 줄도 모르게 굶어 죽을 줄도 나는 잘 안다. 그러므로 나는 이곳에서도 남의 집 행랑어멈이나 아범이며, 노두에 방황하는 거지를 무심히 보지 않는다. 아! 나의 식구도 그럴 것을 생각할 때면 자연히 흐르는 눈물과 뿌직뿌직 찢기는 가슴을 덮쳐 잡는다.

그러나 나는 이를 갈고 주먹을 쥔다. 눈물을 아니 흘리려고 하며 비애에 상하지 않으려고 한다. 울기에는 너무도 때가 늦었으며 비애에 상하는 것은 우리의 박약을 너무도 표시하는 듯싶다. 어떠한 고통이든지 참고 분투*하려고 한다.

김 군! 이것이 나의 탈가한 이유를 대략 적은 것이다. 나는 나의 목적을 이루기 전에는 내 식구에게 편지도 하지 않으려고 한다. 그네가 죽어도, 내가 또 죽어도…….

나는 이러다 성공 없이 죽는다 하더라도 원한이 없겠다. 이 시대, 이 민중의 의무를 이행한 까닭이다.

아아, 김 군아! 말을 다 하였으나 정은 그저 가슴에 넘치누나!

* 구렁 움쑥하게 팬 땅
* 분투 있는 힘을 다하여 싸우거나 노력함

계용묵
1904~1961

본명은 하태용으로 평안북도 선천군에서 태어났습니다. 1928
년 일본으로 건너가 도요대학 동양학과에 입학하여 공부했
습니다. 1925년 《조선문단》에 〈상환〉을 발표하여 등단했으며
1927년에 《조선문단》에 〈최서방〉을, 1928년에는 '조선지광'에
〈인두지주〉를 발표했습니다. 1935년에 《조선문단》에 발표한
〈백치 아다다〉는 인간의 애욕과 물욕을 섬세하고 정교하게 그
려 낸 대표작입니다. 그 밖에도 〈청춘도〉, 〈별을 헨다〉, 〈물매미〉
등 여러 작품을 발표했습니다.

계용묵

. . .

백치 아다다

백치 아다다

고등학교 국어 교과서

작품 소개

예술적이고 섬세한 단편들을 주로 썼던 계용묵 작가가 1935년에 《조선문단》에 발표한 대표작입니다. 전지적 작가 시점인 〈백치 아다다〉는 돈이 최고인 사회에서 백치 '아다다'가 겪는 비극적인 일들을 담담히 보여 줍니다.

줄거리

주인공 '아다다'는 벙어리이고, 백치입니다. 그래서 시집을 못 가다가 결국 열아홉이 돼서야 지참금을 주는 조건으로 가난한 노총각에게 시집을 갑니다. 아다다의 시댁 식구들은 처음에는 지참금을 가져온 아다다를 반겨 주지만, 살림이 나아지자 아다다의 남편은 아다다를 구박하다가 다른 여자를 구합니다. 아다다는 시댁에서도 친정에서도 쫓겨납니다. 그러자 아다다는 평소에 자신에게 관심을 보이던 노총각 수롱이와 함께 신미도라는 섬으로 가서 살게 됩니다. 하지만 수롱이가 그동안 자신이 모아둔 돈 150원을 보여 주며 땅을 사자고 했고, 아다다는 '돈이 자신에게 또 불행을 가져다줄 것'이라고 생각해 바다에다 돈을 버립니다. 뒤따라온 수롱이는 돈을 잃게 된 것에 화가 나 아다다를 바다로 밀어 버립니다.

그릇이 땅에 부딪치는 소리가 났다고 들렸는데 마당엔 아무도 없다.

부엌에 쥐가 들었나? 샛문을 열어 보려니까,

"아 아 아이 아아 아야!"

하는 소리가 뒤란 곁으로 들려온다. 샛문을 열려던 박씨는 뒷문을 밀었다.

장독대 밑 비스듬한 켠 아래 아다다가 입을 헤 벌리고 납작하니 엎더져*, 두 다리만을 힘없이 버지럭거리고 있다. 그리고 머리 편으로 한 발쯤 나가선 깨어진 동이* 조각이 질서 없이 너저분하게 된장 속에 묻혀 있다.

"아이구메나! 무슨 소린가 했더니! 이년이 동애*를 또 잡았구나! 이년아! 너더러 된장 푸래든! 푸래?"

어머니는 딸이 어딘가 다쳤는지 일어나지도 못하고 아파하는 데 가는 동정심보다 깨어진 동이만이 아깝게 눈에 보였던 것이다.

* 엎더지다 엎드러지다의 준말
* 동이 질그릇의 하나로 흔히 물을 긷는 데 씀
* 동애 '동이'를 말하는 평안도 사투리

"어 어마! 아다아다 아다 아다……."

모닥불을 뒤집어쓰는 듯한 끔직한 어머니의 음성을 또다시 듣게 되는 아다다는 겁에 질려 얼굴에 시퍼런 물이 들며 넘어진 연유*를 말하여 용서를 빌려는 기색이나 말이 되지를 않아 안타까워한다.

아다다는 벙어리였던 것이다. 말을 하렬* 때는 한다는 것이, 아다다 소리만 연거푸 나왔다. 어찌어찌하다가 말이 한 마디씩 제법 되어 나오는 적도 있었으나 그것은 쉬운 말에 그치고 만다.

그래서 이것을 조롱* 삼아, 확실이라는 뚜렷한 이름이 있었지만, 누구나 그를 부르는 이름은 아다다였다. 그리하여 이것이 자연히 이름으로 굳어져 그 부모네까지도 그렇게 부르게 되었거니와 그 자신조차도 '아다다' 하고 부르면 마땅히 들을 이름인 듯이 대답을 했다.

"이년까타나* 끌*이 세누나! 시켠*엘 못 갔음 오늘은 어드메든디 나가서 뒈디고 말아라, 이년아! 이년아! 이년아!"

어머니는 눈알을 가로세워 날카롭게도 흰자위만으로 흘기며 성큼 문턱을 넘어선다.

아다다는 어머니의 손길이 또 자기의 끌채*를 감아쥘 것을 연상하고 몸을 겨우 뒤채* 꼬아 일어서서 절룩절룩 굴뚝 모퉁이로 피해 가며 어쩔 줄을 모르고 일변 고개를 좌우로 돌려 살피며 아연하게도,

"아다 어 어마! 아다 어마! 아 아다다다다다!"

하고 부르짖는다. 다시는 일을 아니 저지르겠다는 듯, 그리고 한 번만 용서를 하여 달라는 듯싶게.

그러나 사정을 모르는 채 기어코 쫓아간 어머니는,

*연유 일의 까닭
*하렬 하려할
*조롱 비웃거나 깔보면서 놀림
*이년까타나 이년 때문에
*끌 '머리'를 뜻하는 사투리
*시켠 '시집'을 뜻하는 사투리
*끌채 '머리채'를 뜻하는 사투리
*뒤채 북한말로 '몸이나 몸체를 세게 뒤치어'라는 뜻

"이년! 어서 뒈데라. 뒈디기 싫건 시집으로 당장 가거라. 못 가간?"

그리고 주먹을 귀 뒤에 넌지시 얼메고* 마주선다.

순간, 주먹이 떨어지면? 하는 두려운 생각에 오싹하고 끼치는 소름이 튀해* 놓은 닭같이 전신에 돋아나는 두드러기를 느끼는 찰나, 턱 하고 마침내 떨어지는 주먹은 어느새 끌채를 감아쥐고 갈지자로 흔들어댄다.

"아다 어어 어마! 아 아고 어 어마!"

그러나 소용이 없다. 한번 손을 댄 어머니는 그저 죽어 싸다는 듯이 자꾸만 흔들어 댄다. 하니, 그렇지 않아도 가꾸지 못한 텁수룩한 머리는 물결처럼 흔들리며 구름같이 피어나선 엉클어진다.

그래도 아다다는 그저 빌 뿐이요, 조금도 반항하려고는 않는다. 이런 일은 거의 날마다 지내 보는 것이기 때문에 한대야 그것은 도리어 매까

* 얼메고 위협을 하고
* 튀해 새나 짐승을 잡아 뜨거운 물에 잠깐 넣었다가 꺼내어 털을 뽑아

지 사는 것이 됨을 아는 것이다. 집의 일이 아무리 꼬여 돌아가더라도 나 모르는 채 손 싸매고 들어앉았으면 오히려 이런 봉변을 아니 당할 것이, 가만히 앉았지는 못했다.

선천적으로 타고난 천치*에 가까운 그의 성격은 무엇엔지 힘에 부치는 노력이 있어야 만족을 얻는 듯했다. 시키건 안 시키건, 헐하나 힘차나 가리는 법이 없이 하여야 될 일로 눈에 띄기만 하면 몸을 아끼는 일이 없이 하는 것이 그였다. 그래서 집안의 모든 고된 일은 실로 아다다가 혼자서 치워 놓게 된다.

그러나 어머니는 그것이 반갑지 않았다. 둔한 지혜로 마련 없이 뼈가 부러지도록 몸을 돌보지 않고, 일종 모험에 가까운 짓을 하게 되므로, 그 반면에 따르는 실수가 되려 일을 저질러 놓게 되어 그릇 같은 것을 깨트려 먹는 일은 거의 날마다 있다 하여도 옳을 정도로 있었다.

그래도 아다다의 힘을 빌지 않고는 집안일을 못 치겠다면 모르지만 그는 참례*를 하지 않아도 행랑에서 차근차근히 다 해 줄 일을 쓸데없이 가로맡아*선 일을 저질러 놓고 마는 데 그 어머니는 속이 상했다.

본시 시집을 보내기 전에도 그 버릇은 지금이나 다름이 없어, 벙어리인데다 행동까지 그러하였으므로 내용 아는 인근에서는 그를 얻어 가려는 사람이 없었다. 그리하여 열아홉 고개를 넘기도록 처문어 두고 속을 태우다 못해 깃부*로 논 한 섬지기를 처넣어 똥 치듯 치워 버렸던 것이 그만 오 년이 멀다 다시 쫓겨 와, 시집에는 아예 갈 생각도 아니하고 하루 같은 심화를 울렸다. 그래서 어머니는 역겨운 미움에 아다다가 실수를 할 때마다 주릿대*를 내리고 참례를 말라건만 그는 참는다는 것이 그 당

* 천치 선천적으로 정신 작용이 완전하지 못하여 어리석고 못난 사람
* 참례 예식, 제사, 전쟁 따위에 참여함
* 가로맡아 남의 할 일을 가로채서 맡거나 대신해서 맡아
* 깃부 신부가 시집갈 때 친정에서 가지고 가는 돈
* 주릿대 주리를 틀 때 쓰는 막대기

시뿐이요, 남이 일을 하는 것을 보면 속이 쏘는 듯이 슬그머니 나와서 곁을 슬슬 돌다가는 손을 대고 만다.

바로 사흘 전엔가도 무명뉨*을 낼 때, 활짝 달은 솥뚜껑을 차비* 없이 맨손으로 열다가 뜨거움을 참지 못해 되는 대로 집어 엎는 바람에, 자배기*를 하나 깨쳐서 욕과 매를 한바탕 겪고 났지만 어제 저녁 행랑 색시더러 오늘은 묵은 된장을 옮겨 담아야 되겠다고 이르는 말을 어느 겨를에 들었던지 아다다는 아침밥이 끝나자 어느새 나가서 혼자 된장을 퍼 나르다가 그만 또 실수를 한 것이었다.

"못 가간? 시집이! 못 가간? 이년! 못 가갔음 죽어라!"

붙잡았던 머리를 힘차게 휙 두르며 밀치는 바람에 손에 감겼던 머리카락이 끊어지는지 빠지는지 무뚝 묻어나며 아다다는 비칠비칠 서너 걸음 물러난다.

순간, 아찔해진 아다다는 넘어지지 않으려고 애써 버지럭거리며 삐치는 다리에 겨우 진정을 얻어 세우자,

"아다 어마! 아다 어마! 아다! 아다!"

하고, 다시 달려들 듯이 눈을 흘기고 섰는 어머니를 향하여 눈물 글썽한 눈을 끔벅 한 번 감아 보이고, 그리고 북쪽을 손가락질하여 어머니의 말대로 시집으로 가든지 그렇지 않으면 죽어라도 버리겠다는 뜻으로 고개를 주억이며* 겁에 질려 어쩔 줄을 모르고 허청허청* 대문 밖으로 몸을 이끌어 냈다.

나오기는 나왔으나 갈 곳이 없는 아다다는 마당귀*를 돌아서선 발길을 더 내놓지 못하고 우뚝 섰다.

* 무명뉨 옷감을 양잿물에 담갔다가 삶는 일
* 차비 '채비(어떤 일이 되기 위하여 필요한 물건, 자세 따위가 미리 갖추어져 차려지거나 그렇게 되게 함)'의 원말
* 자배기 둥글넓적하고 아가리가 넓게 벌어진 질그릇
* 주억이며 고개를 앞뒤로 천천히 끄덕거리며
* 허청허청 다리에 힘이 없어 잘 걷지 못하고 자꾸 비틀거리는 모양을 나타내는 의태어
* 마당귀 마당의 한쪽 귀퉁이

시집으로 간다 하였으나 아무리 생각해도 남편의 매는 어머니의 그것보다 무섭다. 그러면 다시 집으로 돌아가나? 이번에는 외상 없는 매가 떨어질 것 같다. 어디로 가야 하나? 갈 곳 없는 갈 곳을 뒤짜 보자니 눈물이 주는 위로밖에 쓸데없는 오 년 전 그 시집이 참을 수 없이 그립다.

추울세라, 더울세라, 힘이 들까, 고단할까, 알뜰살뜰히 어루만져 주던 시부모, 밤이면 품속에 꼭 껴안아 피로를 풀어 주던 남편, 아! 얼마나 시집에서는 자기를 위하여 정성을 다하던 것인가!

참으로 아다다가 처음 시집을 가서의 오 년 동안은 온 집안의 사랑을 한 몸에 받아 왔던 것이 사실이다.

벙어리라는 조건이 귀에 들어맞는 것이 아니었으나, 돈으로 아내를 사지 아니하고는 얻어 볼 수 없는 처지에서 스물여덟 살에 아직 장가를 못 들고 있는 신세로 목구멍조차 치기 어려운 형세*이었으므로, 아내를 얻게 되기의 여유를 기다리기까지에는 너무도 막연한 앞날이었다. 벙어리나마 일생을 먹여 줄 것까지 가지고 온다는 데 귀가 번쩍 띄어 그 자리를 앗길까* 두렵게 혼사를 치렀던 것이니, 그로 인해서 먹고살게 되는 시집에서는 아다다를 아니 위할 수가 없었던 것이다. 그러한 가운데 또한 아다다는 못하는 일이 없이 일 잘하고, 고분고분 말 잘 듣고, 조금도 말썽을 부리는 일이 없었다. 그래서 생활고*가 주는 역경*이 쓸데없이 서로 눈독*을 짓게 하여 불쾌한 말만으로 큰소리가 끊일 새 없이 오고가던 가족은 일시에 봄비를 맞은 동산같이 화락한 웃음의 꽃이 피었다.

원래, 바른 사람이 못 되는 아다다에게는 실수가 없는 것이 아니었으나, 그로 인해서 밥을 먹게 된 시집에서는 조금도 역겹게 안 여겼고, 되

* 형세 살림살이의 형편
* 앗기다 '빼앗거나 가로채다'는 뜻을 가진 낱말 '앗다'의 피동사
* 생활고 경제적인 곤란으로 겪는 생활상의 괴로움
* 역경 일이 순조롭지 않아 매우 어렵게 된 처지나 환경
* 눈독 눈의 독기

레 위로를 하고 허물을 감추기에 서로 힘을 썼다.

여기에 아다다가 비로소 인생의 행복을 느끼며, 시집가기 전 지난날 어머니 아버지가 쓸데없는 자식이라는 구실 밑에, 아니, 되레 가문을 더럽히는 앙화* 자식이라고 사람으로서의 푼수에도 넣어 주지 않고 박대하던 일을 생각하여 어머니 아버지를 원망하는 나머지 명절목이나 제향* 때이면 시집에서는 그렇게 가 보라는 친정이었건만 이를 악물고 가지 않고, 행복 속에 묻혀 살던 지나간 그날이 아니 그리울 수가 없었다. 그러나 그날은 안타깝게도 다시 못 올 영원한 꿈속에 흘러가고 말았다.

해를 거듭하여 생활의 밑바닥에 깔아 놓았던 한 섬지기라는 거름이

* 앙화 어떤 일로 인하여 생기는 재난
* 제향 '제사'의 높임말

차츰 그들을 여유한 생활로 이끌어, 몇백 원 돈이 눈앞에 굴게 되니, 까닭없이 남편 되는 사람은 벙어리로서의 아내가 미워졌다.

조그만 실수가 있어도 눈을 흘겼다. 그리고 매를 내렸다. 이 사실을 아는 아버지는 그것은 들어오는 복을 차 버리는 짓이라고 타이르나 듣지 않았다. 그리하여 부자간에 충돌이 때로는 일어났다. 이럴 때마다 아버지에게는 감히 하고 싶은 행동을 못하는 아들은 그 분을 아내에게로 돌려 풀기가 일쑤였다.

"이년, 보기 싫다! 네 집으로 가거라."

그리고 다음에 따르는 것은 매였다. 그러나 아다다는 참아 가며 아내로서의, 며느리로서의 임무를 다했다.

이것이 시부모로 하여금 더욱 아다다를 귀엽게 만드는 것이어서 아버지에게서는 움직일 수 없는 며느리인 것을 깨닫게 된 아들은 가정적으로 불만을 느끼어 한 해의 농사를 지은 추수를 온통 팔아 가지고 집을 떠나 마음의 위안을 찾아 주색*에 돈을 다 탕진하고* 물거품같이 밀리어 동무들과 짝지어 안동현으로 건너갔다.

그리하여 이 투기*적 도시에서 뒹굴며 노동의 힘으로 밑천을 얻어선 '양화'와 '은떼루'에 투기하여 황금을 꿈꾸어 오던 것이 기적적으로 맞아 나가기 시작하여 이태 만에는 이만 원에 가까운 돈을 손에 쥐게 되었다. 그리하여 언제나 불만이던 완전한 아내로서의 알뜰한 사랑에 주렸던 그는 돈에 따르는 무수한 여자 가운데서 마음대로 골라 가지고 집으로 돌아왔다.

그러고는 새로운 살림을 꿈꾸는 일변 새로이 가옥을 건축함과 동시에

* 주색 술과 여자를 아울러 이르는 말
* 탕진하고 재물 따위를 다 써서 없애고
* 투기 기회를 틈타 큰 이익을 보려고 함

아다다를 학대함이 전에 비할 정도가 아니었다. 이에는, 그 아버지도 명민하고* 인자한 남 부끄럽지 않은 새 며느리에게 마음이 쏠리는 나머지, 이미 생활은 걱정이 없이 되었으니, 아다다의 깃부로서가 아니라도 유족할* 앞날의 생활을 내다볼 때, 아들로서의 아다다에게 대하는 태도는 소모도 마음에 거슬리는 것이 없었다. 그리하여 시부모의 눈에서까지 벗어나게 된 아다다는 호소할 곳조차 없는 사정에 눈감은 남편의 매를 견디다 못해 집으로 쫓겨 오게 되었던 것이니, 생각만 하여도 옛 맷자리가 아픈 그 시집은 죽으면 죽었지 다시는 찾아갈 생각은 없었던 것이다.

그래서 집에 있게 되니 그것보다는 좀 헐할망정 어머니의 매도 결코 견디기에 족한 것이 아니다. 그리고 그것은 날마다 더 심해만 왔다. 오늘도 조금만 반항이 있었던들, 어김없이 매는 떨어지고 말았을 것이다.

그리고 어디로 가나? 아무리 생각을 해 보아야 그저 이 세상에서는 수룡이네 집밖에 또 찾아갈 곳이 없었다.

수룡은 부모 동생조차 없는 삼십이 넘은 총각으로 누구보다도 자기를 사랑하여 준다고 믿는 단 한 사람이었다. 그리하여 쫓기어 날 때마다 그를 찾아가선 마음의 위안을 얻어 오던 것이다.

아다다는 문득 발걸음을 떼어 아지랑이 어른거리는 마을 끝 산턱 아래 떨어져 박힌 한 채의 오막살이를 향하여 마당귀를 꺾어 돌았다.

수룡은 벌써 일 년 전부터 아다다를 꾀어 왔다. 시집에서까지 쫓겨난 벙어리였으나, 김 초시의 딸이라, 스스로도 낮춰 보이는 자신으로서는 자연히 염*을 내지 못하고 뜻있는 마음을 건너볼 길이 없어 속을 태워 가며 눈치만 보아 오던 것이, 눈치에서보다는 베풀어진 동정이 마침내 아

* 명민하고 총명하고 민첩하고
* 유족할 형편따위가 넉넉할
* 염 무엇을 하려고 하는 생각이나 마음

다다의 마음을 사게 된 것이었다.

　아이들은 아다다를 보기만 하면 따라다니며 놀렸다. 아니, 어른까지라도 '아다다, 아다다' 하고 골*을 올려서, 분하나 말을 못하고 이상한 시늉을 하며 투덜거리는 것을 봄으로 좋아라 손뼉을 치며 웃었다.

　그래서 아다다는 사람을 싫어하였다. 집에 있으면 어머니의 욕과 매, 밖에 나오면 뭇사람들의 놀림, 그러나 수롱이만은 자기를 사랑하는 것이었다. 아이들이 따라다닐 때에도 남 아니 말려 주는 것을 그는 말려 주고, 그리고 매에 터질 듯한 심정을 풀어 주는 것이었다.

　그리하여 아다다는 마음이 불편할 때마다 수롱을 생각해 오던 것이 얼마 전부터는 찾아다니게까지 되어 동네의 눈치에도 어느덧 오른 지 오래였다.

　그러나 아다다의 집에서도 그 아버지만이 지체*를 가지기 위하여 깔맵게* 아다다의 행동을 경계하는 듯하고 그 어머니는 도리어 수롱이와 배가 맞아서 자기의 눈앞에 보이지 아니하고 어디로든지 달아났으면 하는 눈치를 알게 된 수롱이는 지금에 와서는 어느 정도까지 내어놓다시피 그를 사귀어 온다.

　아다다는 제집이나처럼 서슴지도 않고 달리어 오자마자 수롱이네 집 문을 벌컥 열었다.

　"아, 아다다!"

　수롱은 의외에 벌떡 일어섰다.

　"너 또 울었구나."

　울었다는 것이 창피하긴 하였으나, 숨길 차비가 아니다. 호소할 길 없

* 골 비위에 거슬리거나 언짢은 일을 당하여 벌컥 내는 화
* 지체 어떤 집안이나 개인이 사회에서 차지하고 있는 신분이나 지위
* 깔맵다 북한 말로 '성질이 깔끔하고 매섭게 독하거나 사납다'는 뜻

는 가슴속에 꽉 찬 설움은 수롱이의 따뜻한 위무*가 어떻게도 그리웠는지 모른다.

방 안에 들어서기가 바쁘게 쫓기어 난 이유를 언제나 같이 낱낱이 말했다.

"그러기 이젠 아야, 다시는 집으로 가지 말구 나하구 둘이서 살아, 응?"

그리고 수롱은 의미 있는 웃음을 벙긋벙긋 웃으며 아다다의 등을 척척 두드려 달랬다. 오늘은 어떻게 해서든지 자기의 것으로 영원히 만들어 보고 싶은 욕망에 불탔던 것이다.

그러나 아다다는,

* 위무 위로하고 어루만져달램

"아다 무 무서! 아다 무 무서! 아다 아다다다!"

하고, 그렇게 한다면 큰일 난다는 듯이 눈을 둥그렇게 뜬다. 집에서 학대를 받고 있느니보다는 수롱의 사랑 밑에서 살았으면 오죽이나 행복되랴! 다시 집으로는 아니 들어가리라는 생각이 없었던 바도 아니었으나, 정작 이런 말을 듣고 보니, 무엇엔지 차마 허하지 못할 것이 있는 것 같고 그렇지 않은지라, 눈을 부릅뜨고 수롱이한테 다니지 말라는 아버지의 말이 연상될 때 어떻게도 그 말은 엄한 것이었다.

"우리 둘이 달아났음 그만이지, 무섭긴 뭐이 무서워?"

"……."

아다다는 대답이 없다.

딴은 그렇기도 한 것이다. 당장 쫓기어 난 몸이 갈 곳이 어딘고? 다시 생각을 더듬어 볼 때 어머니의 매는 아버지의 그 눈총보다도 몇 배나 더 한 두려움으로 견딜 수 없이 아픈 것이다. 먼저 한 말이 금시* 후회스러웠다.

"안 그래? 무서울 게 뭐야. 이젠 아예 가지 말구 나하구 있어, 응?"

"응, 아다 이 있어, 아다 아다."

하고, 아다다는 다시 있자는 말이 나오기나 기다렸다는 듯이 그리고 살길을 찾았다는 듯이 한숨과 같이 빙긋 웃으며 있겠다는 뜻을 명백히 보이기 위하여 고개를 주억거리며 삿* 바닥을 손으로 툭툭 두드려 보인다.

"그렇지 그래, 정 있으야 되 응?"

"응, 이서 이서 아다 아다."

* 금시 바로 지금
* 삿 갈대를 엮어 만든 자리

"정말이냐?"

"으, 응 정 저 아다 아다다."

단단히 강문을 받고* 난 수롱이는 은근히 솟아나는 미소를 금할 길이 없었다.

벙어리인 아다다가 흡족할 이치는 없었지만 돈으로 사지 아니하고는 아내라는 것을 얻어 볼 수 없는 처지였다. 그저 생기는 아내는 벙어리였어도 족했다. 그저 일이나 도와주고 아들딸이나 낳아 주었으면 자기는 게서* 더 바랄 것이 없었다. 아내를 얻으려고 십여 년 동안을 불피 풍우* 품을 팔아 궤 속에 꽁꽁 묶어 둔 일백오십 원이란 돈이 지금에 와서는, 아내 하나를 얻기에 그리 부족할 것은 아니나, 장가를 들지 아니하고 아다다를 꾀어 온 이유도 아다다를 꾐으로 돈을 남겨서 그 돈으로 살림의 밑천을 만들어 가정의 마루를 얹자는 데서였던 것이다. 이제 계획이 은근히 성공에 가까워옴에 자기도 남과 같이 가정을 이루어 보게 되누나 하니 바라지도 못하였던 인생의 행복이 자기에게도 찾아오는 것 같았다.

"우리 아다다."

수롱이는 아다다의 등에 손을 얹으며 빙그레 웃었다.

"아다 다."

아다다도 만족한 듯이 히쭉 입이 벌어졌다.

그날 밤을 수롱의 품 안에서 자고 난 아다다는 이미 수롱의 아내 되기에 수줍음조차 잊었다. 아니, 집에서 자기를 받들어 들인다 하더라도 수롱을 떨어져서는 살 수 없으리만큼 마음은 굳어졌다. 수롱이가 주는 사랑은 이 세상에서는 더 찾을 수 없는 행복이라 느껴졌던 것이다.

* 강문을 받다 북한 말 관용구로 '따져 물어서 확답을 받다'는 뜻
* 게서 '거기에서가 줄어든 말
* 불피풍우 비바람을 무릅쓰고 한결같이 일을 함

그러나 영원한 행복을 위하여 이 자리에 그대로 박혀서는 누릴 수 없을 것이 다음에 남은 근심이었다. 수롱이와 같이 살자면, 첫째 아버지가 허락하지 않을 것이요, 동네 사람도 부끄럽지 않은 노릇이 아니다. 이것은 수롱이도 짐짓 근심이었다. 밤이 깊도록 의논을 하여 보았으나 동네를 피하여 낯모르는 곳으로 감쪽같이 달아나는 수밖에는 다른 묘책이 없었다.

예식 없는 가약*을 그들은 맹세하고 그날 새벽으로 그 마을을 떠나 신미도라는 섬으로 건너가서 그곳에 안주*를 정하였다. 그러나 생소한 곳이므로 직업을 찾을 길이 없었다. 고기를 잡아먹고 사는 섬이라 뱃놀음을 하는 것이 제 길이었으나, 이것은 아다다가 한사코 말렸다. 몇 해 전에 자기 동네에서도 농토를 잃은 몇몇 사람이 이 섬으로 들어와 첫 배를 타다가 그만 풍랑*에 몰살을 당하고 만 일이 있었던 것을 잊지 못하는 때문이었다.

그렇지 않은지라, 수롱이조차도 배에는 마음이 없었다. 섬으로 왔다고는 하지만 땅을 파서 먹는 것이 조마구* 빨 때부터 길러 온 습관이요, 손익은 일이었기 때문에 그저 그 노릇만이 그리웠다.

그리하여 있는 돈으로 어떻게, 밭날갈이나 사서 조 같은 것이나 심어 가지고 겨울의 불목이*와 양식을 대게* 하고 짬짬이 조개나 굴, 낙지, 이런 것들을 캐어서 그날그날을 살아갔으면 그것이 더할 수 없는 행복일 것만 같았다.

그렇지 않아도 삼십 반생에 자기의 소유라고는 손바닥만한 것조차 없어, 어떻게도 몽매*에 그리던 땅이었는지 모른다. 완전한 아내를 사지 아

* 가약 부부가 되자는 약속
* 안주 한곳에 자리를 잡고 편안히 삶
* 풍랑 바람과 물결을 아울러 이르는 말
* 조마구 '주먹'의 사투리
* 불목이 땔감
* 대게 돈이나 물건 따위를 마련하여 주게
* 몽매 잠을 자면서 꾸는 꿈

니하고 아다다를 꾀어 온 것도, 이 소유욕에서였다. 아내가 얻어진 이제, 비록 많지는 않은 땅이나마 가져 보고 싶은 마음도 간절하였거니와 또는 그만한 소유를 가지는 것이 자기에게 향한 아다다의 마음을 더욱 굳게 하는 데도, 보다 더한 수단일 것 같았기 때문이다.

그런데, 본시 뱃놀음판인 섬인데, 작년에 놀구지가 잘되었다 하여 금년*에 와서 더욱 시세*를 잃은 땅은 비록 때가 기경시*라 하더라도 용히 살 수까지 있는 형편이었으므로, 그렇게 하리라 일단 마음을 정하니 자기도 땅을 마침내 가져 보누나 하는 생각에 더할 수 없는 행복을 느끼며 아다다에게도 이 계획을 말하였다.

"우리 밭을 한 떼기* 사자, 그래두 농살 허야 사람 사는 것 같다. 내가 던답을 살라고 묶어 둔 돈이 있거던!"

하고 수룡이는 봐라는 듯이 시렁* 위에 얹힌 석유통 궤 속에서 지전* 뭉치를 뒤져내더니 손끝에다 침을 발라 가며 펄딱펄딱 뒤져 보인다.

그러나 이 돈을 본 아다다는 어쩐지 갑자기 화기*가 줄어든다.

수룡이는 이상했다. 돈을 보면 기꺼워할* 줄 알았던 아다다가 도리어 화기를 잃은 것이다. 돈이 있다니 많은 줄 알았다가 기대에 틀림으로써인가?

"이거 봐. 그래 봬두, 천오백 냥(백오십 원)이야. 지금 시세에 이천 평은 한참 놀다 가두 떡 먹두룩 살 건데!"

그래도 아다다는 아무 대답이 없다. 무엇 때문엔지 수심*의 빛까지 연연히* 얼굴에 떠오른다.

* 금년 올해
* 시세 일정한 시기의 물건값
* 기경시 밭을 경작하는 때
* 떼기 일정하게 경계를 지은 논밭의 구획을 세는 단위
* 시렁 물건을 얹어 놓기 위하여 방이나 마루 벽에 두 개의 긴 나무를 가로질러 선반처럼 만든 것
* 지전 '지폐'와 같은 말로 '종이에 인쇄를 하여 만든 화폐'를 뜻함
* 화기 온화한 기색
* 기꺼워할 마음속으로 은근히 기쁘게 여길
* 수심 매우 근심함
* 연연히 눈에 보이는 것처럼 아주 뚜렷하게

"아니 밭이 이천 평이문 조를 심는다 하구 잘만 가꿔 봐! 조가 열 섬에 조짚이 백여 목 날 터이야. 그래 이걸 개지구 겨울 한동안이야 못 살아? 그렇거구 둘이 맞붙어 몇 해만 벌어 봐. 그적엔 논이 또 나오는 거야. 이 건 괜히 생……."

아다다는 말없이 머리를 흔든다.

"아니, 내레 이게 거즈뿌레기*야? 아 열 섬이 못 나?"

아다다는 그래도 머리를 흔든다.

"아니, 고롬 밭은 싫단 말인가?"

"아다, 시, 싫어."

그리고 힘없이 눈을 내리깐다.

아다다는 수롱이에게 돈이 있다 해도 실로 그렇게 많은 줄은 몰랐다. 그래서 그 많은 돈으로 밭을 산다는 소리에 지금까지 꿈꾸어 왔던 모든 행복이 여지없이*도 일시에 깨어지는 것만 같았던 것이다. 돈으로 인해서 그렇게 행복할 수 있던 자기의 신세는 남편(전 남편)의 마음을 악하게 만듦으로, 그리고 시부모의 눈까지 가리는 것이 되어, 필야*엔 쫓겨나지 아니치 못하게 되던 일을 생각하면 돈소리만 들어도 마음은 좋지 않던 것인데, 이제 한 푼 없는 알몸인 줄 알았던 수롱이에게도 그렇게 많은 돈이 있어, 그것으로 밭을 산다고 기꺼워하는 것을 볼 때, 그 돈의 밑천은 장래 자기에게 행복을 가져다주기보다는 몽둥이를 가져다주는 데 지나지 못하는 것 같았고, 밭에다 조를 심는다는 것은 불행의 씨를 심는 것만 같았기 때문이다.

아다다는 그저 심으로 왔거니 조개나 굴 같은 것을 캐서 그날그날

* 거즈뿌레기 거짓말
* 여지없이 더 어찌할 나위가 없을 만큼 가차 없이
* 필야 필연 반드시 그 렇게 됨

을 살아가야 할 것만이 수룡의 사랑을 받는 데 더할 수 없는 살림인 줄만 안다. 그래서 이러한 살림이 얼마나 즐거우랴! 혼자 속으로 축복을 하며 수룡을 위하여 일층* 벌기에 힘을 써야 할 것을 생각해 오던 것이다.

"고롬 논을 사재나? 밭이 싫으문."

수룡은 아다다의 의견이 알고 싶어 이렇게 또 물었다.

그러나 아다다는 그냥 힘없는 고개를 주억일 뿐이었다. 논을 산대도 그것은 똑같은 불행을 사는 데 있을 것이다. 돈이 있는 이상 어느 것이든지 간 사기는 반드시 사고야 말 남편의 심사이었음에 머리를 흔들어 댔자 소용이 없을 것이었다. 그리하여 그 근본 불행인 돈을 어찌할 수 없는 이상엔 잠시라도 남편의 마음을 거슬림으로 불쾌하게 할 필요는 없다고 아는 때문이었다.

"흥! 논이 도흔 줄은 너두 아누나! 그러나 어려운 놈에게는 밭이 논보다 나앗디 나아."

하고, 수룡이는 기어이 밭을 사기로 그 달음*에 거간*을 내세웠다.

그날 밤.

아다다는 자리에 누웠으나 잠이 오지 않았다.

남편은 아무런 근심도 없는 듯이 세상모르고 씩씩 초저녁부터 자 내건만, 아다다는 그저 돈 생각을 하면 장차 닥쳐올 불길한 예감에 잠을 이룰 수가 없었다. 이불을 붙안고* 밤새도록 쥐어틀며* 아무리 생각을 해야 그 돈을 그대로 두고는 수룡의 사랑 밑에서 영원한 행복을 누릴 수

* 일층 일정한 정도에 서 한단계 더
* 달음 어떤 행동의 여세를 몰아 계속함
* 거간 사고파는 사람 사이에 들어 흥정을 붙임
* 붙안고 두 팔로 부둥 켜안고
* 쥐어틀며 단단히 잡 고 비틀며

있으리라고는 믿기지 않았다.

짧은 봄밤은 어느덧 새어, 새벽을 알리는 닭의 울음소리가 사방에서 처량히 들려온다.

밤이 벌써 새누나 하니, 아다다의 마음은 더욱 조급하게 탔다. 이 밤으로 그 돈을 처리하지 못하는 한 내일은 기어이 거간이 흥정을 하여 가지고 올 것이다. 그러면 그 밭에서 나는 곡식은 해마다 돈을 불려 줄 것이다. 그때면 남편은 늘어 가는 돈에 따라 차차 눈은 어둡게 되어 점점 정은 멀어만 가게 될 것이다. 그다음에는? 그다음에는 더 생각하기조차 무서웠다.

닭의 울음소리에 따라 날은 자꾸만 밝아 온다. 바라보니 어느덧 창은 희그스럼하게 비친다. 아다다는 더 누워 있을 수가 없었다. 옆에 누운 남편을 지그시 팔로 밀어 보았다. 그러나 움찍하지도 않는다. 그래도 못 믿어지는 무엇이 있는 듯이 남편의 코에다 가까이 귀를 가져다 대고 숨소리를 엿들었다. 씨근씨근, 아직도 잠은 분명히 깨지 않고 있다. 아다다는 슬그머니 이불 속을 새어 나왔다. 그리고 시렁 위의 석유통을 휩쓸어 그 속에다 손을 넣었다. 그리하여 마침내 지전 뭉치를 더듬어서 손에 쥐고는 조심조심 발자국 소리를 죽여 가며 살그머니 문을 열고 부엌으로 내려갔다.

그러고는 일찍이 아침을 지어 먹고 나무새기*를 뽑으러 간다고 바구니를 끼고 바닷가로 나섰다. 아무도 보지 못하게 깊은 물속에다 그 돈을 던져 버리자는 것이다.

솟아오르는 아침 햇발을 받아 붉게 물들며 잔뜩 밀린 조수*는 거품을 부걱부걱* 토하며 바람결조차 철썩철썩 해안을 부딪친다.

아다다는 바구니를 내려놓고 허리춤 속에서 지전 뭉치를 쥐어 들었다. 그러고는 몇 겹이나 쌌는지 알 수 없는 헝겊 조각을 둘둘 풀었다. 헤집으니 일 원짜리, 오 원짜리, 십 원짜리, 무수한 관 쓴 영감들이 나를 박대해서는 아니 된다는 듯이 모두들 마주 바라본다. 그러나 아다다는 너 같은 것을 버리는 데는 아무런 미련도 없다는 듯이 넘노는 물결 위에다 획 내어 뿌렸다. 세찬 바닷바람에 채인 지전은 바람결 쫓아 공중으로 올라가 팔랑팔랑 허공에서 재주를 넘어가며 산산이 헤어져 멀리, 그리고 가깝게 하나씩 하나씩 물 위에 떨어져서는 넘노는 물결 쫓아 잠겼다 떴다 소꾸막질*을 한다.

어서 물속으로 가라앉든지 그렇지 않으면 흘러내려 가든지 했으면 하고 아다다는 멀거니 서서 기다리나 너저분하게 물 위를 덮은 지전 조각들은 차마 주인의 품을 떠나기가 싫은 듯이 잠겨 버렸는가 하면 다시 기울거리며 솟아올라서는 물 위를 빙글빙글 돈다. 하더니, 썰물이 잡히자부터야 할 수 없는 듯이 슬금슬금 밑이 떨어져 흐르기 시작한다.

아다다는 상쾌하기 그지없었다. 밀려 내려가는 무수한 그 지전 조각은 자기의 온갖 불행을 모두 거두어 가지고 다시 돌아올 길이 없는 끝없는 한바다*로 내려갈 것을 생각할 때 아다다는 춤이라도 출 듯이 기꺼웠다.

그러나 그 돈이 완전히 눈앞에 보이지 않게 흘러내려 가기까지에는 아직도 몇 분 동안을 요하여야 할 것인데, 뒤에서 허덕거리는 발자국 소리가 들리기에 돌아다보니 뜻밖에도 수롱이가 헐떡이며 달려오는 것이 아닌가.

* 부걱부걱 술 따위가 발효하여 큰 거품이 생기면서 잇따라 나는 소리
* 소꾸막질 물속에서 떴다 잠겼다 하는 짓으로 무자맥질의 사투리
* 한바다 매우 깊고 넓은 바다

"야! 야! 아다다야! 너, 돈 돈 안 건새핸? 돈, 돈 말이야 돈?"

청천의 벽력 같은 소리였다.

아다다는 어쩔 줄을 모르고 남편이 이*까지 이르기 전에 어서어서 물결은 휩쓸려 돈을 모두 거둬 가지고 흘러 버렸으면 하나, 물결은 안타깝게도 그닐그닐* 한가히 돈을 이끌고 흐를 뿐, 아다다는 그 돈이 어서 자기의 눈앞에서 자취를 감추어 버리는 것을 보기 위하여 그닐거리고 있는 돈 위에다 쏘아 박은 눈을 떼지 못하고 쩔쩔매는 사이, 마침내 달려오게 된 수롱의 눈에도 필경* 그 돈은 띄고야 말았다.

뜻밖에도 바다 가운데 무수하게 지전 조각이 널려서 앞서거니 뒤서거니 둥둥 떠내려가는 것을 본 수롱이는 아다다에게 그 연유를 물을 겨를도 없이 미친 듯이 옷을 훌훌 벗고 철버덩 물속으로 뛰어들었다.

그러나 헤엄을 칠 줄 모르는 수롱이는 돈이 엉키어 도는 한복판으로는 들어갈 수가 없었다. 겨우 가슴패기* 잠기는 깊이에서 더 들어가지 못하고 흘러내려 가는 돈더미를 안타깝게도 바라보며 허우적허우적 달려갔다. 차츰 물결은 휩쓸려 떠내려가는 속력이 빨라진다. 돈들은 수롱이더러 어디 달려와 보라는 듯이 휙휙 숨바꼭질을 하며 흐른다. 그러나 물결이 세어질수록 더욱 걸음발은 자유로 놀릴 수가 없게 된다. 더퍽더퍽* 물과 싸움이나 하듯 엎어졌다가는 일어서고, 일어섰다가는 다시 엎어지며 달려가나 따를 길이 없다. 그대로 덤비다가는 몸조차 물속으로 휩쓸려 들어갈 것 같아, 멀거니 서서 바라보니 벌써 지전 조각들은 가물가물하고 물거품인지도 분간할 수 없으리만치 먼 거리에서 흐르고 있다. 그러나 그것도 한순간이었다. 눈앞에선 아무것도 보여지는 것이 없다. 휙휙

* 이 북한말로 '여기'를 구어적으로 이르는 말
* 그닐그닐 보기에 매우 위태롭거나 치사하고 더러워 마음이 자꾸 저런느낌
* 필경 끝장에 가서는
* 가슴패기 '가슴팍'과 같은 말로 가슴의 판판한 부분을 속되게 이르는 말
* 더퍽더퍽 앞을 자세히 살펴보지 않고 자꾸 마구 걸어가는 모양을 나타내는 의태어

하고 밀려 내려가는 거품진 물결뿐이다.

수롱이는, 마지막으로 돈을 잃고 말았다고 아는 정도의 물결 위에 쏟아진 눈을 돌릴 길이 없이 정신 빠진 사람처럼 그냥그냥 바라보고 섰더니, 쏜살같이 언덕켠으로 달려오자 아무런 말도 없이, 벌벌 떨고 섰는 아다다의 중동*을 사정없이 발길로 제겼다*.

"흥앗!"

소리가 났다고 아는 순간, 철썩 하고 감탕*이 사방으로 튀자 보니, 벌써 아다다는 해안의 감탕판에 등을 지고 쓰러져 있었다.

"이! 이! 이……"

수롱이는 무슨 말인지를 하려고는 하나, 너무도 기에 차서 말이 되지 않는 듯 입만 너불거리다가 아다다가 움찔 하는 것을 보더니, 아직도 살았느냐는 듯이 번개같이 쫓아 내려가 다시 한 번 발길로 제겼다.

"푹!"

하는 소리와 함께 아다다는 가꿉선* 언덕을 떨어져 덜덜덜 굴러서 물 속에 잠긴다.

한참 만에 보니 아다다는 복판도 한복판으로 밀려가서 솟구어 오르며 두 팔을 물 밖으로 허우적거린다. 그러나 그 깊은 파도 속을 어떻게 헤어나랴! 아다다는 그저 물 위를 둘레둘레 굴며 요동을 칠 뿐, 그러나 그것도 한순간이었다. 어느덧 그 자취는 물속에 사라지고 만다.

주먹을 부르쥔 채 우상같이 서서 굼실거리는 물결만 그저 뚫어져라 쏘아보고 섰는 수롱이는 그 물속에 영원히 잠들려는 아다다를 못 잊어 함인가? 그렇지 않으면 흘러 버린 그 돈이 차마 아까워서인가?

* 중동 가운데 부분
* 제끼다 '젖히다'의 북한말
* 감탕 진흙
* 가꿉선 가파른

짝을 찾아 도는 갈매기 떼들은 눈물겨운 처참한 인생 비극이 여기에 일어난 줄도 모르고 '끼약끼약' 하며 흥겨운 춤에 훨훨 날아다니는 깃 치는 소리와 같이 해안의 풍경만 돕고 있다.

김유정
1908~1937

강원도 춘천에서 태어났습니다. 1933년 〈산골 나그네〉를 문예지 《제일선》에 발표하고 같은 해 〈총각과 맹꽁이〉, 〈흙을 등지고〉 등을 썼으나 그리 좋은 반응을 얻어 내지는 못했습니다. 그러다 1935년 단편 〈소낙비〉가 《조선일보》에서 1등으로, 〈노다지〉가 《조선중앙일보》 가작으로 당선되면서 본격적인 문단 활동을 시작하였습니다.

김유정의 소설은 인간에 대한 훈훈한 사랑을 예술적이면서도 재미있게 다루고 있습니다. 또한, 가난하고 비참한 민중의 실제 삶을 생생히 묘사하여 웃음 속에 진한 슬픔이 배어나옵니다.

김유정

. . . .

봄봄
동백꽃

봄봄

중·고등학교 국어 교과서

1935년 《조광》지에 발표된 이 소설은 1930년대 강원도 어느 농촌 마을을 배경으로 순박한 데릴사위와 영악한 장인어른 사이의 갈등을 1인칭 주인공 시점에서 보여 준 김유정 작가의 대표작입니다. 순박한 농촌 총각이 주인공인 만큼 김유정 작가 특유의 해학적인 면이 잘 드러나 있습니다. 사건이 시간 순서대로 진행되지 않고, 장인이 '나'의 상처를 치료하고 화해하는 장면이 맨 마지막에 서술된 것이 특징입니다.

'나'는 배 참봉 댁 마름인 봉필의 둘째 딸, 점순이에게 장가들기로 한 데릴사위이다. 하지만 벌써 3년 7개월째 사경 한 푼 받지 않으며 열심히 일하고 있는데도, 장인이 될 봉필은 점순이의 키가 작다는 이유로 성례를 미루기만 한다. '나'는 모를 붓다가 '점순이가 먹고 키가 큰다면 모르지만 장인의 배만 불리고 싶지는 않다.'고 생각한다. 그래서 '나'는 배가 아프다는 핑계로 논둑으로 올라가고 그런 '나'를 본 장인은 화가 나 '나'의 뺨을 친다. 하지만 '나'는 남을 의식해 장인에게 대들지도 못한다. 그러다 장인을 끌고 구장에게 가 중재를 요청하지만, 장인에게 땅을 붙이고 있는 구장은 장인 편을 들어 '나'에게 다시 일이나 하라고 말할 뿐이다. 별 소득 없이 돌아온 나에게 점순이는 '구장 댁까지 갔으면서 그냥 왔냐'며 핀잔을 준다. '나'는 일터로 나가려다 말고 바깥마당에 드러눕고 이에 화가 난 장인은 지게 막대기로 배를 찌르고 발길질을 한다. '나'는 점순이가 이 모습을 엿보고 있다는 것을 알고 벌떡 일어나 장인의 수염을 잡아챈다. 화가 난 장인은 '나'의 사타구니를 잡았고, 내가 거의 까무러치려고 하자 '나'의 사타구니를 놓아준다. 그런데 이번에는 내가 장인의 사타구니를 잡고 늘어진다. 그러자 장인은 점순이를 불렀고, 점순이와 장모는 내 귀를 잡아당긴다. '나'는 내편이라고 생각했던 점순이가 내게 달려들자 어이가 없어 점순이의 얼굴만 쳐다본다.

"장인님! 인젠 저……."

내가 이렇게 뒤통수를 긁고, 나이가 찼으니 성례*를 시켜 줘야 하지 않겠느냐고 하면 대답이 늘,

"이 자식아! 성례구 뭐구 미처 자라야지!"

하고 만다.

이 자라야 한다는 것은 내가 아니라 내 아내가 될 점순이의 키 말이다.

내가 여기에 와서 돈 한 푼 안 받고 일하기를 삼 년 하고 꼬박 일곱 달 동안을 했다. 그런데도 미처 못 자랐다니까 이 키는 언제야 자라는 겐지 짜장* 영문 모른다. 일을 좀 더 잘해야 한다든지, 혹은 밥을(많이 먹는다고 노상* 걱정이니까) 좀 덜 먹어야 한다든지 하면 나도 얼마든지 할 말이 많다. 하지만 점순이가 아직 어리니까 더 자라야 한다는 여기에는 어째 볼 수 없이 고만 빙빙하고* 만다.

* 성례 혼인식, 결혼식
* 짜장 과연, 정말로
* 노상 언제나 변함없이 한 모양으로 줄곧
* 빙빙하고 이리저리로 자꾸 돌아다니고

이래서 나는 애초 계약이 잘못된 걸 알았다. 이태면 이태, 삼 년이면 삼 년, 기한을 딱 작정하고 일을 해야 원할 것이다. 덮어놓고* 딸이 자라는 대로 성례를 시켜 주마 했으니 누가 늘 지키고 섰는 것도 아니고, 그 키가 언제 자라는지 알 수 있는가. 그리고 난 사람의 키가 무럭무럭 자라는 줄만 알았지 붙박이 키에 모로*만 벌어지는 몸도 있는 것을 누가 알았으랴. 때가 되면 장인님이 어련하랴 싶어서 군소리 없이 꾸벅꾸벅 일만 해 왔다. 그럼 말이다, 장인님이 제가 다 알아차려서,

"어참, 너 일 많이 했다. 고만 장가들어라."

하고 살림도 내주고 해야 나도 좋을 것이 아니냐.

시치미를 딱 떼고 도리어 그런 소리가 나올까 봐서 지레 펄펄 뛰고 이야단이다. 명색이 좋아서 데릴사위지 일하기에 싱겁기도 할 뿐더러 이건 참 아무것도 아니다.

숙맥이 그걸 모르고 점순이의 키 자라기만 까맣게 기다리지 않았나.

언젠가는 하도 갑갑해서 자를 가지고 덤벼들어서 그 키를 한번 재 볼까 했다마는 우리의 장인님이 내외*를 해야 한다고 해서 마주 서 이야기도 한마디 하는 법 없다. 우물길에서 언제나 마주칠 적이면 겨우 눈어림으로 재 보고 하는 것인데 그럴 적마다 나는 저만큼 가서

"제에미 키두!"

하고 논둑에다 침을 퉤 뱉는다. 아무리 잘 봐야 내 겨드랑(다른 사람보다 좀 크긴 하지만) 밑에서 넘을락말락 밤낮 요 모양이다.

개돼지는 푹푹 크는데 왜 이리도 사람은 안 크는지, 한동안 머리가 아프도록 궁리도 해 보았다. 아하, 물동이를 자꾸 이니까 뼈다귀가 옴츠러

드나 보다, 하고 내가 넌지시 그 물을 대신 길어도 주었다. 뿐만 아니라 나무를 하러 가면 서낭당*에 돌을 올려놓고,

"점순이의 키 좀 크게 해 줍소사. 그러면 담엔 떡 갖다 놓고 고사*드립죠니까."

하고 치성*도 한두 번 드린 것이 아니다. 어떻게 돼먹은 킨지 이래도 막무가내니…….

그래 내 어저께 싸운 것이지 결코 장인님이 밉다든가 해서가 아니다.

모를 붓다*가 가만히 생각을 해 보니까 또 싱겁다. 이 벼가 자라서 점순이가 먹고 좀 큰다면 모르지만 그렇지도 못한 걸 내 심어서 뭘 하는 거냐. 해마다 앞으로 축 불거지는 장인님의 아랫배(가 너무 먹는 걸 모르고 냉병*이라나, 그 배)를 불리기 위하여 심곤 조금도 싶지 않다.

"아이구 배야!"

난 몰 붓다 말고 배를 쓰다듬으면서도 그대로 논둑으로 기어올랐다. 그리고 겨드랑에 꼈던 벼 담긴 키*를 그냥 땅바닥에 털썩 떨어치며 나도 털썩 주저앉았다. 일이 암만 바빠도 나 배 아프면 고만이니까. 아픈 사람이 누가 일을 하느냐. 파릇파릇 돋아 오른 풀 한 숲을 뜯어 들고 다리의 거머리를 쑥쑥 문대며 장인님의 얼굴을 쳐다보았다.

논 가운데서 장인님도 이상한 눈을 해 가지고 한참 날 노려보더니,

"너 이 자식, 왜 또 이래 응?"

"배가 좀 아파서유!"

하고 풀 위에 슬며시 쓰러지니까 장인님은 약이 올랐다. 저도 논에서 철벙철벙 둑으로 올라오더니 잡은 참 내 멱살을 움켜잡고 뺨을 치는 것

* 서낭당 토지와 마을을 지켜 주는 서낭신을 모신 집
* 고사 액운은 없어지고 풍요와 행운이 오도록 집안에서 섬기는 신에게 음식을 차려 놓고 비는 제사
* 치성 있는 정성을 다함
* 모를 붓다 못자리를 만들어 씨를 뿌리다
* 냉병 하체를 차게 하여 생기는 병증
* 키 곡식을 까불러 티끌이나 쭉정이를 골라내는 기구

이 아닌가.

"이 자식아, 일허다 말면 누굴 망해 놀 속셈이냐. 이 대가릴 까놀 자식?"

우리 장인님은 약이 오르면 이렇게 손버릇이 아주 못됐다. 또 사위에게 이 자식 저 자식 하는 이놈의 장인님은 어디 있느냐. 오죽해야 우리 동리에서 누굴 물론하고 그에게 욕을 안 먹는 사람은 명이 짧다 한다. 조그만 아이들까지도 그를 돌아 세 놓고 욕필이(본이름이 봉필이니까) 욕필이, 하고 손가락질을 할 만치 두루 인심을 잃었다. 허나 인심을 정말 잃었다면 욕보다 읍의 배 참봉 댁 마름※

으로 더 잃었다. 번히* 마름이란 욕 잘하고, 사람 잘 치고, 그리고 생김 생기길 호박개* 같아야 쓰는 거지만 장인님은 외양이 똑* 됐다. 장인에게 닭 마리나 좀 보내지 않는다든가 애벌논* 때 품을 좀 안 준다든가 하면 그해 가을에는 영락없이 땅이 뚝뚝 떨어진다. 그러면 미리부터 돈도 먹고 술도 먹고 안달재신*으로 돌아치던 놈이 그 땅을 슬쩍 돌려 안는다. 이 바람에 장인님 집 외양간에는 눈깔 커다란 황소 한 놈이 절로 엉금엉금 기어들고, 동리 사람들은 그 욕을 다 먹어 가면서도 그래도 굽신굽신하는 게 아닌가.

그러나 내겐 장인님이 감히 큰소리할 계제*가 못 된다.

뒷생각은 못하고 뺨 한 대를 딱 때려 놓고는 장인님은 무색해서* 덤덤히 쓴침*만 삼킨다. 난 그 속을 퍽 잘 안다.

조금 있으면 갈*도 꺾어야 하고 모도 내야 하고, 한창 바쁜 때인데 나 일 안 하고 우리 집으로 그냥 가면 고만이니까.

작년 이맘때도 트집을 좀 하니까 늦잠 잔다구 돌맹이를 집어던져서 자는 놈의 발목을 삐게 해 놨다. 사날*씩이나 건성 끙끙 앓았더니 종당*에는 거반* 울상이 되지 않았는가.

"애, 그만 일어나 일 좀 해라. 그래야 올 갈*에 벼 잘되면 너 장가들지 않니."

그래 귀가 번쩍 띄어서 그날로 일어나서 남이 이틀 품 들일 논을 혼자 삶아* 놓으니까 장인님도 눈깔이 커다랗게 놀랐다. 그럼 정말로 가을에 와서 혼인을 시켜 줘야 원 경우가 옳지 않겠나. 볏섬을 척척 들여 쌓아도 다른 소리는 없고 물동이를 이고 들어오는 점순이를 담배통으로 가리키

며,

"이 자식아, 미처 커야지 조걸 무슨 혼인을 한다구 그러니 원!"

하고 남 낯짝만 붉게 해 주고 그만이다. 골김*에 그저 이놈의 장인님, 하고 댓돌에다 메꽂고* 우리 고향으로 내뺄까 하다가 꾹꾹 참고 말았다.

참말이지 난 이꼴 하고는 집으로 차마 못 간다. 장가를 들러 갔다가 오죽 못났어야 그대로 쫓겨 왔느냐고 손가락질을 받을 테니까…….

논둑에서 벌떡 일어나 한풀 죽은 장인님 앞으로 다가서며,

"난 갈 테야유. 그동안 사경* 쳐내슈."

"너 사위로 왔지, 어디 머슴 살러 왔니?"

"그러면 얼찐* 성례를 해 줘야 안 하지유. 밤낮 부려만 먹구 해 준다, 해 준다……."

"글쎄, 내가 안 하는 거냐? 그년이 안 크니까."

하고 어름어름 담배만 담으면서 늘 하는 소리를 또 늘어놓는다.

이렇게 따져 나가면 언제든지 늘 나만 밑지고 만다. 이번엔 안 된다, 하고 대뜸 구장님한테로 판단 가자고 소맷자락을 내끌었다.

"아, 이 자식이 왜 이래 어른을."

안 간다구 뻗디디구 이렇게 호령은 제 맘대로 하지만 장인님 제가 내 기운은 못 당한다. 막 부려 먹고 딸은 안 주고, 게다 땅땅 치는 건 다 뭐야……. 그러나 내 사실 참 장인님이 미워서 그런 것은 아니다.

그 전날, 왜 내가 새고개 맞은 봉우리 화전* 밭을 혼자 갈고 있지 않았느냐. 밭 가생이*로 돌 적마다 야릇한 꽃내가 물컥물컥 코를 찌르고 머리 위에서 벌들은 가끔 붕붕 소리를 친다. 바위틈에서 샘물 소리밖에 안

들리는 산골짜기니까 맑은 하늘의 봄볕은 이불 속같이 따스하고 꼭 꿈 꾸는 것 같다. 나는 몸이 나른하고 몸살(병을 아직 모르지만)이 나려구 그 러는지 가슴이 울렁울렁하고 이랬다.

"이러이! 말이! 맘 마 마······."

이렇게 노래를 하며 소를 부리면 여느 때 같으면 어깨가 으쓱으쓱한다. 웬일인지 밭을 반도 갈지 않아서 온몸의 맥이 풀리고 대구 짜증만 난다. 공연히 소만 들입다* 두들기며,

"안야*! 안야! 이 망할 자식의 소(장인님의 소니까) 대리*를 꺾어 줄라."

그러나 내 속은 정말 안야 때문이 아니라 점심을 이고 온 점순이의 키 를 보고 울화가 났던 것이다.

점순이는 뭐 그리 썩 예쁜 계집애는 못된다. 그렇다고 또 개떡이냐 하 면 그런 것도 아니고, 꼭 내 아내가 돼야 할 만치 그저 툽툽하게* 생긴 얼굴이다. 나보다 십 년이 아래니까 올해 열여섯인데 몸은 남보다 두 살 이나 덜 자랐다. 남은 잘도 훤칠히들 크건만 이건 위아래가 뭉툭한 것이 내 눈에는 하릴없이 감참외 같다. 참외 중에는 감참외가 제일 맛 좋고 예 쁘니까 말이다. 둥글고 커다란 눈은 서글서글하니 좋고 좀 지쳐 찢어졌지 만 입은 밥술이나 톡톡히 먹음직하니 좋다. 아따, 밥만 많이 먹게 되면 팔자는 고만 아니냐. 헌데 한 가지 과가 있다면 가끔 가다 몸이(장인님이 이걸 채신*이 없이 들까분다*고 하지만) 너무 빨리빨리 논다. 그래서 밥을 나르다가 때 없이 풀밭에서 깨박을 쳐서 흙투성이 밥을 곧잘 먹인다. 안 먹으면 무안해할까 봐서 이걸 씹고 앉았노라면 으적으적 소리만 나고 돌 을 먹는 겐지 밥을 먹는 겐지······.

* 들입다 세차게 마구
* 안야 밭갈이 할 때 소 가 밭이랑에서 벗어났을 때 하는 말
* 대리 '다리'의 사투리
* 툽툽하게 생김새가 멋이 없고 투박하게
* 채신 '처신'을 낮잡아 하는 말로, 몸가짐이나 행동을 말함
* 들까분다 '위아래로 심하게 흔든다'는 뜻을 가진 '들까부르다'의 준 말

그러나 이날은 웬일인지 성한 밥채루 밭머리에 곱게 내려놓았다. 그리고 또 내외를 해야 하니까 저만큼 떨어져 이쪽으로 등을 향하고 웅크리고 앉아서 그릇 나기를 기다린다.

내가 다 먹고 물러섰을 때, 그릇을 챙기는데 난 깜짝 놀라지 않았느냐. 고개를 푹 숙이고 밥 함지*에 그릇을 포개면서 날더러 들으라는지, 혹은 제 소린지,

"밤낮 일만 하다 말 텐가!"

하고 혼자서 쫑알거린다. 고대* 잘 내외하다가 이게 무슨 소린가, 하고 난 정신이 얼떨떨했다. 그러면서도 한편 무슨 좋은 수가 없는가 싶어서 나도 공중을 대고 혼잣말로,

"그럼 어떡해?"

하니까,

"성례시켜 달라지 뭘 어떡해."

하고 되알지게* 쏘아붙이고 얼굴이 빨개져서 산으로 그저 도망친다.

나는 잠시 동안 어떻게 되는 심판인지 맥을 몰라서 그 뒷모양만 덤덤히 바라보았다.

봄이 되면 온갖 초목이 물이 오르고 싹이 트고 한다. 사람도 아마 그런가 보다, 하고 며칠 내에 부쩍(속으로) 자란 듯싶은 점순이가 여간 반가운 것이 아니다. 이런 걸 멀쩡하게 아직 어리다구 하니까…….

우리가 구장님을 찾아갔을 때 그는 싸리문 밖에 있는 돼지우리에서 죽을 퍼 주고 있었다. 서울엘 좀 갔다 오더니 사람은 점잖아야 한다구 윗수염이(얼른 보면 지붕 위에 앉은 제비 꼬랑지 같다.) 양쪽으로 뾰족이 뻗

* 함지 '함지박'과 같은 말로 '통나무의 속을 파서 큰 바가지같이 만든 그릇'을 뜻함
* 고대 이제막
* 되알지게 몹시 야무지게

치고 그걸 에헴, 하고 늘 쓰다듬는 손버릇이 있다.

우리를 멀뚱히 쳐다보고 미리 알아챘는지,

"왜 일들 허다 말구 그래?"

하더니 손을 올려서 그 에헴을 한 번 후딱 했다.

"구장님! 우리 장인님과 츰*에 계약하기를……"

먼저 덤비는 장인님을 뒤로 떠다밀고 내가 허둥지둥 달려들다가 가만히 생각하고,

"아니 우리 빙장님과 츰에."

하고 첫 번부터 다시 말을 고쳤다. 장인님은 빙장님, 해야 좋아하고 밖에 나와서 장인님, 하면 괜시리 골을 내려고 든다. 뱀두 뱀이래야 좋으냐구 창피스러우니 남 듣는 데는 제발 빙장님, 빙모님, 하라구 일상 당조짐*을 받아 오면서 난 그것도 자꾸 잊는다.

당장두 장인님, 하다 옆에서 내 발등을 꾹 밟고 곁눈질을 흘기는 바람에야 겨우 알았지만……. 구장님두 내 이야기를 자세히 듣더니 퍽 딱한 모양이었다. 하기야 구장님뿐만 아니라 누구든지 다 그럴 게다. 길게 길러 둔 새끼손톱으로 코를 후벼서 저리 탁 튀기며,

"그럼 봉필 씨! 얼른 성례를 시켜 주구려, 그렇게까지 제가 하구 싶다는 걸……."

하고 내 짐작대로 말했다. 그러나 이 말에 장인님이 삿대질로 눈을 부라리고,

"아 성례구 뭐구 계집애 년이 미처 자라야 할 게 아닌가?"

하니까 고만 멀쑥해져서 입맛만 쩍쩍 다실 뿐이 아닌가.

"그것두 그래!"

"그래, 거진 사 년 동안에도 안 자랐다니 그 킨 은제 자라지유? 다 그만두구 사경 내슈……."

"글쎄, 이 자식아! 내가 크질 말라고 그랬니, 왜 날 보구 떼냐?"

"빙모님은 참새만한 것이 그럼 어떻게 앨 낳지유?(사실 장모님은 점순이보다도 귀때기 하나가 작다.)"

장인님은 이 말을 듣고 껄껄 웃더니(그러나 암만 해도 돌 씹은 상이다.) 코를 푸는 척하고 날 은근히 곯리려고 팔꿈치로 옆 갈비께를 퍽 치는 것이다.

더럽다. 나두 종아리의 파리를 쫓는 척하고 허리를 구부리며 그 궁둥이를 콱 떼밀었다. 장인님은 앞으로 우줄근하고 싸리문께로 쓰러질 듯하다 몸을 바로 고치더니 눈총을 몹시 쏘았다. 이런 쌍년의 자식, 하곤 싶으나 남의 앞이라니 차마 못하고 섰는 그 꼴이 보기에 퍽 쟁그러웠다*.

그러나 이 밖에는 별반 신통한 귀정*을 얻지 못하고 도로 논으로 돌아와서 모를 부었다. 왜냐면 장인님이 뭐라구 귓속말로 수군수군하고 간 뒤다. 구장님이 날 위해서 조용히 데리고 아래와 같이 일러 주었기 때문이다.(뭉태의 말은 구장님이 장인님에게 땅 두 마지기 얻어 부치니까 그래 꾀였다고 하지만 난 그렇게 생각하지 않는다.)

"자네 말두 하기야 옳지. 암, 나이 찼으니 아들이 급하다는 게 잘못된 말은 아니야. 허지만 농사가 한창 바쁜 때 일을 안 한다든가 집으로 달아난다든가 하면 손해죄루 그것두 징역*을 가거든!(여기에 그만 정신이 번쩍 났다.) 왜 요전에 삼포말서 산에 불 좀 놓았다구 징역 간 거 못 봤나. 제

* 쟁그러웠다 보거나 만지기에 소름이 끼칠 정도로 조금 흉하거나 끔찍했다
* 귀정 잘못되었던 일이 바르게 돌아오는 것
* 징역 죄인을 교도소에 가두어 노동을 시키는 형벌

산에 불을 놓아도 징역을 가는 이땐데 남의 농사를 버려두니 죄가 얼마나 더 중한가. 그리고 자넨 정장*을(사경 받으러 정장 가겠다 했다.) 간대지만 그러면 괜시리 죄를 들쓰고* 들어가는 걸세. 또 결혼두 그렇지. 법률에 성년이란 게 있는데 스물하나가 돼야지 비로소 결혼을 할 수가 있는 걸세. 자넨 물론 아들이 늦을 걸 염려하지만 점순이루 말하면 이제 겨우 열여섯이 아닌가. 그렇지만 아까 빙장님의 말씀이 올 갈에는 열 일을 제치고라두 성례를 시켜 주겠다 하시니 좀 고마울 겐가. 빨리 가서 모 붓던 거나 마저 붓게, 군소리 말구 어서 가."

그래서 오늘 아침까지 끽소리 없이 왔다.

장인님과 내가 싸운 것은 지금 생각하면 전혀 뜻밖의 일이라 안 할 수 없다.

장인님으로 말하면 요즈막* 작인*들에게 행세를 좀 하고 싶다고 해서 '돈 있으면 양반이지 별게 있느냐!' 하고 일부러 아랫배를 쑥 내밀고 걸음도 뒤틀리게 걷고 하는 이판이다. 이까짓 나쯤 두들기다 남의 땅을 가지고 모처럼 닦아 놓았던 가문을 망친다든가 할 어른이 아니다. 또 나로 논지면* 아무쪼록 잘 봬서 점순이에게 얼른 장가를 들어야 하지 않느냐.

이렇게 말하자면 결국 어젯밤 뭉태네 집에 마슬* 간 것이 썩 나빴다. 낮에 구장님 앞에서 장인님과 내가 싸운 것을 어떻게 알았는지 대구 빈정거리는 것이 아닌가.

"그래 맞구두 그걸 가만둬?"

"그럼 어떡허니?"

"임마, 봉필일 모판에다 거꾸로 박아 놓지 뭘 어떡해?"

하고 괜히 내 대신 화를 내 가지고 주먹질을 하다 등잔까지 쳤다. 놈이 본시 괄괄은 하지만 그래 놓고 날더러 석유 값을 물라구 막 지다위*를 붙는다.

난 어안이 벙벙해서 잠자코 앉았으니까 저만 연신 지껄이는 소리가,

"밤낮 일만 해 주구 있을 테냐?"

"영득이는 일 년을 살구두 장갈 들었는데 넌 사 년이나 살구두 더 살아야 해?"

"네가 세 번째 사원 줄이나 아니? 세 번째 사위."

"남의 일이라두 분하다. 이 자식, 우물에 가 빠져 죽어."

나중에는 겨우 손톱으로 목을 따라고까지 하고, 제 아들같이 함부로 홀닦이었다*. 별의별 소리를 다해서 그대로 옮길 수는 없으나 그 줄거리는 이렇다.

우리 장인님 딸이 셋이 있는데 맏딸은 재작년 가을에 시집을 갔다. 정말은 시집을 간 것이 아니라 그 딸도 데릴사위를 해 가지고 있다가 내보냈다. 그런데 딸이 열 살 때부터 열아홉, 즉 십 년 동안에 데릴사위를 갈아들이기*를, 동리에선 사위 부자라고 이름이 났지마는 열 놈이란 참 너무 많다. 장인님이 아들은 없고 딸만 있는 고로 그담* 딸을 데릴사위를 해 올 때까지는 부려먹지 않으면 안 된다. 물론 머슴을 두면 좋지만 그건 돈이 드니까, 일 잘하는 놈을 고르느라고 연방 바꿔 들였다. 또 한편 놈들이 욕만 줄창 퍼붓고 심히도 부려먹으니까 밸*이 상해서 달아나기도 했겠지, 점순이는 둘째 딸인데 내가 일테면* 그 세 번째 데릴사위로 들어온 셈이다. 내 담으로 네 번째 놈이 들어올 것을 내가 일도 잘하고 그

* 지다위 자기의 허물을 남에게 덮어씌움
* 홀닦이었다 윽박질러 위협했다
* 갈아들이다 '전부터 있던 사람이나 물건을 대신하여 다른 사람이나 물건이 새로 들다'는 뜻을 가진 '갈아들다'의 사동사
* 그담 '그다음'의 준말
* 밸 마음
* 일테면 '이를테면'의 준말로 '가령 말하자면'의 뜻

리고 사람이 좀 어수룩하니까 장인님이 잔뜩 붙들고 놓질 않는다. 셋째 딸이 인제 여섯 살, 적어두 열 살은 돼야 데릴사위를 할 터이므로 그동안은 죽도록 부려 먹어야 된다. 그러니 인제는 속 좀 차리고 장가를 들여 달라구 떼를 쓰고 나자빠져라, 이것이다.

나는 겉으로 엉, 엉, 하며 귓등으로 들었다. 뭉태는 땅을 얻어 부치다가 떨어진 뒤로는 장인님만 보면 공연히 못 먹어서 으르렁거린다. 그것도 장인님이 저 달라고 할 적에 제 집에서 위한다는 그 감투(예전에 원님이 쓰던 것이라나, 옆구리에 뽕뽕 좀먹은 걸레)를 선뜻 주었더라면 그럴 리도 없었을걸…….

그러나 나는 뭉태란 놈의 말을 전수히 곧이듣지 않았다. 꼭 곧이들었다면 간밤에 와서 장인님과 싸웠지 무사히 있었을 리가 없지 않은가. 그러면 딸에게까지 인심을 잃은 장인님이 혼자 나빴다.

실토*이지 나는 점순이가 아침상을 가지고 나올 때까지는 오늘은 또 얼마나 밥을 담았나, 하고 이것만 생각했다. 상에는 된장찌개하고 간장 한 종지, 조밥 한 그릇, 그리고 밥보다 더 수북하게 담은 산나물이 한 대접, 이렇다. 나물은 점순이가 틈틈이 해 오니까 두 대접이고 네 대접이고 멋대로 먹어도 좋으나 밥은 장인님이 한 사발 외엔 더 주지 말라고 해서 안 된다. 그런데 점순이가 그 상을 내 앞에 내려놓으며 제 말로 지껄이는 소리가,

"구장님한테 갔다 그냥 온담 그래!"

하고 엊그제 산에서와 같이 되우* 쫑알거린다.

딴은 내가 더 단단히 덤비지 않고 만 것이 좀 어리석었다, 속으로 그랬

✽ 실토 거짓 없이 사실대로 다 말함
✽ 되우 '되게'와 같은 말로 '아주 몹시'의 뜻

다.

나도 저쪽 벽을 향하여 외면하면서 내 말로,

"안 된다는 걸 그럼 어떡헌담!"

하니까,

"쇰*을 잡아채지 그냥 둬, 이 바보야!"

하고 또 얼굴이 빨개지면서 성을 내며 안으로 샐죽하니 뒤 들어가지 않느냐. 이때 아무도 본 사람이 없었게 망정이지 보았다면 내 얼굴이 에미* 잃은 황새 새끼처럼 가여웁다, 했을 것이다.

사실 이때만치 슬펐던 일이 또 있었는지 모른다. 다른 사람은 암만 못생겼다 해두 괜찮지만 내 아내 될 점순이가 병신으로 본다면 참 신세는 따분하다. 밥을 먹은 뒤 지게를 지고 일터로 가려 하다 도로 벗어 던지고 바깥마당 공석* 위에 드러누워서 나는 차라리 죽느니만 같지 못하다 생각했다.

* 쇰 '수염'의 사투리
* 에미 '어미'의 잘못된 말
* 공석 아무것도 담지 않은 빈 섬

내가 일 안 하면 장인님 저는 나이가 먹어 못하고 결국 농사 못 짓고 만다. 뒷짐으로 트림을 꿀꺽하고 대문 밖으로 나오다 날 보고서,

"이 자식아, 너 왜 또 이러니."

"관격*이 났어유, 아이구 배야!"

"기껀 밥 처먹구 무슨 관격이야, 남의 농사 버려 주면 이 자식아 징역 간다 봐라!"

"가두 좋아유, 아이구 배야!"

참말 난 일 안 해서 징역 가도 좋다 생각했다. 일후* 아들을 낳아도 그 앞에서 바보, 바보, 이렇게 별명을 들을 테니까 오늘은 열 쪽이 난대도 결정을 내고 싶었다.

장인님이 일어나라고 해도 내가 안 일어나니까 눈에 독이 올라서 저편으로 힝하게 가더니 지게막대기를 들고 왔다. 그리고 그걸로 내 허리를 마치 돌 떠넘기듯이 쿡 찍어서 넘기고 넘기고 했다. 밥을 잔뜩 먹어 딱딱한 배가 그럴 적마다 퉁겨지면서 밸창*이 꼿꼿한 것이 여간 켕기지 않았다. 그래도 안 일어나니까 이번에는 배를 지게막대기로 위에서 쿡쿡 찌르고 발길로 옆구리를 차고 했다.

장인님은 원체 심술이 궂어서 그러지만 나도 저만 못하지 않게 배를 채었다. 아픈 것을 눈을 꽉 감고 넌 해라 난 재미난 듯이 있었으나 볼기짝을 후려갈길 적에는 나도 모르는 결에 벌떡 일어나서 그 수염을 잡아 챘다. 마는 내 골이 난 것이 아니라 정말은 아까부터 부엌 뒤 울타리 구멍으로 점순이가 우리들의 꼴을 몰래 엿보고 있었기 때문이다.

가뜩이나 말 한마디 똑똑히 못한다고 바보라는데 매까지 잠자코 맞는

∗ 관격 체하여 속이 막히고 위로는 계속 토하며 아래로는 대소변이 통하지 않는 위급한 증상
∗ 일후 '뒷날'과 같은 말로 '시간이 지나 뒤에 올 날'을 뜻함
∗ 밸창 '배알'과 같은 말로 창자를 비속하게 이르는 말

걸 보면 짜장 바보로 알 게 아닌가. 또 점순이도 미워하는 이까짓 놈의 장인님 나하곤 아무것도 안 되니까 막 때려도 좋지만 사정 보아서 수염만 채고(제 원대로 했으니까 이때 점순이는 퍽 기뻤겠지) 저기까지 잘 들리도록,

"이걸 까셀라부다*!"

하고 소리를 쳤다.

장인님은 더 약이 바짝 올라서 잡은 참 지게막대기로 내 어깨를 그냥 내려 갈겼다. 정신이 다 아찔하다. 다시 고개를 들었을 때 그때엔 나도 온몸에 약이 올랐다. 이 녀석의 장인님을, 하고 눈에서 불이 퍽 나서 그 아래 밭 있는 낭* 아래로 그대로 떠밀어 굴려 버렸다.

"부려만 먹구 왜 성례 안 하지유!"

나는 이렇게 호령했다. 하지만 장인님이 선뜻 오냐, 낼이라두 성례시켜 주마, 했으면 나도 성가신 걸 그만두었을지 모른다. 나야 이러면 때린 건 아니니까 나중에 장인 쳤다는 누명도 안 들을 터이고 얼마든지 해도 좋다.

한번은 장인님이 헐떡헐떡 기어서 올라오더니 내 바짓가랑이를 요렇게 노리고서 단박 움켜잡고 매달렸다. 악, 소리를 치고 나는 그만 세상이 다 팽그르 도는 것이,

"빙장님! 빙장님! 빙장님!"

"이 자식! 잡아먹어라, 잡아먹어!"

"아! 아! 할아버지! 살려 줍쇼, 할아버지!"

하고 두 팔을 허둥지둥 내절 적에 이마에 진땀이 쭉 내솟고 인젠 참으

로 죽나 보다 했다. 그래두 장인님은 놓질 않더니 내가 기어이 땅바닥에 쓰러져서 거진* 까무러치게 되니깐 놓는다. 더럽다, 더럽다. 이게 장인님 인가. 나는 한참을 못 일어나고 쩔쩔맸다. 그러나 얼굴을 드니(눈에 참 아무것도 보이지 않았다.) 사지가 부르르 떨리면서 나도 엉금엉금 기어가 장인님의 바짓가랑이를 꽉 움키고 잡아낚았다.

내가 머리가 터지도록 매를 얻어맞은 것이 이 때문이다. 그러나 여기가 또한 우리 장인님이 유달리 착한 곳이다. 여느 사람이면 사정을 주어서라도 당장 내쫓았지, 터진 머리를 불솜*으로 손수 지져 주고, 호주머니에 '희연*' 한 봉을 넣어 주고 그리고,

"올 갈엔 꼭 성례를 시켜 주마. 암말 말구 가서 뒷골의 콩밭이나 얼른 갈아라."

하고 등을 뚜덕여* 줄 사람이 누구냐. 나는 장인님이 너무나 고마워서 어느덧 눈물까지 났다. 점순이를 남기고 인젠 내쫓기려니 하다 뜻밖의 말을 듣고,

"빙장님! 인제 다시는 안 그러겠어유!"

이렇게 맹세를 하며 부랴부랴 지게를 지고 일터로 갔다. 그러나 이 때는 그걸 모르고 장인님을 원수로만 여겨서 잔뜩 잡아당겼다.

"아! 아! 이놈아! 놔라, 놔."

장인님은 헛손질*을 하며 솔개미*에 챈 닭의 소리를 연해 질렀다. 놓긴 왜, 이왕이면 호되게 혼을 내 주리라 생각하고 짓궂게 더 당겼다. 마는 장인님이 땅에 쓰러져서 눈에 눈물이 피잉 도는 것을 알고 좀 겁도 났다.

* 거진 '거의'의 경상도 사투리
* 불솜 상처를 소독하기 위하여 불에 그슬린 솜방망이
* 희연 담배의 별칭
* 뚜덕여 잘 울리지 않는 물체를 좀 세게 두드리는 소리를 내
* 헛손질 정신없이 손을 휘젓는 일
* 솔개미 솔개

"할아버지! 놔라, 놔, 놔, 놔, 놔라."

그래도 안 되니까,

"얘, 점순아! 점순아!"

이 악장*에 안에 있었던 장모님과 점순이가 헐레벌떡하고 단숨에 뛰어나왔다.

나의 생각에 장모님은 제 남편이니까 역성*을 할는지도 모른다. 그러나 점순이는 내 편을 들어서 속으로 고소해하겠지…….

대체 이게 웬 속인지(지금까지도 난 영문을 모른다.) 아버질 혼내 주기는 제가 내래 놓고 이제 와서는 달겨들며,

"에그머니! 이 망할 게 아버지 죽이네!"

하고 내 귀를 뒤로 잡아당기며 마냥 우는 것이 아니냐. 그만 여기에 기운이 탁 꺾이어 나는 얼빠진 등신이 되고 말았다. 장모님도 덤벼들어 한쪽 귀마저 뒤로 잡아채면서 또 우는 것이다.

이렇게 꼼짝도 못하게 해 놓고 장인님은 지게막대기를 들어서 사뭇* 내려조겼다*. 그러나 나는 구태여 피하려지도 않고 암만해도 그 속 알 수 없는 점순이의 얼굴만 멀거니 들여다보았다.

"이 자식! 장인 입에서 할아버지 소리가 나오도록 해?"

* 악장 악을 쓰며 싸우는 일
* 역성 옳고 그름에는 관계없이 무조건 한쪽 편을 들어 주는 일
* 사뭇 거리낌 없이 마구
* 내려조겼다 '함부로 때렸다'는 뜻의 북한말

동백꽃

중·고등학교 국어 교과서

작품 소개

1936년 5월 ≪조광≫에 발표된 김유정의 단편 소설로, 농촌의 순박한 처녀 총각이 사랑에 눈을 떠 가는 과정을 그리고 있습니다. 〈동백꽃〉은 주인공 소년의 순박함과 무지함이 독특한 재미를 이루는 소설입니다. 독자가 다 아는 사실을 화자만 모르도록 시침 뚝 떼고 사건을 진행시키는 김유정의 창작 방법이 돋보인다 할 수 있겠습니다.

줄거리

소년이 점심을 먹고 나무를 하러 갈 양으로 산으로 올라서려는데, 점순네 수탉이 아직 상처가 아물지도 않은 우리 닭을 다시 쪼아서 선혈이 낭자해졌다. 나흘 전에 점순이는 그에게 와서 더운 김이 홱 끼치는 감자를 내밀었지만, 소년은 그녀의 손을 밀어 버렸다. 그때 이상한 낌새를 느껴 뒤를 돌아본 소년은 쌔근쌔근하고 독이 오른 그녀가 자신을 쳐다보다가 눈물을 흘리는 것을 보고 놀란다. 다음날 점순이는 또 소년네 씨암탉을 때리고 있었다. 보다 못한 소년은 자기네 수탉에게 고추장을 먹이고 용을 쓸 때까지 기다려서 점순네 닭과 싸움을 붙였고, 그 보람인지 소년네 닭이 발톱으로 점순네 닭의 눈을 후볐다. 점순이가 싸움을 붙여 올 것을 안 소년은 자신의 닭을 가둬 두고 나무를 하러 갔다가, 점순이가 바위에 앉아 닭싸움을 보며 청승맞게 호드기를 부는 모습을 본다. 약이 오른 소년은 지게 막대기로 점순네 큰 수탉을 때려 죽였다. 그러자 점순이가 눈을 흡뜨고 내게 달려온다. 다음부터는 그러지 않겠느냐고 묻는 점순이에게 그러마 하고 약속한다. 노란 동백꽃 속에 함께 파묻힌 나는 점순이의 향긋한 냄새에 정신이 아찔해진다.

오늘도 또 우리 수탉이 막 쫓기었다. 내가 점심을 먹고 나무를 하러 갈 양으로 나올 때이었다. 산으로 올라서려니까 등 뒤에서 푸드득푸드득하고 닭의 홧소리*가 야단이다. 깜짝 놀라서 고개를 돌려 보니 아니나다르랴, 두 놈이 또 얼리었다*.

　점순네 수탉(대강이*가 크고 똑 오소리같이 실팍하게* 생긴 놈)이 덩저리* 작은 우리 수탉을 함부로 해내는* 것이다. 그것도 그냥 해내는 것이 아니라 푸드득하고 면두*를 쪼고 물러섰다가 좀 사이를 두고 또 푸드득하고 모가지를 쪼았다. 이렇게 멋을 부려 가며 여지없이 닭아 놓는다. 그러면 이 못생긴 것은 쪼일 적마다 주둥이로 땅을 받으며 그 비명이 킥, 킥 할 뿐이다. 물론 미처 아물지도 않은 면두를 또 쪼이어 붉은 선혈*은 뚝뚝 떨어진다. 이걸 가만히 내려다보자니 내 대강이가 터져서 피가 흐르는 것같이 두 눈에서 불이 번쩍 난다. 대뜸 지게 작대기를 메고 달겨들어 점순네 닭을 후려칠까 하다가 생각을 고쳐먹고 헛매질*로 떼어만

* 홧소리 닭이 홰를 치는 소리
* 얼리었다 서로 얽히었다
* 대강이 '머리'의 사투리
* 실팍하게 사람이나 물건 따위가 보기에 매우 실하게
* 덩저리 '몸집'을 낮잡아 이르는 말
* 해내는 상대편을 여지없이 이겨내는
* 면두 '볏'의 방언. 닭이나 새의 이마 위에 세로로 붙은 톱니 모양의 붉은살
* 선혈 생생한 피
* 헛매질 때릴 듯이 위협하는 짓

놓았다.

　이번에도 점순이가 쌈을 붙여 났을 것이다. 바짝바짝 내 기를 올리느라고 그랬음에 틀림없을 것이다. 고놈의 계집애가 요새로 접어들어서 왜 나를 못 먹겠다고 고렇게 아르렁거리는지 모른다.

　나흘 전 감자 건만 하더라도 나는 저에게 조금도 잘못한 것은 없다. 계집애가 나물을 캐러 가면 갔지 남 울타리 엮는데 쌩이질*을 하는 것은 다 뭐냐. 그것도 발소리를 죽여 가지고 등 뒤로 살머시 와서,

　"얘! 너 혼자만 일하니?"

　하고 긴치* 않은 수작을 하는 것이었다.

　어제까지도 저와 나는 이야기도 잘 않고 서로 만나도 본체만체하고 이렇게 점잖게 지내던 터이련만 오늘로 갑작스레 대견해졌음은 웬일인가. 항차* 망아지만 한 계집애가 남 일하는 놈 보구…….

　"그럼 혼자 하지 떼루 하듸?"

　내가 이렇게 내배앝는 소리를 하니까,

　"너 일하기 좋니?"

　또는,

　"한여름이나 되거든 하지 벌써 울타리를 하니?"

　잔소리를 두루 늘어놓다가 남이 들을까 봐 손으로 입을 틀어막고는 그 속에서 깔깔댄다. 별로 우스울 것도 없는데 날씨가 풀리더니 이놈의 계집애가 미쳤나 하고 의심하였다. 게다가 조금 뒤에는 제 집께를 할끔할끔 돌아보더니 행주치마의 속으로 꼈던 바른손을 뽑아서 나의 턱 밑으로 불쑥 내미는 것이다. 언제 구웠는지 아직도 더운 김이 홱 끼치는 굵

은 감자 세 개가 손에 뿌듯이 쥐었다.

"느 집엔 이거 없지?"

하고 생색* 있는 큰소리를 하고는 제가 준 것을 남이 알면 큰일 날 테
니 여기서 얼른 먹어 버리란다. 그리고 또 하는 소리가,

"너 봄 감자가 맛있단다."

"난 감자 안 먹는다. 너나 먹어라."

나는 고개도 돌리려 하지 않고 일하던 손으로 그 감자를 도로 어깨 너
머로 쑥 밀어 버렸다. 그랬더니 그래도 가는 기색이 없고, 뿐만 아니라 쌔
근쌔근하고 심상치 않게 숨소리가 거칠어진다. 이건 또 뭐야 싶어서 그때
에야 비로소 돌아다보니 나는 참으로 놀랐다. 우리가 이 동리에 들어온

* 생색 다른 사람 앞에
당당히 나설 수 있거나
자랑할 수 있는 체면

것은 근 삼 년째 되어 오지만 여태까지 가무잡잡한 점순이의 얼굴이 이렇게까지 홍당무처럼 새빨개진 법이 없었다. 게다가 눈에 독을 올리고 한참 나를 요렇게 쏘아보더니 나중에는 눈물까지 어리는 것이 아니냐. 그리고 바구니를 다시 집어 들더니 이를 꼭 아물고*는 엎어질 듯 자빠질 듯 논둑으로 횡하게* 달아나는 것이다.

어쩌다 동리 어른이,

"너 얼른 시집을 가야지?"

하고 웃으면,

"염려 마서유. 갈 때 되면 어련히 갈라구!"

이렇게 천연덕스리 받는 점순이었다. 본시 부끄럼을 타는 계집애도 아니려니와 또한 분하다고 눈에 눈물을 보일 얼병이*도 아니다. 분하면 차라리 나의 등어리를 바구니로 한번 모지게 후려 쌔리고* 달아날지언정.

그런데 고약한 그 꼴을 하고 가더니 그 뒤로는 나를 보면 잡아먹으려고 기를 복복 쓰는 것이다.

설혹 주는 감자를 안 받아 먹은 것이 실례라 하면, 주면 그냥 주었지 '느 집엔 이거 없지.'는 다 뭐냐. 그렇잖아도 저희는 마름이고 우리는 그 손에서 배지*를 얻어 땅을 부치므로 일상 굽실거린다. 우리가 이 마을에 처음 들어와 집이 없어서 곤란으로 지낼 제, 집터를 빌리고 그 위에 집을 또 짓도록 마련해 준 것도 점순네의 호의였다. 그리고 우리 어머니 아버지도 농사 때 양식이 딸리면 점순네한테 가서 부지런히 꾸어다 먹으면서 인품 그런 집은 다시 없으리라고 침이 마르도록 칭찬하곤 하는 것이다. 그러면서도 열일곱씩이나 된 것들이 수군수군하고 붙어 다니면 동리의

* 아물다 '벌어진 것이 오므라져 마무리되다'의 뜻을 가진 북한말
* 횡하다 '휑하다'의 북한 말로 '구멍 따위가 막힌 데 없이 매우 시원스럽게 뚫려 있다'의 뜻
* 얼병이 말이나 행동이 똑똑하지 못하고 모자라는 사람을 이르는 말
* 쌔리다 '때리다'의 북한말
* 배지 조선 시대에 지위가 높은 사람이 낮은 사람에게 권한을 위임하던 공식 문서로 '패지'가 변한 말

소문이 사납다고 주의를 시켜 준 것도 또 어머니였다. 왜냐하면 내가 점순이하고 일을 저질렀다가는 점순네가 노할 것이고, 그러면 우리는 땅도 떨어지고 집도 내쫓기고 하지 않으면 안 되는 까닭이었다.

그런데 이놈의 계집애가 까닭 없이 기를 복복 쓰며 나를 말려 죽이려고 드는 것이다.

눈물을 흘리고 간 그다음 날 저녁나절이었다. 나무를 한 짐 잔뜩 지고 산을 내려오려니까 어디서 닭이 죽는 소리를 친다. 이거 뉘 집에서 닭을 잡나, 하고 점순네 울 뒤로 돌아오다가 나는 고만 두 눈이 뚱그래졌다. 점순이가 제 집 봉당*에 홀로 걸터앉았는데, 아, 이게 치마 앞에다 우리 씨암탉*을 꼭 붙들어 놓고는,

"이놈의 닭! 죽어라, 죽어라."

요렇게 암팡스레* 패 주는 것이 아닌가. 그것도 대가리나 치면 모른다마는 아주 알도 못 낳으라고 그 볼기짝께를 주먹으로 콕콕 쥐어박는 것이다.

나는 눈에 쌍심지가 오르고 사지가 부르르 떨렸으나 사방을 한 번 휘 돌아보고야 그제서 점순이 집에 아무도 없음을 알았다. 잡은 참 지게 작대기를 들어 울타리의 중턱을 후려치며,

"이놈의 계집애! 남의 닭 알 못 낳으라구 그러니?"

하고 소리를 빽 질렀다.

그러나 점순이는 조금도 놀라는 기색이 없고 그대로 의젓이* 앉아서 제 닭 가지고 하듯이 또 죽어라, 죽어라, 하고 패는 것이다. 이걸 보면 내가 산에서 내려올 때를 겨냥해 가지고 미리부터 닭을 잡아 가지고 있다

* 봉당 안방과 건넌방 사이의 마루를 놓을 자리에 마루를 놓지 아니하고 흙바닥 그대로 둔 곳
* 씨암탉 씨를 받기 위하여 기르는 암탉
* 암팡스레 몸은 작아도 야무지고 다부진 면이 있게
* 의젓이 말이나 행동 따위가 점잖고 무게가 있게

가 너 보란 듯이 내 앞에 쉐지르고* 있음이 확실하다.

그러나 나는 그렇다고 남의 집에 뛰어들어 가 계집애하고 싸울 수도 없는 노릇이고 형편이 썩 불리함을 알았다. 그래 닭이 맞을 적마다 지게 작대기로 울타리를 후려칠 수밖에 별 도리가 없다. 왜냐하면 울타리를 치면 칠수록 울섶*이 물러앉으며* 뼈대만 남기 때문이다. 허나 아무리 생각하여도 나만 밑지는 노릇이다.

"아, 이년아! 남의 닭 아주 죽일 터이냐?"

내가 도끼눈을 뜨고 다시 꽥 호령을 하니까 그제서야 울타리께로 쪼르르 오더니 울 밖에 섰는 나의 머리를 겨누고 닭을 내팽개친다.

"에이 더럽다! 더럽다!"

"더러운 걸 널더러 입때* 끼고 있으랬니? 망할 계집애 년 같으니!"

하고 나도 더럽단 듯이 울타리께를 횡하게 돌아내리며 약이 오를 대로 다 올랐다, 라고 하는 것은 암탉이 풍기는 서슬에 나의 이마빼기에다 물찌똥*을 찍 갈겼는데 그걸 본다면 알집만 터졌을 뿐 아니라 골병이 단단히 든 듯싶다.

그리고 나의 등 뒤를 향하여 나에게만 들릴 듯 말 듯한 음성으로,

"이 바보 녀석아!"

"얘! 너 배냇병신*이지?"

그만도 좋으련만,

"얘! 너 느 아버지가 고자*라지?"

"뭐, 울 아버지가 그래 고자야?"

할 양으로 열벙거지*가 나서 고개를 홱 돌리어 바라봤더니 그때까지

---

* 쉐지르고 '쥐어지르다'의 준말로 '주먹으로 힘껏 내지르다'는 뜻
* 울섶 울타리를 만드는 데 쓰는 섶나무
* 물러앉으며 건물이나 물체 따위가 무너져 바닥으로 내려앉으며
* 입때 '여태'와 같은 말로 '지금까지'의 뜻
* 물찌똥 설사할 때 나오는, 물기가 많은 묽은 똥
* 배냇병신 태어날 때부터 기형을 이르는 말
* 고자 생식 기관이 불완전한 남자
* 열벙거지 무척 급하게 치밀어 오르는 화로 크게 화가 났음을 속되게 표현한 말

울타리 위로 나와 있어야 할 점순이의 대가리가 어디 갔는지 보이지를 않는다. 그러다 돌아서서 오려면 아까에 한 욕을 울 밖으로 또 퍼붓는 것이다. 욕을 이토록 먹어 가면서도 대거리* 한마디 못하는 걸 생각하니 돌부리에 채이어 발톱 밑이 터지는 것도 모를 만큼 분하고 급기야는 두 눈에 눈물까지 불끈 내솟는다.

그러나 점순이의 침해*는 이것뿐이 아니다.

사람들이 없으면 틈틈이 제 집 수탉을 몰고 와서 우리 수탉과 쌈을 붙여 놓는다. 제 집 수탉은 썩 험상궂게 생기고 쌈이라면 회를 치는 고로 으레 이길 것을 알기 때문이다. 그래서 툭하면 우리 수탉이 면두며 눈깔이 피로 흐드르하게 되도록 해 놓는다. 어떤 때에는 우리 수탉이 나오지

* 대거리 상대편에게
맞서서 대듦
* 침해 침범하여 해를
끼침

를 않으니까 요놈의 계집애가 모이를 쥐고 와서 꾀어내다가 쌈을 붙인다.

이렇게 되면 나도 다른 배차*를 차리지 않을 수 없다. 하루는 우리 수탉을 붙들어 가지고 넌지시 장독께로 갔다. 쌈닭에게 고추장을 먹이면 병든 황소가 살모사를 먹고 용*을 쓰는 것처럼 기운이 뻗친다 한다. 장독에서 고추장 한 접시를 떠서 닭 주둥아리께로 들이밀고 먹여 보았다. 닭도 고추장에 맛을 들였는지 거스르지 않고 거진 반 접시 턱*이나 곧잘 먹는다. 그리고 먹고 금세는 용을 못 쓸 터이므로 얼마쯤 기운이 돌도록 홰* 속에다 가두어 두었다.

밭에 두엄*을 두어 짐 져 내고 나서 쉴 참에 그 닭을 안고 밖으로 나왔다. 마침 밖에는 아무도 없고 점순이만 제 울 안에서 헌 옷을 뜯는지 혹은 솜을 터는지 웅크리고 앉아서 일을 할 뿐이다.

나는 점순네 수탉이 노는 밭으로 가서 닭을 내려놓고 가만히 맥*을 보았다. 두 닭은 여전히 얼리어 쌈을 하는데 처음에는 아무 보람이 없다. 멋지게 쪼는 바람에 우리 닭은 또 피를 흘리고 그러면서도 날갯죽지만 푸드득푸드득하고 올라 뛰고 뛰고 할 뿐으로 제법 한 번 쪼아 보지도 못한다.

그러나 한번은 어쩐 일인지 용을 쓰고 펄쩍 뛰더니 발톱으로 눈을 하비고* 내려오며 면두를 쪼았다. 큰 닭도 여기에는 놀랐는지 뒤로 멈씰하며* 물러난다. 이 기회를 타서 작은 우리 수탉이 또 날쌔게 덤벼들어 다시 면두를 쪼니 그제서야 감때사나운*그 대강이에서도 피가 흐르지 않을 수 없었다.

옳다, 알았다. 고추장만 먹이면 되는구나, 하고 나는 속으로 아주 쟁그

* 배차 차례를 정함, 또는 그 차례
* 용 한꺼번에 모아서 내는 센 힘
* 턱 그만한 정도나 처지
* 홰 새장이나 닭장 속에 새나 닭이 올라앉게 가로질러 놓은 나무 막대
* 두엄 풀, 짚 또는 가축의 배설물 따위를 썩힌 거름
* 맥 맥박
* 하비고 손톱이나 날카로운 물건 따위로 조금 긁어 파고
* 멈씰하다 '멈칫하다'의 강원도 사투리
* 감때사나운 몹시 억세고 사나운

러워 죽겠다. 그때에는 뜻밖에 내가 닭쌈을 붙여 놓은 데 놀라서 울 밖으로 내다보고 섰던 점순이도 입맛이 쓴지 눈살을 찌푸렸다. 나는 두 손으로 볼기짝을 두드리며 연방,

"잘한다! 잘한다!"

하고 신이 머리끝까지 뻗치었다.

그러나 얼마 되지 않아서 나는 넋이 풀리어 기둥같이 묵묵히 서 있게 되었다. 왜냐하면 큰 닭이 한 번 쪼인 앙갚음으로 호들갑스레 연거푸 쪼는 서슬에 우리 수탉은 찔끔 못하고 막 곯는다*. 이걸 보고서 이번에는 점순이가 깔깔거리고 되도록 이쪽에서 많이 들으라고 웃는 것이다.

나는 보다 못하여 덤벼들어서 우리 수탉을 붙들어 가지고 도로 집으로 들어왔다. 고추장을 좀 더 먹였더라면 좋았을걸, 너무 급하게 쌈을 붙인 것이 퍽 후회가 난다. 장독께로 돌아와서 다시 턱 밑에 고추장을 들이댔다. 흥분으로 말미암아 그런지 당최* 먹질 않는다.

나는 하릴없이 닭을 반듯이 뉘고 그 입에다 궐련* 물부리*를 물리었다. 그리고 고추장 물을 타서 그 구멍으로 조금씩 들이부었다. 닭은 좀 괴로운지 킥킥 하고 재채기를 하는 모양이나 그러나 당장의 괴로움은 매일같이 피를 흘리는 데 댈 게 아니라 생각하였다.

그러나 한 두어 종지 가량 고추장 물을 먹이고 나서 나는 고만 풀이 죽었다. 싱싱하던 닭이 왜 그런지 고개를 살며시 뒤틀고는 손아귀에서 뻐드러지는* 것이 아닌가. 아버지가 볼까 봐서 얼른 홰에다 감추어 두었더니 오늘 아침에서야 겨우 정신이 든 모양 같다.

그랬던 걸 이렇게 오다 보니까 또 쌈을 붙여 놓으니 이 망할 계집애가

* 곯다 은근히 해를 입어 골병이 들다
* 당최 '도무지', '영'의 뜻을 나타내는 말
* 궐련 얇은 종이로 가늘고 길게 말아 놓은 담배
* 물부리 담배를 끼워서 피우게 만든 물건
* 뻐드러지는 굳어서 뻣뻣하게 되는

필연* 우리 집에 아무도 없는 틈을 타서 제가 들어와 홰에서 꺼내 가지고 나간 것이 분명하다. 나는 다시 닭을 잡아다 가두고 염려는 스러우나 그렇다고 산으로 나무를 하러 가지 않을 수도 없는 형편이었다.

소나무 삭정이*를 따며 가만히 생각해 보니 암만해도 고년의 목쟁이*를 돌려놓고 싶다. 이번에 내려가면 망할 년 등줄기를 한 번 되게 후려치겠다 하고 싱등겅등 나무를 지고는 부리나케 내려왔다.

거지반 집께 내려와서 호드기* 소리를 듣고 발이 딱 멈추었다. 산기슭에 널려 있는 굵은 바윗돌 틈에 노란 동백꽃이 소보록하니* 깔리었다.

그 틈에 끼어 앉아서 점순이가 청승맞게 호드기를 불고 있는 것이다. 그보다도 더 놀란 것은 고 앞에서 또 푸드득푸드득하고 들리는 닭의 횃소리다. 필연코 요년이 나의 약을 올리느라고 닭을 집어내다가 내가 내려올 길목에다 쌈을 시켜 놓고 저는 그 앞에 앉아서 천연스레 호드기를 불고 있음에 틀림없으리라.

나는 약이 오를 대로 다 올라서 두 눈에서 불과 함께 눈물이 퍽 쏟아졌다. 나무 지게도 벗어 놀 새 없이 그대로 내동댕이치고는 지게 작대기를 뻗치고 허둥허둥 달려들었다.

가까이 와 보니 과연 나의 짐작대로 우리 수탉이 피를 흘리고 거의 빈사지경*에 이르렀다. 닭도 닭이려니와 그러함에도 불구하고 눈 하나 깜짝 없이 고대로 앉아서 호드기만 부는 그 꼴에 더욱 치가 떨린다. 동리에서도 소문이 났거니와 나도 한때는 걱실걱실*히 일 잘하고 얼굴 예쁜 계집애인 줄 알았더니 시방 보니까 그 눈깔이 꼭 여우 새끼 같다.

나는 대뜸 달려들어서 나도 모르는 사이에 큰 수탉을 단매*로 때려 엎

◇◇◇◇◇◇◇◇◇◇◇◇◇◇◇◇◇
* 필연 틀림없이 꼭
* 삭정이 살아 있는 나무에 붙어 있는, 말라 죽은 가지
* 목쟁이 '목덜미를 이루고 있는 뼈'를 뜻하는 낱말 '목정강이'의 잘못된 표현
* 호드기 봄에 물오른 버드나무 가지의 껍질을 고루 비틀어 속 줄기를 뽑아내고 껍질만 남게 해서 만든 피리
* 소보록하니 물건이 많이 담기거나 좀 볼록하게 도드라져 있으니
* 빈사지경 거의 죽게 된 처지나 형편
* 걱실걱실 성질이 너그러워 말과 행동을 시원스럽게 하는 모양
* 단매 단 한 번 때리는 매
◇◇◇◇◇◇◇◇◇◇◇◇◇◇◇◇◇

었다. 닭은 푹 엎어진 채 다리 하나 꼼짝 못하고 그대로 죽어 버렸다. 그리고 나는 멍하니 섰다가 점순이가 매섭게 눈을 흡뜨고 닥치는 바람에 뒤로 벌렁 나자빠졌다.

"이놈아, 너 왜 남의 닭을 때려 죽이니?"

"그럼 어때?"

하고 일어나다가,

"뭐, 이 자식아! 뉘 집 닭인데?"

하고 복장*을 떼미는* 바람에 다시 벌렁 자빠졌다. 그리고 나서 가만히 생각을 하니 분하기도 하고 무안스럽기도 하고, 또 한편 일을 저질렀으니 인젠 땅이 떨어지고 집도 내쫓기고 해야 될는지 모른다. 나는 비슬비슬* 일어나며 소맷자락으로 눈을 가리고는 얼김*에 엉, 하고 울음을 놓았다. 그러자 점순이가 앞으로 다가와서,

"그럼, 너 이담부터 안 그럴 테냐?"

하고 물을 때에야 비로소 살길을 찾은 듯싶었다. 나는 눈물을 우선 씻고 뭘 안 그러는지 명색도 모르건만,

"그래!"

하고 무턱대고 대답하였다.

"요담부터 또 그래 봐라, 내 자꾸 못살게 굴 테니."

"그래그래, 인젠 안 그럴 테야!"

"닭 죽은 건 염려 마라. 내 안 이를 테니."

그리고 뭣에 떠다밀렸는지 나의 어깨를 짚은 채 그대로 퍽 쓰러진다. 그 바람에 나의 몸뚱이도 겹쳐서 쓰러지며 한창 피어 퍼드러진 노란 동

백꽃 속으로 푹 파묻혀 버렸다.

알싸한*, 그리고 향긋한 그 냄새에 나는 땅이 꺼지는 듯이 온정신이 고만 아찔하였다.

"너 말 마라?"

"그래!"

조금 있더니 요 아래서,

"점순아! 점순아! 이년이 바느질을 하다 말구 어딜 갔어!"

하고 어딜 갔다 온 듯싶은 그 어머니가 역정이 대단히 났다.

점순이가 겁을 잔뜩 집어먹고 꽃 밑을 살금살금 기어서 산 아래로 내려간 다음 나는 바위를 끼고 엉금엉금 기어서 산 위로 치빼지* 않을 수 없었다.

이상
1910~1937

1910년 서울에서 태어났으며 본명은 김해경입니다. 건축과를 졸업 후에는 총독부 건축과에서 근무하며 시를 발표했습니다. 본격적으로 문학 활동을 시작한 것은 폐결핵 때문에 직장을 그만둔 다음부터입니다. 특히 1936년 《조광》지에 발표한 〈날개〉는 큰 화제를 일으킨 그의 대표작이며, 같은 해에 〈동해〉와 〈봉별기〉를 발표했습니다. 이상은 폐결핵과 가난을 이겨 내고자 일본 동경으로 건너가지만 사상이 불온하다는 이유로 일본 경찰에게 붙잡힙니다. 석방된 뒤에 건강이 더 악화돼 27세의 젊은 나이로 세상을 떠났습니다.

이
상

날개

날개
고등학교 국어 교과서

작품 소개

1936년 《조광》지에 발표한 〈날개〉는 1인칭 주인공 시점에서 쓴 심리주의 소설이자 초현실주의 소설입니다. 특히 자신의 의식이 흘러가는 대로 작품을 써 내려갔기 때문에 작품 속에서 주인공이 겪은 사건들과 그 인과 관계가 뚜렷하게 드러나 있지 않습니다. 이런 기법은 이상 문학의 큰 특징이기도 합니다. 작가는 〈날개〉를 통해 식민지 시대를 살아가는 지식인의 분열된 자의식과 그 극복 의지를 보여 주고 있습니다.

줄거리

주인공 '나'는 매일 방 안에서 뒹굴며 지내다가 아내가 외출을 하면 아내의 방에 들어가 화장품 병을 가지고 논다. 하지만 손님이 아내를 찾아오면 '나'는 아내의 방에 들어갈 수 없다. 그 대신 손님이 오거나 외출을 한 날엔 아내가 내 방으로 들어와 은화를 놓고 간다. 어느 날 '나'는 아내가 외출한 밤에 거리로 나가고, 그 뒤로도 가끔 외출을 해 경성역 찻집에서 커피를 마신다. 비를 맞고 감기에 걸린 '나'는 한 달가량을 아내가 준 하얀 알약을 먹고 잠만 자게 된다. 하지만 거울을 보러 아내의 방에 간 '나'는 아스피린처럼 생긴 최면제 아달린을 발견하고 아내가 나를 죽이려는 것은 아닌지 의심하게 된다. 외출 후 집으로 돌아와서는 보지 말아야 할 장면을 보고 만다. 절망한 '나'는 다시 집을 나와 거리를 배회하다 미쓰꼬시 백화점 옥상에 올라간다. 그리고 지나간 스물여섯 해를 회고하다 불현듯 겨드랑이에 가려움을 느낀 '나'는 "날개야 다시 돋아라. 날자. 날자. 날자. 한 번만 더 날자꾸나!"라고 외친다.

'박제*가 되어 버린 천재'를 아시오? 나는 유쾌하오. 이런 때 연애까지가 유쾌하오.

육신이 흐느적흐느적하도록 피로했을 때만 정신이 은화*처럼 맑소. 니코틴이 내 횟배* 앓는 배 속으로 스미면 머릿속에 으레 백지가 준비되는 법이오. 그 위에다 나는 위트*와 패러독스*를 바둑 포석*처럼 늘어놓소. 가증할 상식의 병이오.

나는 또 여인과 생활을 설계하오. 연애 기법에마저 서먹서먹해진, 지성의 극치를 흘깃 좀 들여다본 일이 있는, 말하자면 일종의 정신 분열자 말이오. 이런 여인의 반—그것은 온갖 것의 반이오.—만을 영수*하는 생활을 설계한다는 말이오. 그런 생활 속에 한 발만 들여놓고 흡사 두 개의 태양처럼 마주 쳐다보면서 낄낄거리는 것이오. 나는 아마 어지간히 인생의 제행*이 싱거워서 견딜 수가 없게끔 되고 그만둔 모양이오. 굿바이.

* 박제 동물의 가죽을 벗기고 솜이나 대팻밥 따위를 넣어 살아 있을 때와 같은 모양으로 만듦. 또는 그렇게 만든 물건
* 은화 은돈
* 횟배 회충으로 인한 배앓이
* 위트 말이나 글을 즐겁고 재치있게 하는 능력
* 패러독스 겉으로는 불합리하지만 그 속에 진실을 담고 있는 말
* 포석 바둑에서, 중반전의 싸움이나 집 차지에 유리하도록 초반에 돌을 벌여놓는 일
* 영수 돈이나 물품 따위를 받아들임
* 제행 깨달음에 도달하기 위하여 몸, 입 뜻으로 행하는 모든 선행

굿바이. 그대는 이따금 그대가 제일 싫어하는 음식을 탐식*하는 아이러니를 실천해 보는 것도 좋을 것 같소. 위트와 패러독스와…….

그대 자신을 위조*하는 것도 할 만한 일이오. 그대의 작품은 한 번도 본 일이 없는 기성품*에 의하여 차라리 경편*하고 고매*하리라.

19세기는 될 수 있거든 봉쇄*하여 버리오. 도스토옙스키* 정신이란 자칫하면 낭비인 것 같소. 위고*를 불란서의 빵 한 조각이라고는 누가 그랬는지 지언*인 듯싶소. 그러나 인생 혹은 그 모형에 있어서 디테일* 때문에 속는다거나 해서야 되겠소? 화를 보지 마오. 부디 그대께 고하는 것이니…….

(테이프가 끊어지면 피가 나오. 생채기도 머지않아 완치*될 줄 믿소. 굿바이.)

감정은 어떤 포즈. '그 포즈의 원소*만을 지적하는 것이 아닌지나 모르겠소.' 그 포즈가 부동자세*에까지 고도화*할 때 감정은 딱 공급을 정지합네다.

나는 내 비범한 발육을 회고*하여 세상을 보는 안목을 규정하였소.

여왕봉*과 미망인*─세상의 하고많은 여인이 본질적으로 이미 미망인 아닌 이가 있으리까? 아니! 여인의 전부가 그 일상에 있어서 개개 '미망인'이라는 내 논리가 뜻밖에도 여성에 대한 모독이 되오? 굿바이.

*탐식 탐내어 먹음
*위조 어떤 물건을 속일 목적으로 꾸며 진짜처럼 만듦
*기성품 이미 만들어져 있는 물품
*경편 가볍고 편하거나 손쉽고 편리함
*고매 성품이 고상함
*봉쇄 굳게 막아 버리거나 잠금
*도스토옙스키 러시아의 작가
*위고 《장발장》을 쓴 프랑스의 소설가 빅토르 위고를 말함
*지언 지극히 당연한 말
*디테일 전체에 대하여 한 부분을 이르는 말
*완치 병을 완전히 낫게 함
*원소 낱낱의 요소
*부동자세 움직이지 아니하고 똑바로 서 있는 자세
*고도화 정도가 높아짐
*회고 지나간 일을 돌이켜 생각함
*여왕봉 여왕벌을 말한다
*미망인 남편이 죽고 홀로 남은 여자를 이르는 말

그 33번지라는 것이 구조가 흡사 유곽*이라는 느낌이 없지 않다. 한 번지에 18가구가 죽 어깨를 맞대고 늘어서서 창호*가 똑같고 아궁이 모양이 똑같다. 게다가 각 가구에 사는 사람들이 송이송이 꽃과 같이 젊다. 해가 들지 않는다. 해가 드는 것을 그들이 모른 체하는 까닭이다. 턱살밑에다 철줄을 매고 얼룩진 이부자리를 널어 말린다는 핑계로 미닫이에 해가 드는 것을 막아 버린다. 침침한 방 안에서 낮잠들을 잔다. 그들은 밤에는 잠을 자지 않나? 알 수 없다. 나는 밤이나 낮이나 잠만 자느라고 그런 것은 알 길이 없다. 33번지 18가구의 낮은 참 조용하다.

조용한 것은 낮뿐이다. 어둑어둑하면 그들은 이부자리를 걷어 들인다. 전등불이 켜진 뒤의 18가구는 낮보다 훨씬 화려하다. 저물도록 미닫이 여닫는 소리가 잦다. 바빠진다. 여러 가지 냄새가 나기 시작한다. 비웃* 굽는 내, 탕고도란*내, 뜨물내, 비눗내……

그러나 이런 것들보다도 그들의 문패*가 제일로 고개를 끄떡이게 하는 것이다. 이 18가구를 대표하는 대문이라는 것이 일각*이 져서 외따로 떨어지기는 했으나 있다. 그러나 그것은 한 번도 닫힌 일이 없는 한길이나 마찬가지 대문인 것이다. 온갖 장사치들은 하루 가운데 어느 시간에라도 이 대문을 통하여 드나들 수 있는 것이다. 이네들은 문간에서 두부를 사는 것이 아니라 미닫이만 열고 방에서 두부를 사는 것이다. 이렇게 생긴 33번지 대문에 그들 18가구의 문패를 몰아다 붙이는 것은 의미가 없다. 그들은 어느 사이엔가 각 미닫이 위 백인당이니 길상당이니 써 붙인 한 곁에다 문패를 붙이는 풍속*을 가져 버렸다.

* 유곽 많은 창녀를 두고 매음 영업을 하는 집이 모여있는 곳
* 창호 온갖 창과 문을 통틀어 이르는 말
* 비웃 청어
* 탕고도란 일제 강점기 때 쓰던 화장품 이름으로, 지금의 파운데이션과 같은 일종
* 문패 주소, 이름 따위를 적어서 대문 위나 옆에 붙이는 작은 패
* 일각 한귀퉁이
* 풍속 그 시대의 유행과 습관 따위를 이르는 말

내 방 미닫이 위 한 곁에 칼표 딱지를 넷에다 낸 것만한 내……. 아니! 내 아내의 명함이 붙어 있는 것도 이 풍속을 좇은* 것이 아닐 수 없다.

나는 그러나 그들의 아무와도 놀지 않는다. 놀지 않을 뿐만 아니라 인사도 않는다. 나는 내 아내와 인사하는 외에 누구와도 인사하고 싶지 않았다.

내 아내 외의 다른 사람과 인사를 하거나 놀거나 하는 것은 내 아내의 낯을 보아 좋지 않은 일인 것만 같이 생각이 되었기 때문이다. 나는 이만큼까지 내 아내를 소중히 생각한 것이다.

내가 이렇게까지 내 아내를 소중히 생각한 까닭은 이 33번지 18가구 가운데서 내 아내가 내 아내의 명함처럼 제일 작고 제일 아름다운 것을 안 까닭이다. 18가구에 각기 빌어 들은 송이송이 꽃들 가운데서도 내 아내는 특히 아름다운 한 떨기의 꽃으로 이 함석지붕* 밑 볕 안 드는 지역에서 어디까지든지 찬란하였다. 따라서 그런 한 떨기 꽃을 지키고 아니, 그 꽃에 매어 달려 사는 나라는 존재가 도무지 형언할* 수 없는 거북살스러운* 존재가 아닐 수 없었던 것은 물론이다.

나는 어디까지든지 내 방이—집이 아니다. 집은 없다.—마음에 들었다. 방 안의 기온은 내 체온을 위하여 쾌적하였고, 방 안의 침침한 정도가 또한 내 안력*을 위하여 쾌적하였다. 나는 내 방 이상의 서늘한 방도, 또 따뜻한 방도 희망하지 않았다. 이 이상으로 밝거나 이 이상으로 아늑한 방을 원하지 않았다. 내 방은 나 하나를 위하여 요만한 정도를 꾸준

* 좇은 규칙이나 관습 따위를 지켜서 그대로 한
* 함석지붕 함석으로 인지붕
* 형언한 형용하여 말할
* 거북살스러운 몹시 거북스러운
* 안력 시력

히 지키는 것 같아 늘 내 방에 감사하였고 나는 또 이런 방을 위하여 이 세상에 태어난 것만 같아서 즐거웠다.

그러나 이것은 행복이라든가 불행이라든가 하는 것을 계산하는 것은 아니었다. 말하자면 나는 내가 행복되다고도 생각할 필요가 없었고, 그렇다고 불행하다고도 생각할 필요가 없었다. 그냥 그날그날을 그저 까닭 없이 펀둥펀둥* 게으르고만 있으면 만사는 그만이었던 것이다.

내 몸과 마음에 옷처럼 잘 맞는 방 속에서 뒹굴면서, 축 처져 있는 것은 행복이니 불행이니 하는 그런 세속적인* 계산을 떠난, 가장 편리하고 안일한*, 말하자면 절대적인 상태인 것이다. 나는 이런 상태가 좋았다.

이 절대적인 내 방은 대문간에서 세어서 똑 일곱째 칸이다. 러키세븐의 뜻이 없지 않다. 나는 이 일곱이라는 숫자를 훈장*처럼 사랑하였다. 이런 이 방이 가운데 장지*로 말미암아 두 칸으로 나뉘어 있었다는 그것이 내 운명의 상징이었던 것을 누가 알랴?

아랫방은 그래도 해가 든다. 아침결에 책보만 한 해가 들었다가 오후에 손수건만 해지면서 나가 버린다. 해가 영영 들지 않는 윗방이 즉 내 방인 것은 말할 것도 없다. 이렇게 볕 드는 방이 아내 방이요, 볕 안 드는 방이 내 방이오 하고 아내와 나 둘 중에 누가 정했는지 나는 기억하지 못한다. 그러나 나에게는 불평이 없다.

아내가 외출만 하면 나는 얼른 아랫방으로 와서 그 동쪽으로 난 들창*을 열어 놓고, 열어 놓으면 들이비치는 햇살이 아내의 화장대를 비쳐 가지각색 병들이 아롱이지면서 찬란하게 빛나고, 이렇게 빛나는 것을 보

* 펀둥펀둥 아무 일도 하지 않고 뻔뻔스럽게 놀기만 하는 모양
* 세속적 세상의 일반적인 풍속을 따르는
* 안일한 편안하고 한가로운
* 훈장 나라를 위하여 뚜렷한 공적을 세운 사람에게 그 공로를 기리고자 나라에서 주는 휘장
* 장지 방과 방 사이에 칸을 막아 끼우는 문
* 들창 들어서 여는 창

고 있는 것은 다시 없는 내 오락이다. 나는 조그만 돋보기를 꺼내 가지고 아내만이 사용하는 지리가미*를 그을려 가면서 불장난을 하고 논다. 평행 광선을 굴절시켜서 한 초점에 모아 가지고 그 초점이 따끈따끈해지다가 마지막에는 종이를 그을리기 시작하고, 가느다란 연기를 내면서 드디어 구멍을 뚫어 놓는 데까지 이르는 그 얼마 안 되는 동안의 초조한 맛이 죽고 싶을 만큼 내게는 재미있었다.

이 장난이 싫증이 나면 나는 또 아내의 손잡이 거울을 가지고 여러 가지로 논다. 거울이란 제 얼굴을 비출 때만 실용품*이다. 그 외의 경우에는 도무지 장난감인 것이다.

이 장난도 곧 싫증이 난다. 나의 유희*심은 육체적인 데서 정신적인

* 지리가미 휴지
* 실용품 실생활에 알맞은 물품
* 유희 즐겁게 놀며 장난함

데로 비약한다. 나는 거울을 내던지고 아내의 화장대 앞으로 가까이 가서 나란히 늘어놓은 그 가지각색의 화장품 병들을 들여다본다. 그것들은 세상의 무엇보다도 매력적이다. 나는 그중의 하나만을 골라서 가만히 마개를 빼고 병 구멍을 내 코에 가져다 대고 숨죽이듯이 가벼운 호흡을 하여 본다. 이국적인 센슈얼한* 향기가 폐로 스며들면 나는 저절로 스르르 감기는 내 눈을 느낀다. 확실히 아내의 체취*의 파편이다. 나는 도로 병마개를 막고 생각해 본다. 아내의 어느 부분에서 요 냄새가 났던가를……. 그러나 그것은 분명치 않다. 왜? 아내의 체취는 여기 늘어섰는 가지각색 향기의 합계일 것이니까.

아내의 방은 늘 화려하였다. 내 방이 벽에 못 한 개 꽂히지 않은 소박한 것인 반대로 아내 방에는 천장 밑으로 쫙 돌려 못이 박히고 못마다 화려한 아내의 치마와 저고리가 걸렸다. 여러 가지 무늬가 보기 좋다. 나는 그 여러 조각의 치마에서 늘 아내의 동체*와 그 동체가 될 수 있는 여러 가지 포즈를 연상하고 연상하면서 내 마음은 늘 점잖지 못하다.

그렇건만 나에게는 옷이 없었다. 아내는 내게는 옷을 주지 않았다. 입고 있는 코르덴* 양복 한 벌이 내 자리옷*이었고 통상복*과 나들이옷을 겸한 것이었다. 그리고 하이넥 스웨터가 한 조각 사철을 통한 내 내의다. 그것들은 하나같이 다 빛이 검다. 그것은 내 짐작 같아서는 즉 빨래를 될 수 있는 데까지 하지 않아도 보기 싫지 않도록 하기 위한 것이 아닌가 한다. 나는 허리와 두 가랑이 세 군데 다 — 고무 밴드가 끼어 있는 부드러운 사루마다*를 입고 그리고 아무 소리 없이 잘 놀았다.

어느덧 손수건만 해졌던 볕이 나갔는데 아내는 외출에서 돌아오지 않는다. 나는 요만 일에도 좀 피곤하였고 또 아내가 돌아오기 전에 내 방으로 가 있어야 될 것을 생각하고 그만 내 방으로 건너간다. 내 방은 침침하다. 나는 이불을 뒤집어쓰고 낮잠을 잔다. 한 번도 걷은 일이 없는 내 이부자리는 내 몸뚱이의 일부분처럼 내게는 참 반갑다. 잠은 잘 오는 적도 있다. 그러나 또 전신이 까칫까칫*하면서 영 잠이 오지 않는 적도 있다. 그런 때는 아무 제목으로나 제목을 하나 골라서 연구하였다. 나는 내 좀 축축한 이불 속에서 참 여러 가지 발명도 하였고 논문도 많이 썼다. 시도 많이 지었다. 그러나 그것들은 내가 잠이 드는 것과 동시에 내 방에 담겨서 철철 넘치는 그 흐늑흐늑*한 공기에다 비누처럼 풀어져서 온데간데없고, 한잠 자고 깬 나는 속이 무명 헝겊이나 메밀 껍질로 띵띵 찬 한 덩어리 베개와도 같은 한 벌 신경이었을 뿐이고 뿐이고 하였다.

그러기에 나는 빈대*가 무엇보다도 싫었다. 그러나 내 방에서는 겨울에도 몇 마리씩의 빈대가 끊이지 않고 나왔다. 내게 근심이 있었다면 오직 이 빈대를 미워하는 근심일 것이다. 나는 빈대에게 물려서 가려운 자리를 피가 나도록 긁었다. 쓰라리다. 그것은 그윽한 쾌감에 틀림없었다. 나는 혼곤히* 잠이 든다.

나는 그러나 그런 이불 속의 사색 생활에서도 적극적인 것을 궁리하는 법이 없다. 내게는 그럴 필요가 대체 없었다. 만일 내가 그런 좀 적극적인 것을 궁리해 내었을 경우에 나는 반드시 내 아내와 의논하여야 할 것이고 그러면 반드시 나는 아내에게 꾸지람을 들을 것이고 나는 꾸지람이 무서웠다기보다도 성가셨다. 내가 제법 한 사람의 사회인의 자격으로

* 까칫까칫 살갗 따위에 조금씩 닿아 자꾸 걸리는 모양
* 흐늑흐늑 '흐느적흐느적'의 줄임말
* 빈대 몸길이 5mm 정도의 빈댓과 곤충으로, 고약한 냄새를 풍기고 집 안에 살며, 밤에 활동하여 사람의 피를 빨아먹는 벌레
* 혼곤히 정신이 흐릿하고 고달프게

일을 해 보는 것도, 아내에게 사설※ 듣는 것도.

나는 가장 게으른 동물처럼 게으른 것이 좋았다. 될 수만 있으면 이 무의미한 인간의 탈을 벗어 버리고도 싶었다.

나에게는 인간 사회가 스스러웠다※. 생활이 스스러웠다. 모두가 서먹서먹할 뿐이었다.

아내는 하루에 두 번 세수를 한다. 나는 하루 한 번도 세수를 하지 않는다. 나는 밤중 세 시나 네 시 해서 변소에 갔다. 달이 밝은 밤에는 한참씩 마당에 우두커니 섰다가 들어오곤 한다. 그러니까 나는 이 18가구의 아무와도 얼굴이 마주치는 일이 거의 없다. 그러면서도 나는 이 18가구의 젊은 여인네 얼굴들을 거반 다 기억하고 있었다. 그들은 하나같이 내 아내만 못하였다.

열한 시쯤 해서 하는 아내의 첫 번 세수는 좀 간단하다. 그러나 저녁 일곱 시쯤 해서 하는 두 번째 세수는 손이 많이 간다. 아내는 낮에보다도 밤에 더 좋고 깨끗한 옷을 입는다. 그리고 낮에도 외출하고 밤에도 외출하였다.

아내에게 직업이 있었던가? 나는 아내의 직업이 무엇인지 알 수 없다. 만일 아내에게 직업이 없었다면, 같이 직업이 없는 나처럼 외출할 필요가 생기지 않을 것인데……. 아내는 외출한다. 외출할 뿐만 아니라 내객이 많다. 아내에게 내객이 많은 날은 나는 온종일 내 방에서 이불을 쓰고 누워 있어야만 된다. 불장난도 못 한다. 화장품 냄새도 못 맡는다. 그런 날은 나는 의식적으로 우울해하였다. 그러면 아내는 나에게 돈을 준

※ 사설 늘어놓는 말이나 이야기
※ 스스러웠다 사이가 친하지 않아 조심스러웠다

다. 오십 전짜리 은화다. 나는 그것이 좋았다. 그러나 그것을 무엇에 써야 좋을지 몰라서 늘 머리맡에 던져두고 두고 한 것이 어느 결에 모여서 꽤 많아졌다. 어느 날 이것을 본 아내는 금고처럼 생긴 벙어리*를 사다 준다.

나는 한 푼씩 한 푼씩 그 속에 넣고 열쇠는 아내가 가져갔다. 그 후에도 나는 더러 은화를 그 벙어리에 넣은 것을 기억한다. 그리고 나는 게을렀다. 얼마 후 아내의 머리 쪽에 보지 못하던 누깔잠*이 하나 여드름처럼 돋았던 것은 바로 그 금고형 벙어리의 무게가 가벼워졌다는 증거일까. 그러나 나는 드디어 머리맡에 놓였던 그 벙어리에 손을 대지 않고 말았다. 내 게으름은 그런 것에 내 주의를 환기*시키기도 싫었다.

아내에게 내객이 있는 날은 이불 속으로 암만 깊이 들어가도 비 오는 날만큼 잠이 잘 오지 않았다. 나는 그런 때 아내에게는 왜 늘 돈이 있나, 왜 돈이 많은가를 연구했다.

내객들은 장지 저쪽에 내가 있는 것을 모르나 보다. 내 아내와 나도 좀 하기 어려운 농*을 아주 서슴지 않고 쉽게 해 던지는 것이다. 그러나 아내의 내객 가운데 서너 사람의 내객들은 늘 비교적 점잖았다고 볼 수 있는 것이, 자정이 좀 지나면 으레 돌아들 갔다. 그들 가운데는 퍽 교양이 얕은 자도 있는 듯싶었는데 그런 자는 보통 음식을 사다 먹고 논다. 그래서 보충을 하고 대체로 무사하였다.

나는 우선 내 아내의 직업이 무엇인가를 연구하기에 착수*하였으나 좁은 시야와 부족한 지식으로는 이것을 알아내기 힘이 든다. 나는 끝끝

* 벙어리 벙어리 저금통
* 누깔잠 비녀의 한 종류
* 환기 주의나 여론, 생각 따위를 불러일으킴
* 농 농담
* 착수 어떤 일을 시작함

내 내 아내의 직업이 무엇인가를 모르고 말려나 보다.

아내는 늘 진솔 버선*만 신었다. 아내는 밥도 지었다. 아내가 밥 짓는 것을 나는 한 번도 구경한 일은 없으나 언제든지 끼니때면 내 방으로 내 조석밥*을 날라다 주는 것이다. 우리 집에는 나와 내 아내 외에 다른 사람은 아무도 없다. 이 밥은 분명히 아내가 손수 지었음에 틀림없다.

그러나 아내는 한 번도 나를 자기 방으로 부른 일이 없다. 나는 늘 윗방에서 나 혼자서 밥을 먹고 잠을 잤다. 밥은 너무 맛이 없었다. 반찬이 너무 엉성하였다. 나는 닭이나 강아지처럼 말없이 주는 모이를 넙죽넙죽 받아먹기는 했으나 내심 야속하게* 생각한 적도 더러* 없지 않다. 나는 안색이 여지없이 창백해 가면서 말라 들어 갔다. 나날이 눈에 보이듯이 기운이 줄어들어 갔다. 영양 부족으로 하여 몸뚱이 곳곳이 뼈가 불쑥불쑥 내밀었다. 하룻밤 사이에도 수십 차를 돌쳐 눕지 않고는 여기저기가 배겨서* 나는 배겨 낼 수가 없었다.

그렇기 때문에 나는 내 이불 속에서 아내가 늘 흔히 쓸 수 있는 저 돈의 출처*를 탐색*해 보는 일변, 장지 틈으로 새어 나오는 아랫방의 음식은 무엇일까를 간단히 연구하였다. 나는 잠이 잘 안 왔다.

깨달았다. 아내가 쓰는 그 돈은 내게는 다만 실없는 사람들로밖에 보이지 않는 까닭 모를 내객들이 놓고 가는 것에 틀림없으리라는 것을 나는 깨달았다.

그러나 왜 그들 내객은 돈을 놓고 가나? 왜 내 아내는 그 돈을 받아야 되나? 하는 예의 관념이 내게는 도무지 알 수 없는 것이었다.

* 진솔 버선 한번도 신지않은 새 버선
* 조석밥 아침과 저녁밥
* 야속하게 무정한 행동이나 그런 행동을 한 사람이 섭섭하게 여겨질 정도로 언짢게
* 더러 이따금 드물게
* 배겨서 바닥에 닿는 몸의 부분에 단단한 것이 받치는 힘을 느끼게 되어서
* 출처 사물이나 말 따위가 생기거나 나온 근거
* 탐색 드러나지 않은 사물이나 현상 따위를 찾아내거나 밝히기 위하여 살피어 찾음

　그것은 그저 예의에 지나지 않는 것일까. 그렇지 않으면 혹 무슨 대가일까? 보수일까? 내 아내가 그들의 눈에는 동정을 받아야만 할 한 가엾은 인물로 보였던가?

　이런 것들을 생각하노라면 으레 내 머리는 그냥 혼란하여 버리곤 하였다. 잠 들기 전에 획득했다는 결론이 오직 불쾌하다는 것뿐이었으면서도 나는 그런 것을 아내에게 물어보거나 한 일이 참 한 번도 없다. 그것은 대체 귀찮기도 하려니와 한잠 자고 일어나면 나는 사뭇 딴사람처럼 이것도 저것도 다 깨끗이 잊어버리고 그만두는 까닭이다.

　내객들이 돌아가고, 혹 외출에서 돌아오고 하면 아내는 경편한 것으로 옷을 바꾸어 입고 내 방으로 나를 찾아온다. 그리고 이불을 들치고 내 귀에는 영 생동생동한* 몇 마디 말로 나를 위로하려 든다. 나는 조소*도 고소*도 홍소*도 아닌 웃음을 얼굴에 띠고 아내의 아름다운 얼굴을 쳐다본다. 아내는 방그레 웃는다. 그러나 그 얼굴에 떠도는 일말*의 애수*를 나는 놓치지 않는다.

아내는 능히 내가 배고파하는 것을 눈치챌 것이다. 그러나 아랫방에서 먹고 남은 음식을 나에게 주려 들지는 않는다. 그것은 어디까지든지 나를 존경하는 마음일 것임에 틀림없다. 나는 배가 고프면서도 적이 마음이 든든한 것을 좋아했다. 아내가 무엇이라고 지껄이고 갔는지 귀에 남아 있을 리가 없다. 다만 내 머리맡에 아내가 놓고 간 은화가 전등불에 흐릿하게 빛나고 있을 뿐이다.

그 금고형 벙어리 속에 그 은화가 얼마만큼이나 모였을까? 나는 그러나 그것을 쳐들어 보지 않았다. 그저 아무런 의욕도 기원도 없이 그 단추 구멍처럼 생긴 틈바구니로 은화를 떨어뜨려 둘 뿐이었다.

* 생동생동한 본디의 기운이 그대로 남아 있어 생생한
* 조소 비웃음
* 고소 쓴웃음
* 홍소 입을 크게 벌리고 웃거나 떠들썩하게 웃음
* 일말 약간
* 애수 마음을 서글프게 하는 슬픈 시름
* 촉각 물건이 피부에 닿아서 느껴지는 감각

왜 아내의 내객들이 아내에게 돈을 놓고 가나 하는 것이 풀 수 없는 의문인 것같이 왜 아내는 나에게 돈을 놓고 가나 하는 것도 역시 나에게는 똑같이 풀 수 없는 의문이었다. 내 비록 아내가 내게 돈을 놓고 가는 것이 싫지 않다 하더라도 그것은 다만 그것이 내 손가락에 닿는 순간에서부터 그 벙어리 주둥이에서 자취를 감추기까지의 하잘것없는 짧은 촉각*이 좋았달 뿐이지 그 이상 아무 기쁨도 없다.

어느 날 나는 그 벙어리를 변소에 갖다 넣어 버렸다. 그때 벙어리 속에는 몇 푼이나 되는지 모르겠으나 그 은화들이 꽤 들어 있었다.

나는 내가 지구 위에 살며 내가 이렇게 살고 있는 지구가 질풍신뢰*의 속력으로 광대무변*의 공간을 달리고 있다는 것을 생각했을 때 참 허망하였다. 나는 이렇게 부지런한 지구 위에서는 현기증도 날 것 같고 해서 한시바삐 내려 버리고 싶었다.

이불 속에서 이런 생각을 하고 난 뒤에는 나는 그 은화를 그 벙어리에 넣고 넣고 하는 것조차도 귀찮아졌다. 나는 아내가 손수 벙어리를 사용하였으면 하고 희망하였다. 벙어리도 돈도 사실은 아내에게만 필요한 것이지 내게는 애초부터 의미가 전연* 없는 것이었으니까 될 수만 있으면 그 벙어리를 아내가 아내 방으로 가져갔으면 하고 기다렸다. 그러나 아내는 가져가지 않는다. 나는 내가 아내 방으로 가져다 둘까 하고 생각하여 보았으나 그 즈음에는 아내의 내객이 워낙 많아서 내가 아내 방에 가 볼 기회가 도무지 없었다. 그래서 나는 하는 수 없이 변소에 갖다 집어넣어 버리고 만 것이다.

나는 서글픈 마음으로 아내의 꾸지람을 기다렸다. 그러나 아내는 끝내 아무 말도 나에게 묻지도 하지도 않았다. 않았을 뿐 아니라 여전히 돈은 돈대로 내 머리맡에 놓고 가지 않나! 내 머리맡에는 어느덧 은화가 꽤 많이 모였다.

내객이 아내에게 돈을 놓고 가는 것이나 아내가 내게 돈을 놓고 가는 것이나 일종의 쾌감 그 외의 다른 아무런 이유도 없는 것이 아닐까 하는 것을 나는 또 이불 속에서 연구하기 시작하였다. 그러나 그것은 이불 속의 연구로는 알 길이 없었다. 쾌감, 쾌감 하고 나는 뜻밖에도 이 문제에

* 질풍신뢰 심한 바람과 번개라는 뜻으로, 빠르고 심하게 변하는 상태를 이르는 말
* 광대무변 넓고 커서 끝이 없음
* 전연 전혀

대해서만 흥미를 느꼈다.

아내는 물론 나를 늘 감금*하여 두다시피 하여 왔다. 내게 불평이 있을 리 없다. 그런 중에서 나는 그 쾌감이라는 것의 유무*를 체험하고 싶었다.

나는 아내의 밤 외출 틈을 타서 밖으로 나왔다. 나는 거리에서 잊어 버리지 않고 가지고 나온 은화를 지폐로 바꾼다. 오 원이나 된다. 그것을 주머니에 넣고 나는 목적을 잃어버리기 위하여 얼마든지 거리를 쏘다녔다. 오래간만에 보는 거리는 거의 경이*에 가까울 만큼 내 신경을 흥분시키지 않고는 마지않았다. 나는 금시에 피곤하여 버렸다. 그러나 나는 참았다. 그리고 밤이 이슥하도록 까닭을 잊어버린 채 이 거리 저 거리로 지향 없이 헤매었다. 돈은 물론 한 푼도 쓰지 않았다. 돈을 쓸 아무 엄두도 나서지 않았다. 나는 벌써 돈을 쓰는 기능을 완전히 상실한 것 같았다.

나는 과연 피로를 이 이상 견디기가 어려웠다. 나는 가까스로 내 집을 찾았다. 나는 내 방으로 가려면 아내 방을 통과하지 아니하면 안 될 것을 알고 아내에게 내객이 있나 없나를 걱정하면서 미닫이 앞에서 좀 거북살스럽게 기침을 한 번 했더니 이것은 참 또 너무 암상스럽게* 미닫이가 열리면서 아내의 얼굴과 그 등 뒤에 낯선 남자의 얼굴이 이쪽을 내다보는 것이다. 나는 별안간 내어 쏟아지는 불빛에 눈이 부셔서 좀 머뭇머뭇했다.

나는 아내의 눈초리를 못 본 것은 아니다. 그러나 나는 모른 체하는 수

* 감금 드나들지 못하도록 일정한 곳에 가둠
* 유무 있음과 없음
* 경이 놀랍고 신기하게 여길 만한 일
* 암상스럽게 보기에 남을 시기하고 샘을 잘 내는 데가 있게

밖에 없었다. 왜? 나는 어쨌든 아내의 방을 통과하지 아니하면 안 되니까……

나는 이불을 뒤집어썼다. 무엇보다도 다리가 아파서 견딜 수가 없었다. 이불 속에서는 가슴이 울렁거리면서 암만해도 까무러칠 것만 같았다. 걸을 때는 몰랐더니 숨이 차다. 등에서 식은땀이 쭉 내배인다. 나는 외출한 것을 후회하였다. 이런 피로를 잊고 어서 잠이 들었으면 좋겠다. 한잠 잘 자고 싶었다.

얼마 동안이나 비스듬히 엎드려 있었더니 차츰차츰 뚝딱거리는 가슴 동계*가 가라앉는다. 그만해도 우선 살 것 같았다. 나는 몸을 돌쳐 반듯이 천장을 향하여 눕고 쭉 다리를 뻗었다.

그러나 나는 또다시 가슴의 동계를 피할 수 없게 되었다. 아랫방에서 아내와 그 남자의 내 귀에도 들리지 않을 만치 옅은 목소리로 소곤거리는 기척이 장지 틈으로 전하여 왔던 것이다. 청각을 더 예민하게 하기 위하여 나는 눈을 떴다. 그리고 숨을 죽였다. 그러나 그때는 벌써 아내와 남자는 앉았던 자리를 툭툭 털며 일어섰고 일어서면서 옷과 모자 쓰는 기척이 나는 듯하더니 이어 미닫이가 열리고 구두 뒤축 소리가 나고, 그리고 뜰에 내려서는 소리가 쿵 하고 나면서 뒤를 따르는 아내의 고무신 소리가 두어 발자국 찍찍 나고 사뿐사뿐 나나 하는 사이에 두 사람의 발소리가 대문간 쪽으로 사라졌다.

나는 아내의 이런 태도를 본 일이 없다. 아내는 어떤 사람과도 결코 소곤거리는 법이 없다. 나는 윗방에서 이불을 쓰고 누웠는 동안에도 혹 술이 취해서 혀가 잘 돌아가지 않는 내객들의 담화*는 더러 놓치는 수가 있어도 아내의 높지도 낮지도 않은 말소리는 일찍이 한 마디도 놓쳐 본 일이 없다. 더러 내 귀에 거슬리는 소리가 있어도 나는 그것이 태연한 목소리로 내 귀에 들렸다는 이유로 충분히 안심이 되었다.

그렇던 아내의 이런 태도는 필시 그 속에 여간하지 않은 사정이 있는 듯한 생각이 되고 내 마음은 좀 서운했으나 그러나 그보다도 나는 좀 너무 피로해서 오늘만은 이불 속에서 아무것도 연구치 않기로 굳게 결심하고 잠을 기다렸다. 잠은 좀처럼 오지 않았다. 대문간에 나간 아내도 좀처럼 들어오지 않았다. 그러는 동안에 흐지부지 나는 잠이 들어 버렸다. 꿈이 얼쑹덜쑹* 종을 잡을 수 없는 거리의 풍경을 여전히 헤맸다.

나는 몹시 흔들렸다. 내객을 보내고 들어온 아내가 잠든 나를 잡아 흔드는 것이다. 나는 눈을 번쩍 뜨고 아내의 얼굴을 쳐다보았다. 아내의 얼굴에는 웃음이 없다. 나는 좀 눈을 비비고 아내의 얼굴을 자세히 보았다. 노기가 눈초리에 떠서 얇은 입술이 바르르 떨린다. 좀처럼 이 노기가 풀리기는 어려울 것 같았다. 나는 그대로 눈을 감아 버렸다. 벼락이 내리기를 기다린 것이다. 그러나 째근 하는 숨소리가 나면서 푸스스 아내의 치맛자락 소리가 나고 장지가 여닫히며 아내는 아내 방으로 들어갔다. 나는 다시 몸을 돌쳐 이불을 뒤집어쓰고는 개구리처럼 엎드리고, 엎드려서 배가 고픈 가운데도 오늘 밤의 외출을 또 한 번 후회하였다.

나는 이불 속에서 아내에게 사죄*하였다. 그것은 너의 오해라고……

나는 사실 밤이 퍽이나 이슥한 줄만 알았던 것이다. 그것이 네 말마따나 자정 전인 줄은 나는 정말이지 꿈에도 몰랐다. 나는 너무 피곤하였다.

* 얼쑹덜쑹 그런 것 같기도 하고 그렇지 아니한 것 같기도 하여 얼른 분간이 잘 안 되는 모양
* 사죄 지은 죄나 잘못에 대하여 용서를 빎

오래간만에 나는 너무 많이 걸은 것이 잘못이다. 내 잘못이라면 잘못은 그것밖에 없다. 외출은 왜 하였더냐고?

나는 그 머리맡에 저절로 모인 오 원 돈을 아무에게라도 좋으니 주어 보고 싶었던 것이다. 그뿐이다. 그러나 그것도 내 잘못이라면 나는 그렇게 알겠다. 나는 후회하고 있지 않나?

내가 그 오 원 돈을 써 버릴 수가 있었던들 나는 자정 안에 집에 돌아올 수 없었을 것이다. 그러나 거리는 너무 복잡하였고 사람은 너무도 들 끓었다. 나는 어느 사람을 붙들고 그 오 원 돈을 내주어야 할지 갈피를 잡을 수가 없었다. 그러는 동안에 나는 여지없이 피곤해 버리고 말았던 것이다.

나는 무엇보다도 좀 쉬고 싶었다. 눕고 싶었다. 그래서 나는 하는 수 없이 집으로 돌아온 것이다. 내 짐작 같아서는 밤이 어지간히 늦은 줄만 알았는데 그것이 불행히도 자정 전이었다는 것은 참 안된 일이다. 미안한 일이다. 나는 얼마든지 사죄하여도 좋다. 그러나 종시 아내의 오해를 풀지 못하였다. 하면 내가 이렇게까지 사죄하는 보람은 그럼 어디 있나? 한심하였다.

한 시간 동안을 나는 이렇게 초조하게 굴지 않으면 안 되었다. 나는 이불을 홱 젖혀 버리고 일어나서 장지를 열고 아내 방으로 비칠비칠 달려 갔던 것이다. 내게는 거의 의식이라는 것이 없었다. 나는 아내 이불 위에 엎드러지면서 바지 포켓 속에서 그 돈 오 원을 꺼내 아내 손에 쥐어 준 것을 간신히 기억할 뿐이다.

이튿날 잠이 깨었을 때 나는 내 아내 방 아내 이불 속에 있었다. 이것

이 33번지에서 살기 시작한 이래 내가 아내 방에서 잔 맨 처음이었다.

해가 들창에 훨씬 높았는데 아내는 이미 외출하고 벌써 내 곁에 있지는 않다. 아니! 아내는 엊저녁 내가 의식을 잃은 동안에 외출한 것인지도 모른다. 그러나 나는 그런 것을 조사하고 싶지 않았다. 다만 전신이 찌뿌드드한 것이 손가락 하나 꼼짝할 힘조차 없었다. 책보보다 좀 작은 면적의 볕이 눈이 부시다. 그 속에서 수없는 먼지가 흡사 미생물처럼 난무한다*. 코가 칵 막히는 것 같다. 나는 다시 눈을 감고 이불을 푹 뒤집어쓰고 낮잠을 자기에 착수하였다. 그러나 코를 스치는 아내의 체취는 꽤 도발적*이었다. 나는 몸을 여러 번 여러 번 비비 꼬면서 아내의 화장대에 늘어선 그 가지각색 화장품 병들과 그 병들의 마개를 뽑았을 때 풍기던 냄새를 더듬느라고 좀처럼 잠은 들지 않는 것을 나는 어찌하는 수도 없었다.

견디다 못하여 나는 그만 이불을 걷어차고 벌떡 일어나서 내 방으로 갔다. 내 방에는 다 식어 빠진 내 끼니가 가지런히 놓여 있는 것이다. 아내는 내 모이를 여기다 주고 나간 것이다. 나는 우선 배가 고팠다. 한 숟갈을 입에 떠 넣었을 때 그 촉감은 참 너무도 냉회*와 같이 써늘하였다. 나는 숟갈을 놓고 내 이불 속으로 들어갔다. 하룻밤을 비워 버린 내 이부자리는 여전히 반갑게 나를 맞아 준다. 나는 내 이불을 뒤집어쓰고 이번에는 참 늘어지게 한잠 잤다. 잘…….

내가 잠을 깬 것은 전등이 켜진 뒤다. 그러나 아내는 아직도 돌아오지 않았나 보다. 아니! 들어왔다 또 나갔는지도 알 수 없다. 그러나 그런 것

* 난무하다 엉킨 듯이 어지럽게 춤을 추다
* 도발적 성적 욕구를 자극하는
* 냉회 불기운이 없는 차가워진 재

을 상고*하여 무엇하나?

정신이 한결 난다. 나는 지난밤 일을 생각해 보았다. 그 돈 오 원을 아내 손에 쥐어 주고 넘겨졌을 때에 느낄 수 있었던 쾌감을 나는 무엇이라고 설명할 수가 없었다. 그러니 내객들이 내 아내에게 돈 놓고 가는 심리며 내 아내가 내게 돈 놓고 가는 심리의 비밀을 나는 알아낸 것 같아서 여간 즐거운 것이 아니다. 나는 속으로 빙그레 웃어 보았다. 이런 것을 모르고 오늘까지 지내 온 내 자신이 어떻게 우스꽝스러워 보이는지 몰랐다. 나는 어깨춤이 났다.

따라서 나는 또 오늘 밤에도 외출하고 싶었다. 그러나 돈이 없다. 나는 엊저녁에 그 돈 오 원을 한꺼번에 아내에게 주어 버린 것을 후회하였다. 또 그 벙어리를 변소에 갖다 처넣어 버린 것을 후회하였다. 나는 실없이 실망하면서 습관처럼 그 돈 오 원이 들어 있던 내 바지 포켓에 손을 넣어 한번 휘둘러 보았다. 뜻밖에도 내 손에 쥐어지는 것이 있었다. 이 원밖에 없다. 그러나 많아야 맛은 아니다. 얼마간이고 있으면 된다. 나는 그만한 것이 여간 고마운 것이 아니었다.

나는 기운을 얻었다. 나는 그 단벌* 다 떨어진 코르덴 양복을 걸치고 배고픈 것도 주제 사나운 것도 다 잊어버리고 활갯짓*을 하면서 또 거리로 나섰다. 나서면서 나는 제발 시간이 화살 닫듯 해서 자정이 어서 획 지나 버렸으면 하고 조바심을 태웠다. 아내에게 돈을 주고 아내 방에서 자 보는 것은 어디까지든지 좋았지만 만일 잘못해서 자정 전에 집에 들어갔다가 아내의 눈총을 맞는 것은 여간 무서운 일이 아니었다. 나는 저물도록 길가 시계를 들여다보고 들여다보고 하면서 또 지향 없이 거리를

* 상고 꼼꼼하게 따져서 검토하거나 참고함
* 단벌 오직 한 벌의 옷
* 활갯짓 걸음을 걸을 때에 두 팔을 힘차게 내젓는 짓

방황하였다. 그러나 이날은 좀처럼 피곤하지는 않았다. 다만 시간이 좀 너무 더디게 가는 것만 같아서 안타까웠다.

경성역 시계가 확실히 자정을 지난 것을 본 뒤에 나는 집을 향하였다. 그날은 그 일각 대문에서 아내와 아내의 남자가 이야기하고 섰는 것을 만났다. 나는 모른 체하고 두 사람 곁을 지나서 내 방으로 들어갔다. 뒤이어 아내도 들어왔다. 와서는 이 밤중에 평생 안 하던 쓰레질*을 하는 것이다. 조금 있다가 아내가 눕는 기척을 엿듣자마자 나는 또 장지를 열고 아내 방으로 가서 그 돈 이 원을 아내 손에 덥석 쥐어 주고, 그리고 하여간 그 이 원을 오늘 밤에도 쓰지 않고 도로 가져온 것이 참 이상하다는 듯이 아내는 내 얼굴을 몇 번이고 엿보고—아내는 드디어 아무 말도 없이 나를 자기 방에 재워 주었다. 나는 이 기쁨을 세상의 무엇과도 바꾸고 싶지는 않았다. 나는 편히 잘 잤다.

이튿날도 내가 잠이 깨었을 때는 아내는 보이지 않았다. 나는 또 내 방으로 가서 피곤한 몸이 낮잠을 잤다.

내가 아내에게 흔들려 깨었을 때는 역시 불이 들어온 뒤였다. 아내는 자기 방으로 나를 오라는 것이다. 이런 일은 또 처음이다. 아내는 끊임없이 얼굴에 미소를 띠고 내 팔을 이끄는 것이다. 나는 이런 아내의 태도 이면*에 엔간치* 않은 음모가 숨어 있지나 않은가 하고 적이 불안을 느끼지 않을 수 없었다.

나는 아내가 하자는 대로 아내 방으로 끌려갔다. 아내 방에는 저녁 밥

* 쓰레질 비로 쓸어서 청소하는 일
* 이면 겉으로 나타나거나 눈에 보이지 않는 부분
* 엔간하다 대중으로 보아 정도가 표준에 꽤 가깝다

상이 조촐하게* 차려져 있는 것이다. 생각하여 보면 나는 이틀을 굶었다. 나는 지금 배고픈 것까지도 긴가민가 잊어버리고 어름어름하던 차다.

나는 생각하였다. 이 최후의 만찬을 먹고 나자마자 벼락이 내려도 나는 차라리 후회하지 않을 것을. 사실 나는 인간 세상이 너무나 심심해서 못 견디겠던 차다. 모든 일이 성가시고 귀찮았으나, 그러나 불의의 재난이라는 것은 즐겁다.

나는 마음을 턱 놓고 조용히 아내와 마주앉아 이 해괴한* 저녁밥을 먹었다. 우리 부부는 이야기하는 법이 없었다. 밥을 먹은 뒤에도 나는 말이 없이 그냥 부스스 일어나서 내 방으로 건너가 버렸다. 아내는 나를 붙잡지 않았다.

나는 벽에 기대어 앉아서 담배를 한 대 피워 물고, 그리고 벼락이 떨어질 테거든 어서 떨어져라 하고 기다렸다.

오 분! 십 분!…….

그러나 벼락은 내리지 않았다. 긴장이 차츰 늘어지기 시작한다. 나는 어느덧 오늘 밤에도 외출할 것을 생각하고 돈이 있었으면 하고 생각하고 있었다.

그러나 돈은 확실히 없다. 오늘은 외출하여도 나중에 올 무슨 기쁨이 있나. 나는 앞이 그냥 아뜩하였다*. 나는 화가 나서 이불을 뒤집어쓰고 이리 뒹굴 저리 뒹굴 굴렀다. 금시 먹은 밥이 목으로 자꾸 치밀어 올라온다. 메스꺼웠다.

하늘에서 얼마라도 좋으니 왜 지폐가 소나기처럼 퍼붓지 않나? 그것이 그저 한없이 야속하고 슬펐다.

* 조촐하게 호젓하고 단출하게
* 해괴한 크게 놀랄 정도로 매우 괴이하고 야릇한
* 아뜩하였다 갑자기 어지러워 정신을 잃고 까무러칠 듯하였다

나는 이렇게밖에 돈을 구하는 아무런 방법도 알지는 못했다. 나는 이불 속에서 좀 울었나 보다. 돈이 왜 없느냐면서……

그랬더니 아내가 또 내 방에를 왔다. 나는 깜짝 놀라 아마 이제서야 벼락이 내리려나 보다 하고 숨을 죽이고 두꺼비 모양으로 엎드려 있었다. 그러나 떨어진 입을 새어 나오는 아내의 말소리는 참 부드러웠다. 정다웠다. 아내는 내가 왜 우는지를 안다는 것이다. 돈이 없어서 그러는 게 아니냐다. 나는 실없이 깜짝 놀랐다. 어떻게 저렇게 사람의 속을 환하게 들여다보는고 해서 나는 한편으로 슬그머니 겁도 안 나는 것은 아니었으나 저렇게 말하는 것을 보면 아마 내게 돈을 줄 생각이 있나 보다, 만일 그렇다면 오죽이나 좋은 일일까. 나는 이불 속에 돌돌 말린 채 고개도 들지 않고 아내의 다음 거동을 기다리고 있으니까, 옛소 하고 내 머리맡에 내려뜨리는 것은 그 가뿐한 음향으로 보아 지폐에 틀림없었다. 그리고 내 귀에다 대고, 오늘일랑 어제보다도 좀 더 늦게 들어와도 좋다고 속삭이는 것이다. 그것은 어렵지 않다. 우선 그 돈이 무엇보다도 고맙고 반가웠다.

어쨌든 나섰다. 나는 좀 야맹증*이다. 그래서 될 수 있는 대로 밝은 거리를 골라서 돌아다니기로 했다. 그러고는 경성역 일, 이등 대합실 한곁 티룸*에 들렀다. 그것은 내게는 큰 발견이었다. 거기는 우선 아무도 아는 사람이 안 온다. 설사 왔다가도 곧 가니까 좋다. 나는 날마다 여기 와서 시간을 보내리라 속으로 생각하여 두었다.

제일 여기 시계가 어느 시계보다도 정확하리라는 것이 좋았다. 섣불리

* 야맹증 밤에 사물이 잘 보이지 않는 증상
* 티룸 차를 마시는 곳으로 다방을 말함

서투른 시계를 보고 그것을 믿고 시간 전에 집에 돌아갔다가 큰코 다쳐
서는 안 된다.

　나는 한 부스에 아무것도 없는 것과 마주 앉아서 잘 끓은 커피를 마셨
다. 총총한 가운데 여객*들은 그래도 한 잔 커피가 즐거운가 보다. 얼른
얼른 마시고 무얼 좀 생각하는 것같이 담벼락도 좀 처다보고 하다가 곧
나가 버린다. 서글프다. 그러나 내게는 이 서글픈 분위기가 거리의 티룸
들의 그 거추장스러운 분위기보다는 절실하고 마음에 들었다. 이따금 들
리는 날카로운 혹은 우렁찬 기적 소리가 모차르트보다도 더 가깝다. 나
는 메뉴에 적힌 몇 가지 안 되는 음식 이름을 치읽고* 내리읽고* 여러 번
읽었다. 그것들은 아물아물한 것이 어딘가 내 어렸을 때 동무들 이름과
비슷한 데가 있었다.

　거기서 얼마나 내가 오래 앉았는지 정신이 오락가락한 중에, 객이 슬
며시 뜸해지면서 이 구석 저 구석 걷어치우기 시작하는 것을 보면 아마
닫을 시간이 된 모양이다. 열한 시가 좀 지났구나, 여기도 결코 내 안주
의 곳은 아니구나, 어디 가서 자정을 넘길까, 두루 걱정을 하면서 나는
밖으로 나섰다. 비가 온다. 빗발이 제법 굵은 것이 우비도 우산도 없는
나를 고생을 시킬 작정이다. 그렇다고 이런 괴이한 풍모*를 차리고 이 홀
에서 어물어물하는 수도 없고 에이, 비를 맞으면 맞았지 하고 나는 그냥
나서 버렸다.

　대단히 선선해서 견딜 수가 없다. 코르덴 옷이 젖기 시작하더니 나중
에는 속속들이 스며들면서 추근거린다. 비를 맞아 가면서도 견딜 수 있
는 데까지 거리를 돌아다녀서 시간을 보내려 하였으나 인제는 선선해서

* 여객 나그네, 여행객
* 치읽고 밑에서 위쪽
으로 글을 읽고
* 내리읽고 위에서 아
래로 읽고
* 풍모 풍채와 용모를
아울러 이르는 말

이 이상은 더 견딜 수가 없다. 오한이 자꾸 일어나면서 이가 딱딱 맞부딪는다.

나는 걸음을 잦추면서* 생각하였다. 오늘 같은 궂은 날도 아내에게 내객이 있을라구, 없겠지 하는 생각이 드는 것이다. 집으로 가야겠다. 아내에게 불행히 내객이 있거든 내 사정을 하리라. 사정을 하면 이렇게 비가 오는 것을 눈으로 보고 알아주겠지.

부리나케 와 보니까 그러나 아내에게는 내객이 있었다. 나는 그만 너무 춥고 척척해서 얼떨결에 노크하는 것을 잊었다. 그래서 나는 보면 아내가 좀 덜 좋아할 것을 그만 보았다. 나는 감발* 자국 같은 발자국을 내면서 덤벙덤벙 아내 방을 디디고 그리고 내 방으로 가서 쭉 빠진 옷을 활활 벗어 버리고 이불을 뒤썼다. 덜덜덜덜 떨린다. 오한이 점점 심해 들어 온다. 여전히 땅이 꺼져 들어 가는 것만 같았다. 나는 그만 의식을 잃어버리고 말았다.

이튿날 내가 눈을 떴을 때 아내는 내 머리맡에 앉아서 제법 근심스러운 얼굴이다. 나는 감기가 들었다. 여전히 으스스 춥고 또 골치가 아프고 입에 군침이 도는 것이 씁쓸하면서 다리팔이 척 늘어져서 노곤하다.

아내는 내 머리를 쓱 짚어 보더니 약을 먹어야지 한다. 아내 손이 이마에 선뜩한 것을 보면 신열*이 어지간한 모양인데, 약을 먹는다면 해열제를 먹어야지 하고 속생각을 하자니까 아내는 따뜻한 물에 하얀 정제* 약 네 개를 준다. 이것을 먹고 한잠 푹 자고 나면 괜찮다는 것이다. 나는 널름 받아 먹었다. 씁싸름한 것이 짐작 같아서는 아마 아스피린인가 싶다. 나는 다시 이불을 쓰고 단번에 그냥 죽은 것처럼 잠이 들어 버렸다.

* 잦추면서 동작을 빠르게 하여 재촉하면서
* 감발 발감개. 버선이나 양말 대신 발에 감는 좁고 긴 무명천
* 신열 병으로 인하여 오르는 몸의 열
* 정제 가루나 결정성 약을 뭉쳐서 눌러 둥글넓적한 원판이나 원뿔 모양으로 만든 약제

나는 콧물을 훌쩍훌쩍하면서 여러 날을 앓았다. 앓는 동안에 끊이지 않고 그 정제약을 먹었다. 그러는 동안에 감기도 나았다. 그러나 입맛은 여전히 소태*처럼 썼다.

나는 차츰 또 외출하고 싶은 생각이 났다. 그러나 아내는 나더러 외출하지 말라고 이르는 것이다. 이 약을 날마다 먹고, 그리고 가만히 누워 있으라는 것이다. 공연히 외출을 하다가 이렇게 감기가 들어서 저를 고생을 시키는 게 아니냐다.

그도 그렇다. 그럼 외출을 하지 않겠다고 맹세하고 그 약을 연복*하여 몸을 좀 보해* 보리라고 나는 생각하였다.

나는 날마다 이불을 뒤집어쓰고 밤이나 낮이나 잤다. 유난스럽게 밤이나 낮이나 졸려서 견딜 수가 없는 것이다. 나는 이렇게 잠이 자꾸만 오는 것은 내가 몸이 훨씬 튼튼해진 증거라고 굳게 믿었다.

나는 아마 한 달이나 이렇게 지냈나 보다. 내 머리와 수염이 좀 너무 자라서 후줄해서* 견딜 수가 없어서 내 거울을 좀 보리라고 아내가 외출한 틈을 타서 나는 아내 방으로 가서 아내의 화장대 앞에 앉아 보았다. 상당하다. 수염과 머리가 참 산란하였다*. 오늘은 이발을 좀 하리라고 생각하고 겸사겸사 그 화장품 병들 마개를 뽑고 이것저것 맡아 보았다. 한동안 잊어버렸던 향기 가운데서는 몸이 배배 꼬일 것 같은 체취가 전해 나왔다. 나는 아내의 이름을 속으로만 한 번 불러 보았다. '연심

* 소태 소태나무의 껍질로 맛이 아주 쓴 약재
* 연복 약을 일정한 기간 동안 계속하여 먹음
* 보해 영양분이 많은 음식이나 약을 먹어 몸의 건강을 도와
* 후줄해서 갑갑하고 더워서
* 산란하였다 흩어져 어지러웠다

이······.' 하고.

오래간만에 돋보기 장난도 하였다. 거울 장난도 하였다. 창에 든 볕이 여간 따뜻한 것이 아니었다. 생각하면 오월이 아니냐.

나는 커다랗게 기지개를 한번 켜 보고 아내 베개를 내려 베고 벌떡 자빠져서는 이렇게도 편안하고도 즐거운 세월을 하느님께 흠씬 자랑하여 주고 싶었다. 나는 참 세상의 아무것과도 교섭*을 가지지 않는다. 하느님도 아마 나를 칭찬할 수도 처벌할 수도 없는 것 같다.

그러나 다음 순간, 실로 세상에도 이상스러운 것이 눈에 띄었다. 그것은 최면약 아달린 갑이었다. 나는 그것을 아내의 화장대 밑에서 발견하고 그것이 흡사 아스피린처럼 생겼다고 느꼈다. 나는 그것을 열어 보았다. 똑 네 개가 비었다.

나는 오늘 아침에 네 개의 아스피린을 먹은 것을 기억하고 있었다. 나는 잤다. 어제도 그제도 그끄제도······. 나는 졸려서 견딜 수가 없었다. 나는 감기가 다 나았는데도 아내는 내게 아스피린을 주었다. 내가 잠이 든 동안에 이웃에 불이 난 일이 있다. 그때에도 나는 자느라고 몰랐다. 이렇게 나는 잤다. 나는 아스피린으로 알고 그럼 한 달 동안을 두고 아달린을 먹어 온 것이다. 이것은 좀 너무 심하다.

별안간 아뜩하더니 하마터면 나는 까무러칠 뻔하였다. 나는 그 아달린을 주머니에 넣고 집을 나섰다. 그리고 산을 찾아 올라갔다. 인간 세상에 아무것도 보기가 싫었던 것이다. 걸으면서 나는 아무쪼록 아내에 관계되는 일은 생각하지 않도록 노력하였다. 길에서 까무러치기 쉬우니까다. 나는 어디라도 양지가 바른 자리를 하나 골라 자리를 잡아 가지고 서서히

* 교섭 어떤 일을 이루기 위하여 서로 의논하고 절충함

아내에 관하여서 연구할 작정이었다. 나는 길가의 돌 장판, 구경도 못한 진개나리꽃, 종달새, 돌멩이도 새끼를 까는 이야기, 이런 것만 생각하였다. 다행히 길가에서 나는 졸도*하지 않았다.

거기는 벤치가 있었다. 나는 거기 정좌*하고 그리고 그 아스피린과 아달린에 관하여 연구하였다. 그러나 머리가 도무지 혼란하여 생각이 체계를 이루지 않는다. 단 오 분이 못 가서 나는 그만 귀찮은 생각이 번쩍 들면서 심술이 났다. 나는 주머니에서 가지고 온 아달린을 꺼내 남은 여섯 개를 한꺼번에 질겅질겅 씹어 먹어 버렸다. 맛이 익살맞다. 그리고 나서 나는 그 벤치 위에 가로 기다랗게 누웠다. 무슨 생각으로 내가 그따위 짓을 했나? 알 수가 없다. 그저 그러고 싶었다. 나는 게서 그냥 깊이 잠이 들었다. 잠결에도 바위틈을 흐르는 물소리가 졸졸 하고 귀에 언제까지나 어렴풋이 들려왔다.

내가 잠을 깨었을 때는 날이 환히 밝은 뒤다. 나는 거기서 일주야*를 잔 것이다. 풍경이 그냥 노오랗게 보인다. 그 속에서도 나는 번개처럼 아스피린과 아달린이 생각났다.

아스피린, 아달린, 아스피린, 아달린, 마르크스*, 맬서스*, 마도로스*, 아스피린, 아달린……

아내는 한 달 동안 아달린을 아스피린이라고 속이고 내게 먹였다. 그것은 아내 방에서 아달린 갑이 발견된 것으로 미루어 증거가 너무나 확실하다.

무슨 목적으로 아내는 나를 밤이나 낮이나 재워야만 됐나?

나를 밤이나 낮이나 재워 놓고 그리고 아내는 내가 자는 동안에 무슨

* 졸도 갑자기 정신을 잃고 쓰러짐
* 정좌 몸을 바르게 하고 앉음
* 일주야 만 하루로 24시간을 뜻함
* 마르크스 독일의 경제학자·정치학자·철학자(1818~1883)
* 맬서스 영국의 고전파 경제학자(1766~1834)
* 마도로스 외항선의 선원을 이르는 말

짓을 했나?

나를 조금씩 조금씩 죽이려던 것일까?

그러나 또 생각하여 보면 내가 한 달을 두고 먹어 온 것은 아스피린이 었는지도 모른다. 아내는 무슨 근심이 되는 일이 있어서 밤이면 잠이 잘 오지 않아서 정작 아내가 아달린을 사용한 것이나 아닌지? 그렇다면 나 는 참 미안하다. 나는 아내에게 이렇게 큰 의혹을 가졌다는 것이 참 안됐 다.

나는 그래서 부리나케 거기서 내려왔다. 아랫도리가 화끈화끈 내어 저이면 서 어찔어찔한 것을 나는 겨우 집을 향하여 걸었다. 여덟 시 가까이였다.

나는 내 잘못된 생각을 죄다 일러바치고 아내에게 사죄하려는 것이다. 나는 너무 급해서 그만 또 말을 잊어버렸다.

그랬더니 이건 참 너무 큰일 났다. 나는 내 눈으로는 절대로 보아서는 안 될 것을 그만 딱 보아 버리고 만 것이다.

나는 얼떨결에 그만 냉큼 미닫이를 닫고 그리고 현기증이 나는 것을 진정시키느라고 잠깐 고개를 숙이고 눈을 감고 기둥을 짚고 섰자니까, 일 초 여유도 없이 홱 미닫이가 다시 열리더니 매무새*를 풀어헤친 아내 가 불쑥 내밀면서 내 멱살을 잡는 것이다. 나는 그만 어지러워서 게서 그 냥 나동그라졌다. 그랬더니 아내는 넘어진 내 위에 덮치면서 내 살을 함 부로 물어뜯는 것이다. 아파 죽겠다. 나는 사실 반항할 의사도 힘도 없어 서 그냥 넙적 엎디어 있으면서 어떻게 되나 보고 있자니까, 뒤이어 남자 가 나오는 것 같더니 아내를 한아름에 덥석 안아 가지고 방으로 들어가 는 것이다. 아내는 아무 말 없이 다소곳이* 그렇게 안겨 들어가는 것이

* 매무새 옷, 머리 따위 를 수습하여 입거나 손 질한 모양새
* 다소곳이 온순한 마 음으로 따르는 태도가 있게

내 눈에 여간 미운 것이 아니다. 밉다.

아내는 너 밤새워 가면서 도적질하러 다니느냐, 계집질하러 다니느냐고 발악*이다. 이것은 참 너무 억울하다. 나는 어안이 벙벙하여 도무지 입이 떨어지지를 않았다. 너는 그야말로 나를 살해하려던 것이 아니냐고 소리를 한번 꽥 질러 보고도 싶었으나, 그런 긴가민가한 소리를 섣불리 입 밖에 내었다가는 무슨 화를 볼는지 알 수 없다. 차라리 억울하지만 잠자코 있는 것이 우선 상책*인 듯싶이 생각이 들기에, 나는 이것은 또 무슨 생각으로 그랬는지 모르지만 툭툭 털고 일어나서 내 바지 포켓 속에 남은 돈 몇 원 몇십 전을 가만히 꺼내서는 몰래 미닫이를 열고 살며시 문지방 밑에다 놓고 나서는, 그냥 줄달음박질을 쳐서 나와 버렸다.

여러 번 자동차에 치일 뻔하면서 나는 그대로 경성역을 찾아갔다. 빈 자리와 마주 앉아서 이 쓰디쓴 입맛을 거두기 위하여 무엇으로나 입가심을 하고 싶었다.

커피! 좋다. 그러나 경성역 홀에 한 걸음 들여놓았을 때 나는 내 주머니에는 돈이 한 푼도 없는 것을 그것을 깜박 잊었던 것을 깨달았다. 또 아뜩하였다. 나는 어디선가 그저 맥없이 머뭇머뭇하면서 어쩔 줄을 모를 뿐이었다. 얼빠진 사람처럼 그저 이리 갔다 저리 갔다 하면서……

나는 어디로 어디로 들입다 쏘다녔는지 하나도 모른다. 다만 몇 시간 후에 내가 미쓰꼬시* 옥상에 있는 것을 깨달았을 때는 거의 대낮이었다.

나는 거기 아무 데나 주저앉아서 내 자라 온 스물여섯 해를 회고하여 보았다. 몽롱한 기억 속에서는 이렇다는 아무 제목도 불거져 나오지 않았다. 나는 또 나 자신에게 물어보았다. 너는 인생에 무슨 욕심이 있느냐

* 발악 온갖 짓을 다 하며 마구 악을 씀
* 상책 가장 좋은 대책이나 방책
* 미쓰꼬시 백화점 이름

고. 그러나 있다고도 없다고도, 그런 대답은 하기가 싫었다. 나는 거의 나 자신의 존재를 인식하기조차도 어려웠다.

허리를 굽혀서 나는 그저 금붕어나 들여다보고 있었다. 금붕어는 참 잘들도 생겼다. 작은놈은 작은놈대로 큰 놈은 큰 놈대로 다 싱싱하니 보기 좋았다. 내리비치는 오월 햇살에 금붕어들은 그릇 바탕에 그림자를 내려뜨렸다. 지느러미는 하늘하늘 손수건을 흔드는 흉내를 낸다. 나는 이 지느러미 수효를 헤어 보기도 하면서 굽힌 허리를 좀처럼 펴지 않았다. 등허리가 따뜻하다.

나는 또 오탁*의 거리를 내려다보았다. 거기서는 피곤한 생활이 똑 금붕어 지느러미처럼 흐늑흐늑 허비적거렸다. 눈에 보이지 않는 끈적끈적한 줄에 엉켜서 헤어나지들을 못한다. 나는 피로와 공복* 때문에 무너져 들어가는 몸뚱이를 끌고 그 오탁의 거리 속으로 섞여 가지 않는 수도 없다 생각하였다.

나서서 나는 또 문득 생각하여 보았다. 이 발길이 지금 어디로 향하여 가는 것인가를……

그때 내 눈앞에는 아내의 모가지가 벼락처럼 내려 떨어졌다. 아스피린 과 아달린.

우리들은 서로 오해하고 있느니라. 설마 아내가 아스피린 대신에 아달 린 정량*을 나에게 먹여 왔을까? 나는 그것을 믿을 수는 없다. 아내가 대체 그럴 까닭이 없을 것이다. 그러면 나는 날밤을 새면서 도적질을 계 집질을 하였나? 정말이지 아니다.

우리 부부는 숙명적으로 발이 맞지 않는 절름발이인 것이다. 내가 아

* 오탁 더럽고 흐림
* 공복 배 속이 비어 있는 상태
* 정량 일정하게 정하여진 분량

내나 제 거동에 로직*을 붙일 필요는 없다. 변해*할 필요도 없다. 사실은 사실대로 오해는 오해대로 그저 끝없이 발을 절뚝거리면서 세상을 걸어 가면 되는 것이다. 그렇지 않을까?

그러나 나는 이 발길이 아내에게로 돌아가야 옳은가, 이것만은 분간하기가 좀 어려웠다. 가야 하나? 그럼 어디로 가나?

이때 뚜우 하고 정오 사이렌이 울렸다. 사람들은 모두 네 활개를 펴고 닭처럼 푸드덕거리는 것 같고 온갖 유리와 강철과 대리석과 지폐와 잉크가 부글부글 끓고 수선을 떨고 하는 것 같은 찰나! 그야말로 현란을 극한* 정오다.

나는 불현듯이 겨드랑이가 가렵다. 아하, 그것은 내 인공의 날개가 돋았던 자국이다. 오늘은 없는 이 날개, 머릿속에서는 희망과 야심이 말소된* 페이지가 딕셔너리* 넘어가듯 번뜩였다.

나는 걷던 걸음을 멈추고, 그리고 일어나 한번 이렇게 외쳐 보고 싶었다.

날개야 다시 돋아라.

날자. 날자. 날자. 한 번만 더 날자꾸나.

한 번만 더 날아 보자꾸나.

* 로직 논리(logic)
* 변해 말로 풀어 자세히 밝힘
* 극한 더할 수 없는 정도에 이름
* 말소된 기록되어 있는 사실 따위가 지워져 아주 없어진
* 딕셔너리 사전 (dictionary)

이효석
1907~1942

강원도 평창에서 태어났으며 호는 가산(可山)입니다. 1925년 ≪매일신보≫ 신춘문예에서 시 〈봄〉이 가작으로 뽑혔고 〈도시와 유령〉(1928)부터 정식으로 창작 활동을 시작했습니다. 그의 초기 작품은 경향문학(예술성보다는 정치적, 사상적 목적을 가진 문학)의 성격이 짙게 나타나는데, 생활이 비교적 안정된 1932년경에 이르러 비로소 그의 진면목이라고 할 수 있는 순수문학을 추구하기 시작합니다. 이 시기에 발표한 대표작으로는 〈노령근해〉, 〈상륙〉, 〈북극사신〉, 〈오리온과 능금〉, 〈돈〉, 〈수탉〉 등이 있습니다.

이
효
석

메밀꽃 필 무렵

메밀꽃 필 무렵

중·고등학교 국어 교과서

작품 소개

〈메밀꽃 필 무렵〉은 1936년 10월 ≪조광≫지에 발표된 단편 소설로, 이효석의 문학 세계가 잘 드러난 대표적 작품입니다. 주인공 허 생원이 같은 장돌뱅이인 조선달, 동이와 함께 대화장으로 가는 달밤의 여정을 그리고 있습니다. 부자가 함께 과거를 회상하고 기쁨의 미래를 예견한 희극의 구조 방식을 보입니다.

줄거리

봉평장 파장 무렵에 허 생원은 조 선달에게 이끌려 충주댁을 찾는다. 거기서 나이 어린 장돌뱅이 동이를 만난다. 허 생원은 대낮부터 충주댁과 수작을 벌이려는 동이가 미워 따귀를 올린다. 자신의 나귀가 발광하는 것을 알려 주러 온 동이를 기특히 여겨 다음 장터까지 동행하게 된다. 길가에는 달빛에 메밀꽃이 흐드러지게 피어 있다. 분위기에 젖어 허 생원은 조 선달에게 몇 번이나 들려줬던 이야기를 다시 꺼낸다. '메밀꽃이 핀 어느 여름밤, 목욕을 하려고 나온 허 생원은 옷을 벗으러 물방앗간에 갔다가 울고 있는 성 서방네 처녀를 만나 정을 통했으나, 그다음 날 처녀는 가족과 함께 줄행랑을 놓아 버렸다.'라는 이야기를 마친 뒤 허 생원은 동이가 홀어머니만 모시고 살고 있으며 동이 어머니의 고향이 봉평이라는 사실을 알고, 동이가 자신의 아들일지 모른다는 생각을 한다. 발을 헛디딘 그는 나귀 등에서 떨어져 개울에 빠졌고, 동이가 그를 업어 준다. 동이와 그의 어머니가 있는 제천으로 갈 것을 결심한 허 생원은 어둠 속에서 동이가 자기처럼 왼손잡이임을 눈여겨본다.

여름 장이란 애시당초에 글러서, 해는 아직 중천에 있건만, 장판*은 벌써 쓸쓸하고 더운 햇발*이 벌여 놓은 전*휘장 밑으로 등줄기를 훅훅 볶는다. 마을 사람들은 거의 돌아간 뒤요, 팔리지 못한 나무꾼 패가 길거리에 궁싯거리고*들 있으나 석유병이나 받고 고깃마리나 사면 족할 이축*들을 바라고 언제까지든지 버티고 있을 법은 없다. 츱츱스럽게* 날아드는 파리 떼도 장난꾼 각다귀*들도 귀찮다. 얼금뱅이*요 왼손잡이인 드팀전*의 허 생원은 기어코 동업의 조 선달을 낚아 보았다.

　"그만 거둘까?"

　"잘 생각했네. 봉평장에서 한 번이나 흐뭇하게 사 본 일 있었을까. 내일 대화장에서나 한몫 벌어야겠네."

　"오늘 밤은 밤을 새서 걸어야 될걸."

　"달이 뜨렸다."

　절렁절렁 소리를 내며 조 선달이 그날 번 돈을 따지는 것을 보고, 허

* 장판 장이 선곳
* 햇발 사방으로 뻗친 햇살
* 전 물건을 벌여 놓고 파는 가게
* 궁싯거리고 어찌할 바를 몰라 이리저리 머뭇거리고
* 축 일정한 특성에 따라 나누어지는 부류
* 츱츱스럽게 더럽고 염치없게
* 각다귀 모양은 모기와 비슷하나 크기는 더 큰 곤충으로 여기서는 성가시도록 장난이 심한 아이들을 말함
* 얼금뱅이 얼굴이 얽은 사람을 낮잡아 이르는 말로 곰보라고도 함
* 드팀전 예전에 온갖 옷감을 팔던 가게

생원은 말뚝에서 넓은 휘장을 걷고 벌여 놓았던 물건을 거두기 시작하였다. 무명필과 주단* 바리가 고리짝에 꼭 찼다. 멍석 위에는 천 조각이 어수선하게 남았다. 다른 축들도 벌써 거의 전들을 걷고 있었다. 약삭빠르게 떠나는 패도 있었다. 어물장수도 땜장이도 엿장수도 생강장수도 꼴들이 보이지 않았다. 내일은 진부와 대화에 장이 선다. 축들은 그 어느 쪽으로든지 밤을 새며 육칠십 리 밤길을 타박거리지 않으면 안 된다. 장판은 잔치 뒤 마당같이 어수선하게 벌어지고 술집에서는 싸움이 터져 있었다. 주정꾼 욕지거리에 섞여 계집의 앙칼진 목소리가 찢어졌다. 장날 저녁은 정해 놓고 계집의 고함 소리로 시작되는 것이다.

"생원, 시침을 떼두 다 아네 ……. 충줏집 말야."

계집 목소리로 문득 생각난 듯이 조 선달은 비죽이 웃는다.

"화중지병*이지. 연소패*들을 적수로 하구야 대거리*가 돼야 말이지."

"그렇지두 않을걸. 축들이 사족을 못 쓰는 것두 사실은 사실이나 아무리 그렇다구 해두 왜 그 동이 말일세. 감쪽같이 충줏집을 후린* 눈치거든."

"무어 그 애송이가? 물건 가지고 낚았나 부지. 착실한 녀석인 줄 알았더니."

"그 길만은 알 수 있나……. 궁리 말구 가 보세나그려. 내 한턱* 씀세."

그다지 마음이 당기지 않는 것을 쫓아갔다. 허 생원은 계집과는 연분*이 멀었다. 얼금뱅이 상판을 쳐들고 대어 설 숫기*도 없었으나 계집 편에서 정을 보낸 적도 없었고, 쓸쓸하고 뒤틀린 반생*이었다. 충줏집을 생각만 하여도 철없이 얼굴이 붉어지고 발밑이 떨리고 그 자리에 소스라쳐

* 주단 명주와 비단 따위를 통틀어 이르는 말
* 화중지병 그림의 떡
* 연소패 나이가 어린 패
* 대거리 맞서서 대듦
* 후린 매력으로 남을 유혹하여 정신을 매우 흐리게 한
* 한턱 한바탕 남에게 음식을 대접하는 일
* 연분 서로 관계를 맺게 되는 인연
* 숫기 활발하여 부끄러워하지 않는 기운
* 반생 한평생의 반

버린다. 충줏집 문에 들어서서 술좌석에서 짜장 동이를 만났을 때에는 어찌된 서슬엔지 발끈 화가 나 버렸다. 상 위에 붉은 얼굴을 쳐들고 제법 계집과 농탕치는* 것을 보고서야 견딜 수 없었던 것이다. 녀석이 제법 난질꾼*인데 꼴사납다.

"머리에 피도 안 마른 녀석이 낮부터 술 처먹고 계집과 농탕이야. 장돌뱅이* 망신만 시키고 돌아다니누나. 그 꼴이 우리들과 한몫 보자는 셈이지."

동이 앞에 막아서면서부터 책망*이었다. 걱정두 팔자요 하는 듯이 빤히 쳐다보는 상기된 눈망울에 부딪칠 때, 결김에 따귀를 하나 갈겨 주지 않고는 배길 수 없었다. 동이도 화를 쓰고 팩하게 일어서기는 하였으나 허 생원은 조금도 동색하는* 법 없이 마음먹은 대로는 다 지껄였다.

"어디서 주워 먹은 선머슴*인지는 모르겠으나 네게도 아비 어민 있겠지. 그 사나운 꼴 보면 맘 좋겠다. 장사란 탐탁하게* 해야 되지. 계집이 다 무어야, 나가거라. 냉큼 꼴 치워."

그러나 한마디도 대거리*하지 않고 하염없이 나가는 꼴을 보려니, 도리어 측은히 여겨졌다. 아직도 서름서름한* 사인데 너무 과하지 않았을까 하고 마음이 섬뜩해졌다.

"주제도 넘지. 같은 술손님이면서도 아무리 젊다고 자식 낳게 되는 것을 붙들고 치고 닦아 셀 것은 무어야 원."

충줏집은 입술은 쭝긋하고 술 붓는 솜씨도 거칠었으나, 젊은 애들한테는 그것이 약이 된다나 하고 그 자리는 조 선달이 얼버무려 넘겼다.

"너 녀석한테 반했지? 애송이를 빨면 죄 된다."

* 농탕치는 남녀가 함께 음탕한 소리와 난잡한 행동으로 놀아나는
* 난질꾼 술과 여자에 빠져 방탕하게 놀기를 잘하는 사람
* 장돌뱅이 '여러 장으로 돌아다니면서 물건을 파는 장수'를 뜻하는 '장돌림'을 낮잡아 이르는 말
* 책망 잘못을 꾸짖거나 나무라며 못마땅하게 여김
* 동색하는 얼굴색이 변하는
* 선머슴 차분하지 못하고 매우 거칠게 덜렁거리는 사내아이
* 탐탁하게 모양이나 태도, 또는 어떤 일 따위가 마음에 들어 만족하게
* 대거리 상대편에게 맞서서 대듦
* 서름서름한 사이가 자연스럽지 못하고 매우 서먹서먹한

한참 법석을 친 후이다. 담도 생긴데다가 웬일인지 흠뻑 취해 보고 싶은 생각도 있어서 허 생원은 주는 술잔이면 거의 다 들이켰다. 거나해짐을 따라 계집의 생각보다도 동이의 뒷일이 한결같이 궁금해졌다. 내 꼴에 계집을 가로채서는 어떡할 작정이었누 하고 어리석은 꼬락서니를 모질게 책망하는 마음도 한편에 있었다. 그렇기 때문에 얼마나 지난 뒤인지 동이가 헐레벌떡거리며 황급히 부르러 왔을 때에는, 마시던 잔을 그 자리에 던지고 정신없이 허덕이며 충줏집을 뛰어나간 것이었다.

"생원, 당나귀가 바*를 끊고 야단이에요."

"각다귀들 장난이지 필연코."

짐승도 짐승이려니와 동이의 마음씨가 가슴을 울렸다. 뒤를 따라 장판을 달음질하려니 거슴츠레한 눈이 뜨거워질 것 같다.

"부락스런* 녀석들이라 어쩌는 수 있어야죠."

"나귀를 몹시 구는 녀석들을 그냥 두지 않을걸."

반평생을 같이 지내 온 짐승이었다. 같은 주막에서 잠자고, 달빛에 젖으면서 장에서 장으로 걸어 다니는 동안에 이십 년의 세월이 사람과 짐승을 함께 늙게 하였다. 가스러진* 목뒤털은 주인의 머리털과도 같이 바스러지고, 개진개진 젖은 눈은 주인의 눈과 같이 눈곱을 흘렸다. 몽당비*처럼 짧게 쓸리운 꼬리는 파리를 쫓으려고 기껏 휘저어 보아야 벌써 다리까지는 닿지 않았다. 닳아 없어진 굽*을 몇 번이나 도려내고 새 철을 신겼는지 모른다. 굽은 벌써 더 자라나기는 틀렸고 닳아 버린 철사 이로는 피가 빼짓이 흘렀다. 냄새만 맡고도 주인을 분간하였다. 호소하는 목소리로 야단스럽게 울며 반겨한다.

* 바 삼이나 칡 따위로 세 가닥을 꼬아 굵다랗게 드린 줄
* 부락스런 말을 듣지 않고 영악스럽다
* 가스러진 잔털 따위 가 좀 거칠게 일어난
* 몽당비 끝이 거의 다 닳아서 없어진 비
* 굽 짐승의 발끝에 있는 두껍고 단단한 발톱

어린아이를 달래듯이 목덜미를 어루만져 주니 나귀는 코를 벌름거리고 입을 투르르거렸다. 콧물이 튀었다. 아이들의 장난이 심한 눈치여서 땀 밴 몸뚱어리가 부들부들 떨리고 좀체 흥분이 식지 않은 모양이었다. 굴레*가 벗어지고 안장*도 떨어졌다. 요 몹쓸 자식들, 하고 허 생원은 호령을 하였으나 패들은 벌써 줄행랑을 논* 뒤요, 몇 남지 않은 아이들이 호령에 비슬비슬 멀어졌다.

"우리들 장난이 아니우. 암놈을 보고 저 혼자 발광*이지."

코흘리개* 한 녀석이 멀리서 소리를 쳤다.

"고 녀석 말투가……."

"김 첨지 당나귀가 가 버리니까 온통 흙을 차고 거품을 흘리면서 미친 소같이 날뛰는걸. 꼴이 우스워 우리는 보고만 있었다우. 배를 좀 보지."

아이는 앙돌아진* 투로 소리를 치며 깔깔 웃었다. 허 생원은 모르는 결에 낯이 뜨거워졌다. 뭇시선을 막으려고 그는 짐승의 배 앞을 가리어 서지 않으면 안 되었다.

"늙은 주제에 암샘*을 내는 셈이야. 저놈의 짐승이."

아이들의 웃음소리에 허 생원은 주춤하면서 기어이 견딜 수 없어 채찍을 들더니 아이를 쫓았다.

"쫓으려거든 쫓아 보지. 왼손잡이가 사람을 때려."

줄달음에 달아나는 각다귀에는 당할 재주가 없었다. 왼손잡이는 아이 하나도 후릴 수 없다. 그만 채찍을 던졌다. 술기도 돌아 몸이 유난스럽게 화끈거렸다.

"그만 떠나세. 녀석들과 어울리다가는 한이 없어. 장판의 각다귀들이

* 굴레 말이나 소 따위를 부리기 위하여 머리와 목에서 고삐에 걸쳐 얽어매는 줄
* 안장 말, 나귀 따위의 등에 얹어서 사람이 타기에 편리하도록 만든 도구
* 줄행랑을 놓다 낌새를 채고 피하여 달아나다
* 발광 미친병의 증세가 밖으로 드러나 비정상적이고 격하게 행동함
* 코흘리개 철없는 어린아이를 비유적으로 이르는 말
* 앙돌아진 노여워서 토라진
* 암샘 암컷이 일정한 시기에 교미욕을 일으키는 일을 뜻하는 순우리말

란 어른보다도 더 무서운 것들인걸."

　조 선달과 동이는 각각 제 나귀에 안장을 얹고 짐을 싣기 시작하였다. 해가 꽤 많이 기울어진 모양이었다. 드팀전 장돌림을 시작한 지 이십 년이나 되어도 허 생원은 봉평장을 빼논 적은 드물었다. 충주, 제천 등의 이웃 군에도 가고, 멀리 영남 지방도 헤매기는 하였으나 강릉쯤에 물건 하러 가는 외에는 처음부터 끝까지 군내*를 돌아다녔다. 닷새만큼씩의 장날에는 달보다도 확실하게 면에서 면으로 건너간다. 고향이 청주라고 자랑삼아 말하였으나 고향에 돌보러 간 일도 있는 것 같지는 않았다. 장에서 장으로 가는 길의 아름다운 강산이 그대로 그에게는 그리운 고향이었다. 반날 동안이나 뚜벅뚜벅 걷고 장터 있는 마을에 거의 가까웠을 때, 거친 나귀가 한바탕 우렁차게 울면 더구나 그것이 저녁녘이어서 등불들이 어둠 속에서 깜박거릴 무렵이면, 늘 당하는 것이건만, 허 생원은 변치

＊군내 고을의 안

않고 언제든지 가슴이 뛰놀았다.

젊은 시절에는 알뜰하게 벌어 돈푼이나 모아 본 적도 있기는 있었으나 읍내에 백중*이 열린 해 호탕스럽게 놀고 투전을 하고 하여 사흘 동안에 다 털려 버렸다. 나귀까지 팔게 된 판이었으나 애끓는 정분*에 그것만은 이를 물고 단념하였다. 결국 도로아미타불로 장돌림을 다시 시작할 수밖에는 없었다. 짐승을 데리고 읍내를 도망해 나왔을 때에는 너를 팔지 않기 다행이었다고 길가에서 울면서 짐승의 등을 어루만졌던 것이었다. 빚을 지기 시작하니 재산을 모을 염은 당초에 틀리고, 간신히 입에 풀칠을 하러 장에서 장으로 돌아다니게 되었다.

호탕스럽게 놀았다고는 하여도 계집 하나 후려 보지는 못하였다. 계집이란 쌀쌀하고 매정한 것이었다. 평생 인연이 없는 것이라고 신세가 서글퍼졌다. 일신에 가까운 것이라고는 언제나 변함없는 한 필의 당나귀였다.

그렇다고는 하여도 꼭 한 번의 첫 일을 잊을 수는 없었다. 뒤에도 처음에도 없는 단 한 번의 괴이한 인연! 봉평에 다니기 시작한 젊은 시절의 일이었으나 그것을 생각할 적만은 그도 산 보람을 느꼈다.

"달밤이었으나 어떻게 해서 그렇게 됐는지 지금 생각해두 도무지 알수 없어."

허 생원은 오늘 밤도 또 그 이야기를 끄집어내려는 것이다. 조 선달은 친구가 된 이래 귀에 못이 박히도록 들어 왔다. 그렇다고 싫증을 낼 수도 없었으나 허 생원은 시치미를 떼고 되풀이할 대로는 되풀이하고야 말았다.

"달밤에는 그런 이야기가 격에 맞거든."

* 백중 음력 칠월 보름. 승려들이 재를 설하여 부처를 공양하는 날로, 근래 민간에서는 여러 과실과 음식을 마련하여 먹고 놂

* 정분 사귀어서 든 정

조 선달 편을 바라는 보았으나 물론 미안해서가 아니라 달빛에 감동하여서였다. 이지러는졌으나 보름을 갓 지난 달은 부드러운 빛을 흐뭇이 흘리고 있다. 대화까지는 팔십 리의 밤길, 고개를 둘이나 넘고 개울을 하나 건너고 벌판과 산길을 걸어야 된다. 길은 지금 긴 산허리*에 걸려 있다. 밤중을 지난 무렵인지 죽은 듯이 고요한 속에서 짐승 같은 달의 숨소리가 손에 잡힐 듯이 들리며, 콩 포기와 옥수수 잎새가 한층 달에 푸르게 젖었다. 산허리는 온통 메밀밭이어서 피기 시작한 꽃이 소금을 뿌린 듯이 흐뭇한 달빛에 숨이 막힐 지경이다. 붉은 대궁*이 향기같이 애잔하고 나귀들의 걸음도 시원하다. 길이 좁은 까닭에 세 사람은 나귀를 타고 외줄로 늘어섰다. 방울 소리가 시원스럽게 딸랑딸랑 메밀밭께로 흘러간다. 앞장선 허 생원의 이야기 소리는 꽁무니에 선 동이에게는 확실히는 안 들렸으나, 그는 그대로 개운한 제 멋에 적적하지는 않았다.

"장이 선 꼭 이런 날 밤이었네. 객줏집* 토방*이란 무더워서 잠이 들어야지. 밤중은 돼서 혼자 일어나 개울가에 목욕하러 나갔지. 봉평은 지금이나 그제나 마찬가지나 보이는 곳마다 메밀밭이어서 개울가나 어디 없이 하얀 꽃이야. 돌밭에 벗어도 좋을 것을, 달이 너무도 밝은 까닭에 옷을 벗으러 물방앗간으로 들어가지 않았나. 이상한 일도 많지. 거기서 난데없는 성 서방네 처녀와 마주쳤단 말이네. 봉평에서야 제일가는 일색이었지…… 팔자에 있었나 부지."

아무렴 하고 응답하면서 말머리를 아끼는 듯이 한참이나 담배를 빨 뿐이었다. 구수한 자줏빛 연기가 밤기운 속에 흘러서는 녹았다.

"날 기다린 것은 아니었으나 그렇다고 달리 기다리는 놈팽이*가 있는

* 산허리 산 둘레의 중턱
* 대궁 '대'와 같은 말로 '초본 식물의 줄기'를 뜻함
* 객줏집 길 가는 나그네들에게 술이나 음식을 팔고 손님을 재우는 영업을 하던 집
* 토방 방에 들어가는 문 앞에 좀 높이 편평하게 다진 흙바닥
* 놈팽이 '사내를 낮잡아 이르는 말'을 뜻하는 '놈팡이'의 잘못된 표현

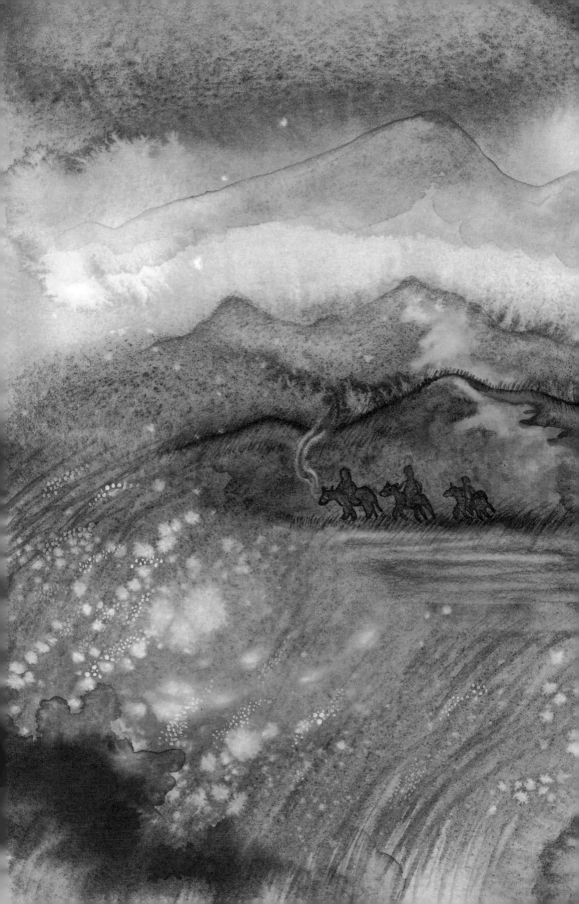

것두 아니었네. 처녀는 울고 있단 말야. 짐작은 대고 있으나 성 서방네는 한참 어려워서 들고날 판인 때였지. 한집안 일이니 딸에겐들 걱정이 없을 리 있겠나? 좋은 데만 있으면 시집도 보내련만 시집은 죽어도 싫다지……. 그러나 처녀란 울 때같이 정을 끄는 때가 있을까. 처음에는 놀라기도 한 눈치였으나 걱정 있을 때는 누그러지기도 쉬운 듯해서 이럭저럭 이야기가 되었네……. 생각하면 무섭고도 기막힌 밤이었어."

"제천인지로 줄행랑을 놓은 건 그다음 날이렀다."

"다음 장도막*에는 벌써 온 집안이 사라진 뒤였네. 장판은 소문에 발끈 뒤집혀 고작해야 술집에 팔려 가기가 상수*라고 처녀의 뒷공론*이 자자들 하단 말이야. 제천 장판을 몇 번이나 뒤졌겠나. 하나 처녀의 꼴은 꿩 궈 먹은 자리야. 첫날밤이 마지막 밤이었지. 그때부터 봉평이 마음에 든 것이 반평생인들 잊을 수 있겠나."

"수 좋았지. 그렇게 신통한 일이란 쉽지 않아. 항용* 못난 것 얻어 새끼 낳고 걱정 늘고, 생각만 해두 진저리 나지……. 그러나 늘그막바지까지 장돌뱅이로 지내기도 힘드는 노릇이 아닌가. 난 가을까지만 하구 이 생애와두 하직* 하려네. 대화쯤에 조그만 전방*이나 하나 벌이구 식구들을 부르겠어. 사시* 장천* 뚜벅뚜벅 걷기란 여간이래야지."

"옛 처녀나 만나면 같이나 살까……. 난 거꾸러질 때까지 이 길 걷고 저 달 볼 테야."

산길을 벗어나니 큰길로 틔워졌다. 꽁무니의 동이도 앞으로 나서 나귀들은 가로 늘어섰다.

"총각두 젊겠다, 지금이 한창 시절이렀다. 충줏집에서는 그만 실수를

* 장도막 한 장날부터 다음 장날 사이의 동안을 세는 단위
* 상수 자연으로 정하여진 운명
* 뒷공론 겉으로 떳떳이 나서지 않고 뒤에서 이러쿵저러쿵 시비조로 말하는 일
* 항용 흔히늘
* 하직 무슨 일을 그만둠을 이르는 말
* 전방 물건을 늘어놓고 파는 가게
* 사시 '봄·여름·가을·겨울의 네 철'을 뜻하는 '사철'과 같은 말
* 장천 끝없이 잇닿아 멀고도 넓은 하늘

해서 그 꼴이 되었으나 섧게 생각 말게."

"처, 천만에요. 되려 부끄러워요. 계집이란 지금 웬 제격인가요. 자나 깨나 어머니 생각뿐인데요."

허 생원의 이야기로 실심※해 한 끝이라 동이의 어조는 한풀 수그러진 것이었다.

"아비 어미란 말에 가슴이 터지는 것도 같았으나 제겐 아버지가 없어요. 피붙이라고는 어머니 하나뿐인 걸요."

"돌아가셨나?"

"당초부터 없어요."

"그런 법이 세상에……."

생원과 선달이 요란스럽게 껄껄들 웃으니, 동이는 정색※하고 우길 수밖에는 없었다.

"부끄러워서 말하지 않으려 했으나 정말이에요. 제천 촌에서 달도 차지 않은 아이를 낳고 어머니는 집을 쫓겨났죠. 우스운 이야기나, 그렇기 때문에 지금까지 아버지 얼굴을 본 적이 없고, 있는 고장도 모르고 지내 와요."

고개가 앞에 놓인 까닭에 세 사람은 나귀를 내렸다. 둔덕※은 험하고 입을 벌리기도 대근하여※ 이야기는 한동안 끊겼다. 나귀는 건듯하면 미끄러졌다. 허 생원은 숨이 차 몇 번이고 다리를 쉬지 않으면 안 되었다. 고개를 넘을 때마다 나이가 알렸다. 동이 같은 젊은 축이 그지없이 부러웠다. 땀이 등을 한바탕 쪽 씻어 내렸다.

고개 너머는 바로 개울이었다. 장마에 흘러 버린 널다리※가 아직도 걸리지 않은 채로 있는 까닭에 벗고 건너야 되었다. 고의*를 벗어 따로 등에 얽어 매고 반벌거숭이의 우스꽝스런 꼴로 물속에 뛰어들었다. 금방 땀을 흘린 뒤였으나 밤 물은 뼈를 찔렀다.

"그래 대체 기르긴 누가 기르구?"

"어머니는 하는 수 없이 의부를 얻어 가서 술장사를 시작했죠. 술이 고주*래서 의부라고 전 망나니예요. 철들어서부터 맞기 시작한 것이 하룬들 편한 날이 있었을까. 어머니는 말리다가 채이고 맞고 칼부림을 당하고 하니 집 꼴이 무어겠소. 열여덟 살 때 집을 뛰쳐나와서부터 이 짓이죠."

"총각 낫세론* 동이 무던하다고 생각했더니 듣고 보니 딱한 신세로군."

물은 깊어 허리까지 찼다. 속 물살도 어지간히 센데다가 발에 채이는 돌멩이도 미끄러워 금시에 훌칠* 듯하였다. 나귀와 조 선달은 재빨리 거의 건넜으나 동이는 허 생원을 붙드느라고 두 사람은 훨씬 떨어졌다.

"모친의 친정은 원래부터 제천이었던가?"

"웬걸요. 시원스리 말은 안 해 주나 봉평이라는 것만은 들었죠."

"봉평? 그래, 그 아비 성은 무엇이구?"

"알 수 있나요. 도무지 듣지를 못했으니까."

"그, 그렇겠지."

하고 중얼거리며 흐려지는 눈을 까물까물하다가 허 생원은 경망*하게도 발을 빗디디었다. 앞으로 꼬꾸라지기가 바쁘게 몸째 풍덩 빠져 버렸다. 허우적거릴수록 몸을 걷잡을 수 없어 동이가 소리를 치며 가까이 왔을 때에는 벌써 퍽이나 흘렀었다. 옷째 졸딱 젖으니 물에 젖은 개보다도 참혹한 꼴이었다. 동이는 물속에서 어른을 해깝게* 업을 수 있었다. 젖

* 고의 남자의 여름 홑바지
* 고주 고주망태의 준말로 술에 몹시 취하여 정신을 가누지 못하는 상태, 또는 그런 사람
* 낫세론 나이로는
* 훌칠 넘어질 듯 한쪽으로 기울다
* 경망 행동이나 말이 가볍고 조심성이 없음
* 해깝게 '가볍다'의 방언

었다고는 하여도 여윈 몸이라 장정 등에는 오히려 가벼웠다.

"이렇게까지 해서 안됐네. 내 오늘은 정신이 빠진 모양이야."

"염려하실 것 없어요."

"그래 모친은 아비를 찾지는 않는 눈치지?"

"늘 한 번 만나고 싶다고는 하는데요."

"지금 어디 계신가?"

"의부와도 갈라져서 제천에 있죠. 가을에는 봉평에 모셔 오려고 생각 중인데요. 이를 물고 벌면 이럭저럭 살아갈 수 있겠죠."

"아무렴. 기특한 생각이야. 가을이랬다?"

동이의 탐탁한 등어리가 뼈에 사무쳐 따뜻하다. 물을 다 건넜을 때에는 도리어 서글픈 생각에 좀 더 업혔으면도 하였다.

"진종일 실수만 하니 웬일이오, 생원?"

조 선달이 바라보며 기어코 웃음이 터졌다.

"나귀야. 나귀 생각하다 실족*을 했어. 말 안 했던가. 저 꼴에 제법 새
끼를 얻었단 말이지. 읍내 강릉집 피마*에게 말일세. 귀를 쫑긋 세우고
달랑달랑 뛰는 것이 나귀 새끼같이 귀여운 것이 있을까. 그것 보러 나는
일부러 읍내를 도는 때가 있다네."

"사람을 물에 빠뜨릴 젠, 딴은 대단한 나귀 새끼군."

허 생원은 젖은 옷을 웬만큼 짜서 입었다. 이가 덜덜 갈리고 가슴이 떨
리며 몹시도 추웠으나 마음은 알 수 없이 둥실둥실 가벼웠다.

"주막까지 부지런히들 가세나. 뜰에 불을 피우고 훗훗이* 쉬어. 나귀
에겐 더운 물을 끓여 주고. 내일 대화장 보고는 제천이다."

"생원도 제천으로……?"

"오래간만에 가 보고 싶어. 동행하려나, 동이?"

나귀가 걷기 시작하였을 때 동이의 채찍은 왼손에 있었다. 오랫동안
어둑시니* 같이 눈이 어둡던 허 생원도 요번만은 동이의 왼손잡이가 눈
에 뜨이지 않을 수 없었다.

걸음도 해깝고 방울 소리가 밤 벌판에 한층 청청하게 울렸다.

달이 어지간히 기울어졌다.

*실족 발을 헛디딤
*피마 다 자란 암말
*훗훗이 훈훈하게
*어둑시니 어둠의 귀
신

나도향
1902~1926

도향은 호이고 본명은 경손, 필명은 빈으로 서울에서 태어났습니다. 1922년 나도향은 현진건, 홍사용, 이상화, 박종화, 박영희 등과 함께 문예지 ≪백조≫의 동인으로 참여하였고 창간호에서 〈젊은이의 시절〉을 발표하면서 작가 생활을 시작하였습니다. 그의 작품들은 끝없는 욕심으로 갈등하고 괴로워하는 사람들의 모습을 사실적으로 묘사하며 본능과 물질에 대한 집착과 탐욕을 따끔하게 비판합니다. 대표작으로는 〈벙어리 삼룡이〉, 〈물레방아〉, 〈뽕〉 등이 있습니다.

나
도
향

· · ·
·

벙어리 삼룡이

벙어리 삼룡이

중학교 국어 교과서

작품 소개

〈벙어리 삼룡이〉는 1925년 5월 《여명》 창간호에 발표된 단편 소설로, 신분주의와 돈이 지배하는 세상에서 벙어리라는 결정적 약점을 지닌 머슴 삼룡이가 주인집 아씨에게 연모의 정을 품으면서 갈등을 겪는 이야기를 다루고 있습니다. 작품 속에서 주인공 삼룡이는 온갖 매질과 모욕에도 고분고분하던 소극적인 인물에서 자신의 사랑을 표현하기 위해 주인집에 불을 지르는 적극적인 인물로 변화해 나가고 있습니다.

줄거리

남대문 아래 연화봉에 살던 오 생원은 마을사람들에게 존경받던 사람이었다. 그는 삼룡이라는 벙어리 하인 하나를 두고 있었다. 오 생원은 삼룡을 아꼈지만 그의 아들은 삼룡을 심하게 구박한다. 어느 가을 오 생원은 영락한 양반의 딸을 사 와서 자기 아들과 결혼을 시킨다. 그러나 흠 많은 새서방은 착하고 예쁜 새색시를 미워하여 혼인한 지 며칠 만에 신방에 들어가지 않는다. 오 생원이 그것을 나무라자 그는 신부를 학대하기 시작한다. 어느 날 만취한 새신랑을 업어다가 뉘이는 삼룡을 본 새색시는 그의 충직한 마음에 감동하여 비단 헝겊으로 부시쌈지 하나를 만들어 준다. 이를 본 새서방이 둘 사이의 관계를 오해하여 삼룡을 채찍으로 마구 갈긴다. 그때부터 삼룡은 새색시에게 이상한 감정이 싹튼다. 어느 날 주인아씨가 죽으려 한다는 이야기를 들은 삼룡은 안방으로 뛰어들어 자살하려던 아씨를 말린다. 이 일로 어린 주인은 벙어리를 때려서 밖으로 내쫓는다. 그날 밤 난데없이 오 생원의 집이 화염에 휩싸이고 삼룡은 새색시를 구하기 위해 불길 속으로 뛰어든다.

1

내가 열 살이 될락말락한 때니까 지금으로부터 십사오 년 전 일이다.

지금은 그곳을 청엽정이라 부르지마는 그때는 연화봉이라고 이름하였다. 즉 남대문에서 바로 내다보면 오정포가 놓여 있는 산등성이가 있으니, 그 산등성이 이쪽이 연화봉이요, 그 새에 있는 동네도 역시 연화봉이다.

지금은 그곳에 빈민굴이라고 할 수밖에 없이 지저분한 촌락*이 생기고 노동자들밖에 살지 않는 곳이 되어 버렸으나 그때에는 자기네 딴은 행세한다는 삶들이 있었다.

집이라고는 십여 호밖에 있지 않았고 그곳에 사는 사람들은 대개 과목밭*을 하고, 또는 채소를 심거나, 그렇지 아니하면 콩나물을 길러서 생활을 하여 갔다.

*촌락 마을
*과목밭 과수원

여기에 그중 큰 과목밭을 갖고 그중 여유 있는 생활을 하여 가는 사람이 하나 있었는데, 그의 이름은 잊어버렸으나 동네 사람들이 부르기를 오 생원이라고 불렀다.

얼굴이 동탕하고* 목소리가 마치 여름에 버드나무에 앉아서 길게 목 늘여 우는 매미 소리같이 저르렁저르렁* 하였다.

그는 몹시 부지런한 중년 늙은이로 아침이면 새벽 일찍이 일어나서 앞뒤로 뒷짐을 지고 돌아다니며 집안일을 보살피는데, 그 동네에는 그가 마치 시계와 같아서 그가 일어나는 때가 동네 사람이 일어나는 때였다. 만일 그가 아침에 돌아다니며 잔소리를 하지 않으면, 동네 사람들이 이상히 여겨 그의 집으로 가 보면, 그는 반드시 몸이 불편하여 누워 있었다. 그러나 그와 같은 때는 일 년 삼백육십 일에 한 번 있기가 어려운 일이요, 이태나 삼 년에 한 번 있거나 말거나 하였다.

그가 이곳으로 이사를 온 지는 얼마 되지 아니하나 그가 언제든지 감투를 쓰고 다니므로 동네 사람들은 양반이라고 불렀고, 또 그 사람도 동네 사람들에게 그리 인심을 잃지 않으려고 섣달이면 북어쾌*, 김톳을 동네 사람에게 나눠 주며 농사 때에 쓰는 연장도 넉넉히 장만한 후 아무 때나 동네 사람들이 쓰게 하므로 그 동네에서는 가장 인심 후하고 존경받는 집인 동시에 세력 있는 집이다.

그 집에는 삼룡이라는 벙어리 하인 하나가 있으니 키가 본시 크지 못하여 땅딸보로 되었고, 고개가 달라붙어 몸뚱이에 대강이를 갖다가 붙인 것 같다. 거기다가 얼굴이 몹시 얽고* 입이 크다. 머리는 전에 새 꼬랑지 같은 것을 주인의 명령으로 깎기는 깎았으나 불밤송이* 모양으로 언

제든지 푸하고* 일어섰다. 그래 걸어 다니는 것을 보면 마치 옴두꺼비*
가 서서 다니는 것같이 숨차 보이고 더디어 보인다. 동네 사람들이 부르
기를 삼룡이라고 부르는 법이 없고, 언제든지 '벙어리'라고 하든지 그렇
지 않으면 '앵모' '앵모' 한다. 그렇지만 삼룡이는 그 소리를 알지 못한다.

그도 이 집 주인이 이리로 이사를 올 때에 데리고 왔으니 진실하고 충
성스러우며 부지런하고 세차다. 눈치로만 지내가는 벙어리지마는 말하
고 듣는 사람보다 슬기로울 적이 있고 평생 조심성이 있어서 결코 실수
한 적이 없다.

아침에 일어나면 마당을 쓸고 소와 돼지의 여물을 먹이며, 여름이면
밭에 풀을 뽑고 나무를 실어 들이고 장작을 패며,
겨울이면 눈을 쓸고 잔심부름과 진일* 마른
일* 할 것 없이 못하는 일이 없다.

그럴수록 이 집 주인은 벙어리를 위
해 주며 사랑한다. 혹시 몸이 불편한
기색이 있으면 쉬게 하고, 먹고 싶어
하는 듯한 것은 먹이고, 입을 때 입히
고 잘 때 재운다.

그런데 이 집에는 삼대독자로 내려
오는 그 집 아들이 있다. 나이는 열일
곱 살이나 아직 열네 살도 되어 보이
지 않고, 너무 귀엽게 기르기 때문에
누구에게든지 버릇이 없고 어리광을

부리며, 사람에게나 짐승에게 잔인 포악한 짓을 많이 한다.

동네 사람들은,

"후레자식*! 아비 속상하게 할 자식! 저런 자식은 없는 것만 못해."

하고 욕들을 한다. 그래서 그의 어머니는 아들이 잘못할 때마다 그의 영감을 보고,

"그 자식을 좀 때려 주구려. 왜 그런 것을 보고 가만두?"

하고 자기가 대신 때려 주려고 나서면,

"아뇨, 아직 철이 없어 그렇지. 저도 지각*이 나면 그렇지 않을 것이 아뇨."

하고 너그럽게 타이른다. 그러면 마누라는 왜가리*처럼 소리를 지르며,

"철이 없긴 지금 나이가 몇이요. 낼모레면 스무 살이 되는데, 또 며칠 아니면 장가를 들어서 자식까지 날 것이 그래 가지고 무엇을 한단 말이오."

하고 들이대며,

"자식은 꼭 아버지가 버려 놓았습니다. 자식 귀여운 것만 알았지 버릇 가르칠 줄은 모르니까……."

이렇게 싸움이 시작만 하려 하면 영감은 아무 말도 하지 않고 바깥으로 나가 버린다.

그 아들은 더구나 벙어리를 사람으로 알지도 않는다. 말 못하는 벙어리라고 오고 가며 주먹으로 허구리*를 지르기도 하고 발길로 엉덩이도 찬다.

* 후레자식 교양이나 버릇이 없는 사람을 낮잡아이르는 말
* 지각 사물의 이치나 도리를 분별하는 능력
* 왜가리 왜가릿과의 새
* 허구리 허리, 곧 갈비뼈 아래의 잘쏙한 부분

그러면 그 벙어리는 어린것이 철없이 그러는 것이 도리어 귀엽기도 하고 또는 그 힘없는 팔과 힘없는 다리로 자기의 무쇠 같은 몸을 건드리는 것이 우습기도 하고 앙증맞기도 하여 돌아서서 방그레 웃으며 툭툭 털고 다른 곳으로 몸을 피해 버린다.

어떤 때는 낮잠 자는 벙어리 입에다가 똥을 먹인 일도 있었다. 또 어떤 때는 자는 벙어리 두 팔 두 다리를 살며시 동여매고 손가락과 발가락 사이에 화승*불을 붙여 놓아 질겁을 하고 일어나다가 발버둥질을 하고 죽으려는 사람처럼 괴로워하는 것을 보고 기뻐하였다.

이러한 때마다 벙어리의 가슴에는 비분한* 마음이 꽉 들어찼다. 그러나 그는 주인의 아들을 원망하는 것보다도 자기가 병신인 것을 원망하였으며, 주인의 아들을 저주한다는 것보다 이 세상을 저주하였다.

그러나 그는 결코 눈물을 흘리지 않았다. 그의 눈물은 나오려 할 때 아주 말라붙어 버린 샘물과 같이 나오려 하나 나오지를 아니하였다. 그는 주인의 집을 버릴 줄 모르는 개 모양으로 자기가 있어야 할 곳은 여기밖에 없고 자기가 믿을 것도 여기 있는 사람들밖에 없을 줄 알았다. 여기서 살다가 여기서 죽는 것이 자기의 운명인 줄밖에 알지 못하였다. 자기의 주인 아들이 때리고 지르고 꼬집어 뜯고 모든 방법으로 학대할지라도 그것이 자기에게 으레 있을 줄밖에 알지 못하였다. 아픈 것도 그 아픈 것이 으레 자기에게 돌아올 것이요, 쓰린 것도 자기가 받지 않아서는 안 될 것으로 알았다. 그는 이 마땅히 자기가 받아야 할 것을 어떻게 해야 면할까* 하는 생각을 한 번도 하여 본 일이 없었다.

그가 이 집에서 떠나가려거나 또는 그의 생활 환경에서 벗어나려는 생

* 화승 불을 붙게 하는 데 쓰는 노끈
* 비분한 슬프고 분한
* 면할까 당하지 않게 될까

각은 한 번도 해 보지 못하였다 할지라도 그는 언제든지 그 주인 아들이 자기를 학대하고 또는 자기를 못살게 굴 때, 그는 자기의 주먹과 또는 자기의 힘을 생각하여 보았다.

주인 아들이 자기를 때릴 때는 그는 주인 아들 하나쯤은 넉넉히 제지할 힘이 있는 것을 알았다.

어떠한 때는 아픔과 쓰림이 자기의 몸으로 스미어들 때면 그의 주먹은 떨리면서 어린 주인의 몸을 치려 하다가는 그는 그것을 무서운 고통과 함께 참았다.

그는 속으로,

'아니다. 그는 나의 주인의 아들이다. 그는 나의 어린 주인이다.' 하고 꾹 참았다.

그러고는 그것을 얼른 잊어버리었다. 그러다가도 동넷집 아이들과 혹시 장난을 하다가 주인 아들이 울고 들어올 때는, 그는 황소같이 날뛰면서 주인을 위하여 싸웠다. 그래서 동네에서도 어린애들이나 장난꾼들이 벙어리를 무서워하여 감히 덤비지를 못하였다. 그리고 주인 아들도 위급한 경우에는 언제든지 벙어리를 찾았다. 벙어리는 얻어맞으면서도 기어드는 충견 모양으로 주인의 아들을 위하여 싫어하지 않고 힘을 다하였다.

2

벙어리가 스물세 살이 될 때까지 그는 물론 이성과 접촉할 기회가 없었다. 동네의 처녀들이 저를 '벙어리' '벙어리' 하며 괴상한 손짓과 몸짓으로 놀려먹음을 받을 적에 분하고 골나는 중에도 느긋한 즐거움을 느끼어 본 일은 있었으나, 그가 결코 사랑으로써 어떠한 여자를 대해 본 일은 없었다.

그러나 정욕을 가진 사람인 벙어리도 그의 피가 차디찰 리는 없었다. 혹 그의 피는 더욱 뜨거웠을는지도 알 수 없었다. 뜨겁다 못하여 엉기어 버린 엿과 같을지도 알 수 없었다. 만일 그에게 볕을 주거나 다시 뜨거운 열을 준다면 그의 피는 다시 녹을는지도 알 수 없었다.

그가 깜빡깜빡하는 기름 등잔 아래에서 밤이 깊도록 짚세기*를 삼을 때면 남모르는 한숨을 아니 쉬는 것도 아니지마는 그는 그것을 곧 억제할 수 있을 만치 정욕에 대하여 벌써부터 단념을 하고 있었다.

마치 언제 폭발이 될는지 알지 못하는 휴화산* 모양으로 그의 가슴속에는 충분한 정열을 깊이 감추어 놓았으나 그것이 아직 폭발될 시기가 이르지 못한 것이었다. 비록 폭발이 되려고 무섭게 격동함을 벙어리 자신도 느끼지 않는 바는 아니지마는 그가 그것을 폭발시킬 조건을 얻기 어려웠으며, 또는 자기가 여태까지 능동적으로 그것을 나타낼 수가 없을 만치 외계*의 압축을 받았으며, 그것으로 인한 이지*가 너무 그에게 자제력을 강대하게 하여 주는 동시에 또는 너무 그것을 단념만 하게 하여 주었다.

속으로 '나는 벙어리다.'라고 생각할 때 그는 몹시 원통함을 느끼는 동시에 그는 말하는 사람들과 똑같은 자유와 똑같은 권리가 없는 줄 알았

* 짚세기 '짚신'의 북한말
* 휴화산 분화를 멈춘 화산
* 외계 바깥 세계
* 이지 본능이나 감정에 지배되지 않고 지식과 윤리에 따라 사물을 분별하고 깨닫는 능력

다. 그는 이와 같은 생각에서 언제든지 단념 않을래야 단념하지 않을 수 없는 그 단념이 쌓이고 쌓이어 지금에는 다만 한 개의 기계와 같이 이 집의 노예가 되어 있으면서도 그것을 자기의 천직*으로 알고 있을 뿐이요, 다시는 자기가 살아갈 세상이 없는 것같이밖에 알지 못하게 되었다.

3

그해 가을이다. 주인의 아들이 장가를 들었다. 색시는 신랑보다 두 살 위인 열아홉 살이다. 주인이 본시 자기가 언제든지 문벌*이 얕은 것을 한탄하여 신부를 구할 때에 첫째 조건이 문벌이 높아야 할 것이었다. 그러나 문벌이 있는 집에서는 그리 쉽게 색시를 내놓을 리가 없었다. 그러므로 하는 수 없이 그 어떠한 영락한* 양반의 딸을 돈 주고 사 오다시피 하였으니, 무남독녀의 딸을 둔 남촌 어느 과부를 꿀을 발라서 약혼을 하고 혹시나 무슨 딴소리가 있을까 하여 부랴부랴 성례*식을 시켜 버렸다.

혼인할 때의 비용도 그때 돈으로 삼만 냥을 썼다. 그리고 아들의 처갓집에 며느리 뒤보아주는* 바느질 빨래삯이라는 명목으로 한 달에 이천오백 냥씩을 대어 주었다.

신부는 자기 아버지가 돌아가기 전까지만 해도 상당히 견디기도 하고 또는 금지옥엽*같이 기른 터이라, 구식 가정에서 배울 것 읽힐 것은 못한 것이 없고 게다가 본래 인물이라든지 행동거지에 조금도 구김이 있지 아

* 천직 타고난 직업이
나직분
* 문벌 집안의 사회적
신분이나지위
* 영락한 살림이 줄어
들어보잘것없이 된
* 성례 혼인의 예식을
지냄
* 뒤보아주는 남을 뒤
에서돌보아주는
* 금지옥엽 귀한자손

니하다.

신부가 오자 신랑의 흠절※이 생기기 시작하였다.

"신부에게 대면 두루미와 까마귀지."

"아직도 철딱서니가 없어."

"색시에게 쥐어 지내겠지."

"신랑에겐 과하지."

동넷집 말 좋아하는 여편네들이 모여 앉으면 이렇게 비평들을 한다.

어떠한 남의 걱정 잘하는 마누라님은 간혹 신랑을 보고는 그대로 세워

※ 흠절 부족하거나 잘 못된 점

놓고,

"글쎄, 인제는 어른이 되었으니 셈*이 좀 나요. 저러구 어떻게 색시를 거느려 가누. 색시 방에 들어가기가 부끄럽지 않담."

하고 들이대다시피 하는 일이 있다.

이럴 적마다 신랑의 마음은 그 말하는 이들이 미웠다. 일부러 자기를 부끄럽게 하려고 하는 것 같아서 그 후에 그를 만나면 말도 안 하고 인사도 하지 아니한다.

또 그의 고모 되는 이가 와서 자기 조카를 보고,

"인제는 어른이야. 너도 그만하면 지각이 날 때가 되지 않았니. 네 처가 부끄럽지 아니하냐."

하고 타이를 적마다 그의 마음은 그 말하는 사람이 부끄럽다는 것보다도 자기를 이렇게 하게 한 아내가 더욱 밉살머리스러웠다.

"여편네가 다 무엇이냐? 저 빌어먹을 년이 들어오더니 나를 이렇게 못살게들 굴지."

혼인한 지 며칠이 못 되어 그는 색시 방에 들어가지를 않았다. 집안에서는 야단이 났다. 마치 돼지나 말 새끼를 혼례시키려는 것같이 신랑을 색시 방으로 집어넣으려 하나 막무가내였다. 그럴 때마다 신랑은 손에 닥치는 대로 집어 때려서 자기의 외사촌 누이의 이마를 뚫어서 피까지 나게 한 일이 있었다.

집안 식구들은 하는 수 없어 맨 나중으로 아버지에게 밀었다. 그러나 그것도 소용이 없을 뿐더러 풍파를 더 일으키게 하였다. 아버지께 꾸중을 듣고 들어와서는 다짜고짜로 신부의 머리채를 쥐어잡아 마루 한복판

* 셈 사물을 분별하는 슬기

에 태질*을 쳤다.

그러고는,

"이년, 네 집으로 가거라. 보기 싫다. 내 눈앞에는 보이지도 마라."

하였다. 밥상을 가져오면 그 밥상이 마당 한복판에서 재주를 넘고, 옷을 가져오면 그 옷이 쓰레기통으로 나간다.

이리하여 색시는 시집오던 날부터 팔자 한탄을 하고서 날마다 밤마다 우는 사람이 되었다.

울면 요사스럽다고 때린다. 또 말이 없으면 빙충맞다*고 친다. 이리하여 그 집에는 평화스러운 날이 하루도 없었다.

이것을 날마다 보는 사람 가운데 알 수 없는 의혹을 품게 된 사람이 하나 있었으니 그는 곧 벙어리 삼룡이었다.

그렇게 예쁘고 유순하고 그렇게 얌전한, 벙어리의 눈으로 보아서는 감히 손도 대지 못할 만치 선녀 같은 색시를 때리는 것은 자기의 생각으로는 도저히 풀 수 없는 의심이다.

보기에는 황홀하고 건드리기도 황송할 만치 숭고한 여자를 그렇게 하대*한다는 것은 너무나 세상에 있지 못할 일이다. 자기는 주인 새서방에게 개나 돼지같이 얻어맞는 것이 마땅한 이상으로 마땅하지마는, 선녀와 짐승의 차가 있는 색시와 자기가 똑같이 얻어맞는 것은 너무 무서운 일이다. 어린 주인이 천벌이나 받지 않을까 두렵기까지 하였다.

어떠한 달밤, 사면은 고요적막하고 별들은 드문드문 눈들만 깜박이며 반달이 공중에 뚜렷이 달려 있어 수은으로 세상을 깨끗하게 닦아 낸 듯이 청명한데, 삼룡이는 검둥개 등을 쓰다듬으며 바깥마당 멍석 위에 비

* 태질 세게 메어치거나 내던지는 짓
* 빙충맞다 똘똘하지 못하고 어리석으며 수줍음을 타는 데가 있다
* 하대 상대방을 매우 낮게 대우함

숫이* 드러누워 하늘을 쳐다보며 생각하여 보았다.

　주인 색시를 생각하면 공중에 있는 달보다도 더 곱고 별들보다도 더 깨끗하였다. 주인 색시를 생각하면 달이 보이고 별이 보이었다. 삼라만 상*을 씻어 내는 은빛보다도 더 흰 달이나 별의 광채보다도 그의 마음이 아름답고 부드러운 듯하였다. 마치 달이나 별이 땅에 떨어져 주인 새아씨가 된 것 같고, 주인 새아씨가 하늘에 올라가면 달이 되고 별이 될 것 같았다.

　더구나 자기를 어린 주인이 때리고 꼬집을 때 감히 입 벌려 말은 하지 못하나 측은하고 불쌍히 여기는 정이 그의 두 눈에 나타나는 것을 다시 생각할 때 그는 부들부들한 개 등을 어루만지면서 감격을 느끼었다. 개 는 꼬리를 치며 자기를 귀여워하는 줄 알고 벙어리의 손을 핥았다.

　삼룡이의 마음은 주인아씨를 동정하는 마음으로 가득 찼다. 또는 그 를 위하여서는 자기의 목숨이라도 아끼지 않겠다는 의분*에 넘치었다. 그것은 마치 살구를 보면 입속에 침이 도는 것같이 본능적으로 느끼어지 는 감정이었다.

* 비슷이 한쪽으로 약 간 기울어진 정도로
* 삼라만상 우주에 있 는 온갖 사물과 현상
* 의분 불의에 대하여 일으키는 분노

4

　새댁이 온 뒤에 다른 사람들은 자유로운 안 출입을 금하였으나 벙어리 는 마치 개가 맘대로 안에 출입할 수 있는 것같이 아무 의심 없이 출입할

수가 있었다.

하루는 어린 주인이 먹지 않던 술이 잔뜩 취하여 무지한 놈에게 맞아서 길에 자빠진 것을 업어다가 안으로 들여다 눕힌 일이 있었다. 그때에 아무도 안에 있지 않고 다만 새색시 혼자 방에서 바느질을 하고 있다가 이 꼴을 보고 벙어리의 충성된 마음이 고마워서, 그 후에 쓰던 비단 헝겊 조각으로 부시쌈지* 하나를 만들어 준 일이 있었다.

이것이 새서방님의 눈에 띄었다. 그래서 색시는 어떤 날 밤 자던 몸으로 마당 복판*에 머리를 푼 채 내동댕이가 쳐졌다. 그리고 온몸에 피가 맺히도록 얻어맞았다.

이것을 본 벙어리는 또다시 의분의 마음이 뻗쳐 올라왔다. 그래서 미친 사자와 같이 뛰어들어 가 새서방님을 내어던지고 새색시를 둘러메었다. 그리고 나는 수리*와 같이 바깥사랑 주인 영감 있는 곳으로 뛰어가 그 앞에 내려놓고 손짓과 몸짓을 열 번 스무 번 거푸하며 하소연하였다.

그 이튿날 아침에 그는 주인 새서방님에게 물푸레*로 얼굴을 몹시 얻어맞아서 한쪽 뺨이 눈을 얼러서 피가 나고 주먹같이 부었다. 그 때릴 적에 새서방 입에서 나오는 말은,

"이 흉측한 벙어리 같으니, 내 여편네를 건드려!"

하고 부시쌈지를 빼앗아 갈갈이 찢어서 뒷간에 던졌다.

"그리고 이놈아! 인제는 주인도 몰라보고 막 친다. 이런 것은 죽여야 해!"

하고 채찍으로 그의 뒷덜미를 갈겨서 그 자리에 쓰러지게 하였다.

벙어리는 다만 두 손으로 빌 뿐이었다. 말도 못하고 고개를 몇백 번 코

* 부시쌈지 부싯돌 따
위를 넣어서 주머니 속
에 넣어 가지고 다니는
작은 쌈지
* 복판 한가운데
* 수리 독수리
* 물푸레 물푸레나무

가 땅에 닿도록 그저 용서를 빌기만 하였다. 그러나 그의 가슴에는 비로소 숨겨 있던 정의감이 머리를 들기 시작하였다. 그는 그 아픈 것을 참아 가면서 복받치는 분노를 억제하였다.

그때부터 벙어리는 안방에 들어가지 못하였다. 이 들어가지 못하는 것이 더욱 벙어리로 하여금 궁금증이 나게 하였다. 그 궁금증이라는 것이 묘하게 빛이 변하여 주인아씨를 뵈옵고 싶은 감정으로 변하였다. 뵈옵지 못하므로 가슴이 타올랐다. 몹시 애상*의 정서가 그의 가슴을 저리게 하였다. 한 번이라도 아씨를 뵈올 수가 있으면 하는 마음이 나더니 그의 마음의 넋은 느끼기를 시작하였다. 센티멘털*한 가운데서 느끼는 그 무슨 정서는 그에게 생명 같은 희열을 주었다. 그것과 자기의 목숨이라도 바꿀 수 있을 것 같았다. 어떤 때는 그대로 대강이로 담을 뚫고 들어가고 싶도록 주인아씨를 뵈옵고 싶은 것을 꾹 참을 때도 있었다.

그 후부터는 밥을 잘 먹을 수가 없었다. 일도 손에 잡히지 않았다. 틈만 있으면 안으로만 들어가고 싶었다.

주인이 전보다 많이 밥과 음식을 주고 더 편하게 하여 주었으나 그것이 싫었다. 그는 밤에 잠을 자지 않고 집 가장자리로 돌아다녔다.

5

하루는 주인 새서방님이 술이 취하여 들어오더니 집 안이 수선수선하

*애상 슬픈 생각
*센티멘털한 감상적이거나 감정적인 특성이 있는

여지며 계집 하인이 약을 사러 갔다 들어오는 것을 보고 그 계집 하인을 붙잡았다. 그리고 무엇이냐고 물었다.

계집 하인은 한 주먹을 뒤통수에 대고 얼굴을 젊다고 하는 뜻으로 쓰다듬으며 둘째 손가락을 내밀었다. 그것은 그 집 주인은 엄지손가락이요, 둘째 손가락은 새서방님이라는 뜻이요, 주먹을 뒤통수에 대는 것은 여편네라는 뜻이요, 얼굴을 문지르는 것은 예쁘다는 뜻으로 벙어리에게 쓰는 암호다.

그런 뒤에 다시 혀를 내밀고 눈을 뒤집어쓰는 형상을 하고 두 팔을 싹 벌리고 뒤로 자빠지는 꼴을 보이니, 그것은 사람이 죽게 되었거나 앓을 적에 하는 말 대신의 손짓이다.

벙어리는 눈을 크게 뜨고 계집 하인에게 한 발짝 가까이 들어서며 놀라는 듯이 멀거니 한참이나 있었다.

그의 가슴은 무섭게 격동하였다. 자기의 그리운 주인아씨가 죽었다는 말이 아닌가. 그는 두 주먹을 마주치며 한숨을 쉬었다. 그러고는 자기 방에서 무엇을 생각하는 것처럼 두어 시간이나 두 눈만 껌벅껌벅하고 앉았었다.

그날 밤이 깊어갈수록 궁금증 나는 사람처럼 일어섰다 앉았다 하더니 두 시가 되어서 바깥으로 나가서 뒤로 돌아갔다.

그는 도둑놈처럼 조심스럽게 바로 건넌방 뒤 미닫이 앞 담에 서서 주저주저하더니 담을 넘었다. 가까이 창 앞에 서서 문틈으로 안을 살피다가 그는 진저리를 치며 뒤로 물러섰다.

어두운 밤에 그의 손과 발이 마치 그 뒤에 서 있는 감나무 잎같이 떨리더니 그대로 문을 박차고 뛰어들어 갔을 때, 그의 팔에는 주인아씨가 한 손에 기다란 명주 수건을 들고서 한 팔로 벙어리의 가슴을 밀치며 뻗디디었다. 벙어리는 다만 눈이 뚱그래서 '에헤' 소리만 지르고 그 수건을 뺏으려 애쓸 뿐이다.

집안이 야단났다.

"집안이 망했군!"

"어디 사내가 없어서 벙어리를!"

"어떻든 알 수 없는 일이야!"

하는 소리가 이 구석 저 구석에서 수군댄다.

6

그 이튿날 아침에 벙어리는 온몸이 짓기긴 것이 되어 마당에 거꾸러져 입에서 피를 토하며 신음하고 있었다. 그 곁에서는 새서방이 쇠줄 몽둥이를 들고서 문초*를 한다.

"이놈!"

하고는, 음란한 흉내는 모조리 하여 가며 건넌방을 가리킨다. 그러나 벙어리는 손을 내저을 뿐이다. 또 몽둥이에서는 살점이 묻어 나왔다. 그리고 피가 흘렀다.

벙어리는 타들어 가는 목으로 소리도 못 내며 고개만 내젓는다. 그는 피를 토하며 거꾸러지며 이마를 땅에 비비며 고개를 내흔든다. 땅에는 피가 스며든다. 새서방은 채찍 끝에 납 뭉치를 달아서 가슴을 훔쳐* 갈겼다가 힘껏 잡아 뽑았다. 벙어리는 그대로 거꾸러지며 말이 없었다.

* 문초 죄나 잘못을 따져묻거나 심문함
* 훔쳐 '움켜'의사투리

새서방은 그래도 시원치 않았다. 그는 어제 벙어리가 새로 갈아 놓은 낫을 들고 달려왔다. 그는 그 시퍼렇게 날 선 낫을 번쩍 들었다. 그래서 벙어리를 찌르려 할 때 벙어리는 한 팔로 그것을 받았고, 집안 사람들은 달려들었다. 벙어리는 낫을 뿌리쳐 저리로 내던졌다.

주인은 집안이 망하였다고 사랑에 누워서 모든 일을 들은 체 만 체 문을 닫고 나오지를 아니하며, 집안에서는 색시를 내쫓는다고 야단이다.

그날 저녁에 벙어리는 다시 끌려 나왔다. 그때에는 주인 새서방이 그의 입던 옷과 신을 주며 눈을 부릅뜨고 손을 멀리 가리키며,

"가! 인제는 우리 집에 있지 못한다."

하였다. 이 소리를 듣는 벙어리는 기가 막혔다. 그에게는 이 집 외에 다른 집이 없다. 살 곳이 없었다. 자기는 언제든지 이 집에서 살고 이 집에서 죽을 줄밖에 몰랐다. 그는 새서방님의 다리를 껴안고 애걸하였다. 말도 못하는 것을 몸짓과 표정으로 간곡한 뜻을 표하였다. 그러나 새서방님은 발길로 지르고 사람을 불렀다.

"이놈을 좀 내쫓아라."

벙어리는 죽은 개 모양으로 끌려 나갔다. 그리고 대갈빼기를 개천 구석에 들이박히면서 나가 곤드라졌다가※ 일어서서 다시 들어오려 할 때에는 벌써 문이 닫혀 있었다. 그는 문을 두드렸다. 그의 마음으로는 주인 영감을 찾았으나 부를 수가 없었다. 그가 날마다 열고 날마다 닫던 문이 자기가 지금은 열려고 하나 자기를 내쫓고 열리지를 않는다. 자기가 건사하고※ 자기가 거두던 모든 것이 오늘에는 자기의 말을 듣지 않는다. 어려서부터 지금까지 모든 정성과 힘과 뜻을 다하여 충성스럽게 일한 값이

※ 곤드라졌다가 곤두박질하여 쓰러졌다가
※ 건사하고 제게 딸린 것을 잘돌보고

오늘에는 이것이다.

그는 비로소 믿고 바라던 모든 것이 자기의 원수란 것을 알았다. 그는 그 모든 것을 없애 버리고 자기도 또한 없어지는 것이 나은 것을 알았다.

그날 저녁 밤은 깊었는데 멀리 닭이 우는 소리와 함께 개 짖는 소리만이 들린다. 난데없는 화염*이 벙어리 있던 오 생원 집을 에워쌌다. 그 불은 미리 놓으려고 준비하여 놓았는지 집 가장자리로 쭉 돌아가며 흩어 놓은 풀에 모조리 돌아 붙어 공중에서 내려다보면 집의 윤곽이 선명하게 보일 듯이 타오른다.

불은 마치 피 묻은 살을 맛있게 잘라 먹는 요마*의 혓바닥처럼 날름날름 집 한 채를 삽시간에 먹어 버리었다. 이와 같은 화염 속으로 뛰어들어가는 사람이 하나 있으니 그는 다른 사람이 아니라 낮에 이 집을 쫓겨난 삼룡이다. 그는 먼저 사랑에 가서 문을 깨뜨리고 주인을 업어다가 밭 가운데 놓고 다시 들어가려 할 제 얼굴과 등과 다리가 불에 데어 쭈그러져 드는 것을 알지 못하였다.

그는 건넌방으로 뛰어들었다. 그러나 색시는 없었다. 다시 안방으로 뛰어들었다. 그러나 또 없고 새서방이 그의 팔에 매달리어 구원하기를 애원하였다. 그러나 그는 그것을 뿌리쳤다. 다시 서까래*가 불이 시뻘겋게 타면서 그의 머리에 떨어졌다. 그러나 그는 그것을 몰랐다. 부엌으로 가 보았다. 거기서 나오다가 문설주*가 떨어지며 왼팔이 부러졌다. 그러나 그것도 몰랐다. 그는 다시 광으로 가 보았다. 거기도 없었다. 그는 다시 건넌방으로 들어갔다. 그때에야 그는 색시가 타 죽으려고 이불을 쓰고 누워 있는 것을 보았다. 그는 색시를 안았다. 그러고는 길을 찾았다. 그

* 화염 불꽃
* 요마 요망하고 간사스러운 마귀
* 서까래 지붕을 받치는 나무
* 문설주 문짝을 끼워 달기 위하여 문의 양쪽에 세운 기둥

러나 나갈 곳이 없었다. 그는 하는 수 없이 지붕으로 올라갔다. 그는 비로소 자기의 몸이 자유롭지 못한 것을 알았다. 그러나 그는 자기가 여태까지 맛보지 못한 즐거운 쾌감이 자기의 가슴에 느껴지는 것을 알았다. 색시를 자기 가슴에 안았을 때 그는 이제 처음으로 살아난 듯하였다. 그가 자기의 목숨이 다한 줄 알았을 때, 그 색시를 내려놓을 때에 그는 벌써 목숨이 끊어진 뒤였다. 집은 모조리 타고 벙어리는 색시를 무릎에 뉘고 있었다. 그의 울분은 그 불과 함께 사라졌을는지! 평화롭고 행복스러운 웃음이 그의 입 가장자리에 엷게 나타났을 뿐이다.

중학생이 되기 전에 꼭 읽어야 할
교과서 한국 대표 단편 소설
한국 문학 미리 보기

초판 1쇄 인쇄 2018년 4월 8일
초판 1쇄 발행 2018년 4월 13일

지은이 김동인 외
그린이 신지원

펴낸이 김영철
펴낸곳 국민출판사
등록 제6-0515호
주소 서울시 마포구 동교로 12길 41-13 (서교동)
전화 (02)322-2434(대표) 팩스 (02)322-2083
블로그 blog.naver.com/kmpub6845

편집 한수정, 임여진
경영지원 한정숙
디자인 블루